钟振振讲词

钟振振 ◎ 著

THE
CHINESE
LYRIC
POETRY

江苏凤凰文艺出版社

图书在版编目(CIP)数据

钟振振讲词 / 钟振振著. —南京：江苏凤凰文艺出版社，2021.5(2021.12 重印)
ISBN 978-7-5594-5381-5

Ⅰ.①钟… Ⅱ.①钟… Ⅲ.①古典诗歌－诗歌欣赏－中国 Ⅳ.①I207.2

中国版本图书馆 CIP 数据核字(2020)第 222481 号

钟振振讲词

钟振振 著

出 版 人	张在健
责 任 编 辑	孙 茜 唐 婧 李 黎
责 任 印 制	刘 巍
出 版 发 行	江苏凤凰文艺出版社
	南京市中央路 165 号，邮编：210009
出版社网址	http://www.jswenyi.com
印 刷	苏州市越洋印刷有限公司
开 本	880 毫米×1230 毫米 1/32
印 张	12.25
字 数	234 千字
版 次	2021 年 5 月第 1 版
印 次	2021 年 12 月第 2 次印刷
标 准 书 号	ISBN 978-7-5594-5381-5
定 价	58.00 元

江苏凤凰文艺版图书凡印刷、装订错误，可向出版社调换，联系电话 025-83280257

自 序

长江流月去无声。不知不觉，笔者在长江之滨的南京从事词学研究与普及工作，已经四十三个年头了。说来也有趣，词学与我似乎有着某种神秘的因缘。

我的名字是我的太公，也就是我母亲的祖父，给取下的。语出《诗·周南·麟之趾》"振振公子"。汉毛亨《传》："振振，信厚也。"（"信厚"，犹今言"忠厚老实"。"老实"是"无用"的别名。一笑。）汉郑玄《笺》："'振'音'真'。"可知"振振"二字当读平声。可是人们都以为它出自成语"振振有词"，故称呼笔者时误作去声读。名字这玩意儿，所有权虽然是你的，使用权却多半归别人，一如现今人家新装修的公寓里备来给客人换脚的拖鞋。既然如此，我也只好从俗从众，默认"振振有词"之读音与释义了。

1963年，南京外国语学校初建，笔者有幸成了它的第一届学生，时年十三岁。那所学校创办的目的，原是为外交部培养后备人才的。而从事外交工作，须得能言善辩。因此，名取"振振有词"之义，倒也上上大吉。殊不料，1966

年开始的"史无前例",最终断送了我的"外交官"前程。1968年,我怀揣一纸初中文凭,离开南京城,下乡插队务农。十年后,以同等学力越七级(高中三年、大学本科四年)成为共和国的第一届硕士研究生,就读于南京师范学院(今南京师范大学)中文系古代文学专业。硕士毕业,工作三年,又回母校攻读博士学位。从硕士到博士,都师从当代词学大师唐圭璋教授,专攻词学。1988年毕业留校,教学之余,亦主要从事词学研究。至此,我才恍然大悟:原来"振振有词"之"词",并非"行人辞令"之"辞",乃是"诗词"之"词"。造化弄人不自知,冥冥之中,命运和我开了这么个谑而不虐的大玩笑!

恩师唐圭璋先生,整整比笔者年长五十岁。老人与我,从名分上来说是师生,从辈分上来说却是祖孙。因为老人与先外祖施肖丞先生,既是同乡、同辈、同事,更是朋友。先外祖治小学,出章(太炎)黄(季刚)之门,曾任南京师范学院中文系古汉语教研室主任,十年浩劫中被迫害致死。他博学多才,善诗词书画,藏书颇丰。笔者自幼寄养在外祖父膝下,受其熏陶,十余岁时便喜爱诗词,常从外祖父的书架上乱抽各种诗词读本翻看(其中就有唐先生笺注的《宋词三百首》等),许多名篇熟读成诵,还无师自通地开始了诗词创作。这一文学爱好,直到青年时期在农村种田,也没有中辍。总而言之,笔者是从爱读词、作词而走上词学研究之路的。其所以后来报考唐先生的硕士生和博士生,执着于词学,"衣带渐宽终不悔,为伊消得人憔悴",固已先兆于垂髫之年,绝非偶然。

四十多年来,笔者有过一些学术方面的著述,也写了不少诗词赏析的文章。前者是给从事学术研究的同行们看的,后者则是为中等以上文化水平的古典文学爱好者而作。比较起来,我对这后一类文字更为偏爱,因为它们的读者面要广大得多。中国古典文学的优秀篇章,是我们中华民族的宝贵遗产,也是世界文化殿堂里的珍奇展品,属于全人类。向尽可能多的人民大众介绍我们民族的这些文学瑰宝,是一项非常有意义的工作。我为自己能够从事这项工作而感到光荣,同时也为自己工作的数量和质量都不能尽如人意而感到惭愧。

收在这个集子里的唐五代宋元明清词凡四十二家六十四首的五十八篇赏析文章,是笔者从自己历年来的此类写作成品中挑选出来的。结集印行前,又做了不同程度的斟酌、修改。所鉴赏的词作,除少量为人们所熟悉的名家名篇外,多是历来操选政者所不怎么注意的中小作家的佳制。其主要特点,一言以蔽之,曰"奇":或题材奇异,或构思奇特,或笔法奇变,或措辞奇妙,还是很值得一读的。

乡前贤江宁陈匪石先生《宋词举》自叙曾言:"词之为物,'深者入黄泉,高者出苍天,大者含元气,细者入无间'。虽应手之妙,难以辞逮;而先民有作,轨迹可寻。若境,若气,若笔,若意,若辞,视诗与文,同一科条。惟隐而难见,微而难知,曲而难状。向之词人,或惩夫雨粟鬼哭而不肯泄其秘,或鄙夫寻章摘句而不屑笔之书。否则驰恍忽之辞,若玄妙而莫测;摭肤浅之说,每浑沦而无纪。学者扣籥叩椠,莫窥奥突,知句而不知遍,知遍而不知篇,不独游词、鄙词、淫词为金应珪所讥也。"此言非深知读词之甘苦者不能道。词,读懂读通其文字难;读出其好处来更难;读出其好处,且能为文将其好处说与他人,尤难;能为文将其好处说与他人,而其解说之文本身也很精彩,实在难乎其难。笔者是否读懂读通了所鉴赏之各篇词作的文字并读出了好处?赏析文章是否说出了它们的好处并说得很艺术?虽然我是力图这样去做的,却不敢自信。敬请读者诸君不吝赐教,匡我未逮。

若干年前,笔者写过一首关于说诗、读诗的《踏莎行》词(此调例用上去声韵,笔者改用入声韵,是新的尝试):

和月分梅,带霜采菊。
一肩挑出深山谷。
说诗人是卖花人,
卖花声里幽香扑。

不拣怡红,不拈快绿。
斑斓五彩都收蓄。
读诗人是赏花人,
赏花莫厌通宵烛!

广义的"诗",也包括"词"在内。此词用比兴手法表达了笔者对自己的期许,对知音的期待,总算可读,姑用之以为本文之结束。

江苏文艺出版社的领导及责任编辑唐婧女士,为这本小书的出版花费了不少心血,谨向他们表示诚挚的谢意。

目录 Contents

Chapter 1　敦煌曲子词

- 002　定风波二首（攻书学剑能几何）
- 008　南歌子二首（斜隐朱帘立）

Chapter 2　唐宋词

- 014　唐宋词总论
- 039　李　白　忆秦娥（箫声咽）
- 045　白居易　忆江南词三首·其一（江南好）
- 047　刘禹锡　潇湘神（湘水流）
- 051　皇甫松　梦江南（兰烬落）
- 055　薛昭蕴　浣溪沙（倾国倾城恨有余）
- 059　　　　　谒金门（春满院）
- 064　李　珣　巫山一段云（古庙依青嶂）
- 069　欧阳炯　江城子（晚日金陵岸草平）
- 074　范仲淹　剔银灯·与欧阳公席上分题（昨夜因看蜀志）
- 079　晏　殊　破阵子（燕子来时新社）
- 084　刘　潜　水调歌头（落日塞垣路）

目录 Contents

089	王安石	浪淘沙令（伊吕两衰翁）
093		桂枝香（登临送目）
096	王观	卜算子·送鲍浩然之浙东（水是眼波横）
102	贺铸	鹧鸪天·半死桐（重过阊门万事非）
108		古捣练子五首（夜捣衣等）
118		踏莎行·惜余春（急雨收春）
122		踏莎行·芳心苦（杨柳回塘）
129		天香·伴云来（烟络横林）
135		好女儿·国门东（车马匆匆）
140		木兰花·梦相亲（清琴再鼓求凰弄）
147		点绛唇（一幅霜绡）
151		减字浣溪沙（闲把琵琶旧谱寻）
155		天门谣（牛渚天门险）
159	朱敦儒	鹧鸪天·西都作（我是清都山水郎）
165	康与之	菩萨蛮令·金陵怀古（龙蟠虎踞金陵郡）
170	袁去华	水调歌头·定王台（雄跨洞庭野）

175	曹 冠	念奴娇（蜀川三峡）
180	王 质	八声甘州·读诸葛武侯传（过隆中）
187	京 镗	水调歌头（百堞龟城北）
195	杨冠卿	卜算子·秋晚集杜句吊贾傅（苍生喘未苏）
201	辛弃疾	踏莎行·赋稼轩集经句（进退存亡）
209		最高楼（吾衰矣）
216		卜算子·漫兴（千古李将军）
222		西江月·夜行黄沙道中（明月别枝惊鹊）
225		沁园春·灵山齐庵赋时筑偃湖未成（叠嶂西驰）
228	程 珌	沁园春·读《史记》有感（试课阳坡）
235	刘克庄	木兰花慢·渔父词（海滨蓑笠叟）
241		摸鱼儿·海棠（甚春来、冷烟凄雨）
246	赵以夫	扬州慢（十里春风）

目录 Contents

253　哀长吉　水调歌头·贺人新娶集曲名（紫陌风光好）

259　吴文英　夜合花·自鹤江入京泊葑门外有感（柳暝河桥）

269　陈人杰　沁园春·问杜鹃（为问杜鹃）

276　曹邍　玲珑四犯·被召赋荼蘼（一架幽芳）

281　刘辰翁　永遇乐（璧月初晴）

289　王清惠　满江红（太液芙蓉）

Chapter 3　金元明清词

296　　　　　金元明清词总论

322　刘秉忠　洞仙歌（仓陈五斗）

328　魏初　　鹧鸪天·室人降日以此奉寄（去岁今辰却到家）

336　宋褧　　菩萨蛮·丹阳道中（西风落日丹阳道）

341　谢应芳　南楼令（生死隔年期）

346　林鸿　　念奴娇（钟情太甚）

351	郑满	满江红·送友致仕（归去来兮）
356	边贡	蝶恋花·留别吴白楼（亭外潮生人欲去）
360	韩洽	潇湘逢故人慢·拟王和甫（园亭晴敞）
366	彭孙贻	满江红（曾侍昭阳）
373	陆宏定	望湘人（记归程过半）

壹

Chapter 1

敦煌曲子词

　　清光绪二十六年（1900），在甘肃敦煌莫高窟石室中发现了大批古代写本书卷，其中杂抄着相当数量的曲子词。其写作时代大约在八世纪至十世纪之间，亦即唐、五代时期。除极少数可考知作者姓名的文人创作外，绝大多数是无主名的民间作品。原件大部分于光绪三十三至三十四年（1907—1908）被英国斯坦因（原籍匈牙利）、法国伯希和劫取，今藏伦敦、巴黎。近人王重民编有《敦煌曲子词集》。

定风波二首

攻书学剑能几何,争如沙塞骋偻㑩? 手执绿沉枪似铁,明月,龙泉三尺斩新磨。

堪羡昔时军伍,谩夸儒士德能康。 四塞忽闻狼烟起,问儒士,谁人敢去定风波?

征服偻㑩未是功,儒士偻㑩转更加。 三策张良非恶弱,谋略,汉兴楚灭本由他。

项羽翘据无路,酒后难消一曲歌。 霸王虞姬皆自刎,当本,便知儒士定风波。

【注释】

攻书学剑:汉代司马相如"少时好读书,学击剑",见《史记》本传。后遂以"书剑"为士子的特征。

争:怎。骋:逞。偻㑩:聪明伶俐、机灵能干。

绿沉枪:古代名枪。唐殷文圭《赠战将》诗:"绿沉枪利雪峰尖。"绿沉,深绿色。

龙泉:相传春秋时名匠欧冶子、干将作铁剑三枚,其一曰"龙渊"。见《越绝书》。后用为宝剑的泛称。唐时避高祖李渊讳,改称"龙泉"。崭新:崭新。

康:大。当时西北方音读作"科"。从任半塘先生说。

狼烟:即烽火。古烽火用狼粪为燃料,取其烟直而聚。

征服:原抄件作"征復"。窃以为当是"征夫"的音讹,不当改"征服"。

功:任说当时西北方音读作"锅"。窃疑"未是功"是"未足多"(义即"不值得称赞")之讹。"多"字的俗写与"功"字形近易混淆。《战国策·赵策二》载赵武灵王曰:"而循礼未足多也。"

转更加:转,反而。加,超过、在上。

三策:原抄件作"三尺",任校改"三策"。按《礼记·玉藻》载古代士人束腰丝带长三尺。唐王勃《滕王阁序》:"三尺微命,一介书生。""三尺"正与张良的儒士身份相符,可通,不必改。说见蒋礼鸿先生《〈敦煌曲子词集〉校议》。非恶弱:不差、不弱。

翘据:原抄件即如此。不辞,待考。

一曲歌:《史记·项羽本纪》载项羽被汉军围困在垓下,饮酒于帐中,对爱姬虞美人、骏马乌骓慷慨悲歌:"力拔山兮气盖世,时不利兮骓不逝。骓不逝兮可奈何,虞兮虞兮奈若何!"

《史记》《汉书》均无关于虞姬自刎的记载,其事当出自后世传说。

当本:原本。

这两首词的原抄件今藏巴黎。由于抄写者的文化水平不高,因此错讹甚多,几乎不可卒读。此处所录,是任半塘先生校理过的文字(见任著《敦煌歌辞总编》卷三)。

从文义来看,它们应是两个人的对唱。当我们司空见惯了文人词中占百分之九十九的独唱歌曲,再回过头来读一读这两首词,不禁会产生耳目一新的感觉:原来,民间词里还有这样一种生动活泼的艺术表现形式!

揣想当年演出时的情景,很可能是这样的:甲乙两人分别扮作文武二士,粉墨登场。"武士"斜睇白了"文士"一眼,露出鄙夷而不屑一顾的神态,挑衅地唱出了第一支曲子。他的唱词可真够尖刻的,一开头就把文士们所致力从事的学业贬了个一钱不值——"你们这些儒生,读几卷诗书,学两下剑术,能有什么大出息?"贬低他人,自然是为了抬高自己,故顺势带出第二句——"哪儿比得上俺们这些在边塞沙场上大显身手的武士啊!"接下去三句,进一步炫耀自己的勇武:"瞧,俺们武士手里握着铁一般坚实的长枪,宝剑磨得簇崭新,寒光闪闪,好似天上的明月,那才叫威风哩!"十六个字只写两件兵器,不着一语去描画人的形象,但武器精良如此,人物的剽悍更不待言了。这便是侧笔的妙用,比正面写人要来得精彩。上阕得意扬扬,风头出足,相形之下,

"文士"已显得寒酸、猥琐,黯淡无光;但"武士"似乎还觉得不够尽兴,下阕又加倍跌宕,换头处再次折回去用直笔贬抑儒生:"往昔立下战功的军人们才值得羡慕,别瞎吹什么儒士的德行和能耐了。"末三句更变本加厉,改用诘问的口吻:"听说眼下四方边塞都燃起了烽火,请问你们这帮儒生,哪位有勇气去平息战乱?!"这一"军""将"得极狠,盖上文云云,还不过是说文学不如武艺,本领高低,前途大小,见仁见智,无关宏旨,"文士"尽可笑而不答,以示自己的雅量;而一旦问题牵涉到敢不敢挺身而出,为国家戡乱,则事关儒士的人格和荣誉,非同小可,容不得装聋作哑了,势必予以回答。 然而,这问题又实在不好回答。 倘若硬充好汉,投笔从戎,以书生文弱之躯去冲锋陷阵,即无异于羊入虎口;如果自认怯懦,作龟缩之状,那么从此再也别想抬头见人——真是进有所不能,退有所不甘,进退两难。 在观众看来,"文士"已被逼到了墙角,无路可遁了。 演出至此已进入高潮,人们当饶有兴致地等着看那"文士"如何下台。 这时,只见他不慌不忙,脱口唱出第二支曲子来。

"你们武士那点本事算不了什么,俺们儒士的能耐更在你们之上呢!"——反唇相讥,"文士"一甩手,也抛出两句大话。 何以见得? 自有历史为证:君不见汉高祖手下的头号谋士张良乎? 那张良体弱多病,从不曾率军作战,但他"运筹策帷帐中,决胜千里外"(《史记·留侯世家》),楚汉相争,楚强汉弱,而终究汉兴楚灭,可全亏了张良的谋略!"文士"拉出这面大旗只轻轻一晃,便化解了"武士"其来势也汹汹的进攻招数。 脚跟既已站稳,下阕就势反击:楚霸王项羽"力拔山兮气盖世"(《史记·项羽本纪》载霸王《垓下歌》),武功不可谓不高吧? 然而魔高一尺,道高一丈,在张良的谋略面前,他还不是四面楚歌、走投无路,落了个乌江自刎的下场? ——弦外之音是:你们武士谁还狠得过楚霸王? 什么绿沉枪、龙泉剑、"沙塞骋偻㑩"之类的话头快快收起,休要再提了,匹夫之勇,何足道哉! 一段为人们所熟知的历史,正面的启示,反面的教训,都已说尽,最后便自然而然地遥应前篇,以直接回答"武士"的诘问作收:以古例今,从来就是儒士平息战乱! 俺们书生最"善于"定风波,岂止"敢去"而已? 那"文士"成竹在胸,辩口捷给,眼见得这场"舌战"是他赢了。 如若曲子词也援杂剧之例,须用小字注出演员临场时规定的表情和动作的话,此处必定是以"'武士'垂头语塞科"而告结束。

  从这两首词的创作倾向来看,作者当是下层社会的一位士子。 创作动机也很明显,大抵当时的社会风气重武轻文,词人的自尊心受到了刺激和伤害,因而借歌伶之口一吐愤愤不平之气,到娱乐场上去谋取精神胜利。 关于它们的写作年代,任半塘先生《敦煌曲初探》推断为唐玄宗开元、天宝之间(713—755),虽然没有直接的证据,但看其中充满着为国靖边戡乱以建功立业的自信心,格调豪健爽朗,确实是有些"盛唐气象"的。

平心而论，安邦定国自须文武并重，相辅相成，二士持论都不免失之于偏颇；然而"武士"既自负沙场野战之劳在先，"文士"又何妨转而标榜一下帷幄运筹的重要，以"过正"来"矫枉"呢？词中喜剧式的争执气氛，活脱脱表现出"文""武"二士好强斗胜的个性，质朴可爱，并从一个特定的侧面反映了我们民族那种奋发向上的进取精神。

尽管这两首词的笔触还显得稚拙，但它们的艺术构思却是很精巧的。玉蕴璞中，连城之价并不因表面的粗糙而被淹没。

南歌子二首

　　斜隐朱帘立,情事共谁亲？分明面上指痕新。罗带同心谁绾？甚人踏破裙？

　　蝉鬓因何乱？金钗为甚分？红妆垂泪忆何君？分明殿前实说,莫沉吟！

　　自从君去后,无心恋别人。梦中面上指痕新。罗带同心自绾,被猁儿、踏破裙。

　　蝉鬓朱帘乱,金钗旧股分。红妆垂泪哭郎君。信是南山松柏,无心恋别人。

【注释】

蝉鬓：晋崔豹《古今注》载魏文帝宫人莫琼树为蝉鬓，缥缈如蝉翼。

殿：上古通指高大的房屋，见《汉书·霍光传》"鸮数鸣殿前树上"句唐颜师古注。后用以专指帝王宫室。此处可见中古民间语言里尚保留有以"殿"泛称堂屋的习惯。

这两首词和前面《定风波》二首（攻书学剑能几何、征服偻㑩未是功）相仿佛，也是二人对唱联章体。作为无独有偶的实证资料，它们向文学艺术史的研究工作者们披露了一件秘密：当曲子词兴起并盛行于民间之时，原本有着多种多样的表演形式，可以朝着各个不同的方向发展。如若不是由于文人们使它基本定型为一种新的抒情独唱歌曲的话，像上述这两组略具代言体表演性质的对唱词，满可以随着情节的进一步繁衍和角色的渐次增多，较快地过渡到以曲子词为音乐唱腔的戏剧。那么，中国戏剧史上最早成熟的品种就数不到元杂剧，而应该是"宋杂剧"甚至"唐杂剧"了。

堕甑不顾。任何一种文学艺术样式的发展都有它自己的内部规律，都受着种种社会因素的制约，回过头去对业已发生的事实侈谈什么"如果""本该"，未免多余，只要看到民间曲子词里曾经孕育过后世戏剧的胚胎这一点，也就足够了。下面，我们还是言归正传，具体来读一读这两首词。

很明显，此番出场的两名演员，扮相为一对青年夫妻。

第一曲，丈夫远出归来，乍进房门，见妻子伫立于朱帘之后，若有顾盼，顿时起了疑心：莫非她做了什么不可告人的事情？于是因疑生妒，由妒转怒，怒不可遏，遂以喝问的口气唱出一连串的"共谁""因何"与"为甚"来：妆面上清清楚楚印着刚留下的指痕，你这是和谁有了私情？衣带上是谁替你绾成了同心结？什么人踩住过你的裙裾，以致扯破了罗裙？你的鬓发怎么会蓬松散乱？髻上的金钗为什么拆成了单股？（还有一股赠送给谁去作信物了？）胭脂双颊粉泪低垂，在想哪个男人？——草草一看，以上六问，问得似乎有点杂乱无章，一会儿"面痕""罗带""裙裾"，一会儿"蝉鬓""金钗""泪脸"，东一榔头西一棒槌，使人丈二和尚摸不着头脑，疑惑作者若非有意让词中角色于盛怒之下方寸大乱，定是因自家笔力不济而凑拍趁韵了。及至反复吟味，琢磨再三，我们才恍然大悟，那编排顺序着实经过一番精心构思，绝不是率尔落笔：上阕由问"面痕"而问"罗带"而问"裙裾"者，眼见得那拈酸吃醋的丈夫已将自家的媳妇儿从头到脚粗粗打量过一遭了也。惭愧！居然被他看出许多破绽，遂不免收拢目光，盯住妻子的头发、脸庞，再作一番仔细的观察。于是乎乃有下阕"鬓乱"焉、"钗分"焉、"泪垂"焉等新的发现，越发要打破沙锅问到底了。也难怪，一方绿头巾正在半空中吊着，做丈夫的焉得不急？焉得不恼？故词人不仅要让他"问"，而且要让他"逼"，这就十分符合夫权社会生活逻辑地引出了歇拍两句——"分明殿前实说，莫沉吟！"说！老老实实地说！就站在这儿说！说明白！

不许拖时间编谎话！九个字里包含着这许多法官讯囚式的苛辞，声色俱厉，真能传神。听到这一声凶神恶煞般的吼叫，人们不禁要为那可怜的弱女子捏一把汗了。

第二曲，无辜而善良的妻子强忍一肚子委屈和羞愤，据实以对，有理，有利，有节。"自从君去后，无心恋别人。"二句先作总的剖白。以下即一一针对丈夫的诘问，委婉地予以正面回答：脸上的指痕，是妾睡梦中自己抚摩出来的。罗带上的同心结，也是妾自己所绾成。小猴儿踩住过妾的裙裾，因此扯破了罗裙。鬓发之所以散乱，是不小心让门帘勾扯了。至于金钗为什么成了单股，那可是过去的事了。泪湿妆脸，哭是因为想念郎君您哪。这一大段言辞，貌似消极被动、平淡无奇，但细细咀嚼，却也话中有话：指痕自抚——可见梦里都在渴望有人爱抚啦。同心自绾——谁让您想不到替妾来绾它呢！猁儿踏裙——独守空闺，除了小猁狙，还有谁来与妾做伴？朱帘乱鬓——可不都是因为倚门盼您回家才惹出的麻烦？钗股旧分——不知哪回您出远门时拆了两家分开作为表记的，怎么您倒忘了这茬儿？真好记性！垂泪哭郎——得，想您还想出话把儿来了，真是！说话听声，锣鼓听音，这样一读，或许就能哑出点味儿来了。解释已毕，最后自称的的确确如南山松柏一样忠实坚贞，"无心恋别人"。一篇之中，此句首尾两见，不是简单的重复，而是一再的强调。信誓旦旦，把个恨不能掏出心肝给丈夫看的妻子的形象写得活灵活现。既显露出民歌的特色，也更符合说话的口吻。以拙为巧,这等好处,文人词中正不多见呢!

至此,一场天大的误会涣然冰释。丈夫转怒而喜,妻子破涕为笑,夫妻重归于好。词中不曾写出,台上效果自见。当日观众死绝,无人为笔者作证,固是一憾;但也不致有谁来抗议说在下信口开河,未始不值得暗自庆幸罢。

这事若叫宋代话本小说中的"快嘴李翠莲"撞着,当是另外一种结局:柳眉倒竖,杏眼圆睁,一蹦三尺,以机关枪对迫击炮,大不了休书一纸,散伙开路,挟着陪嫁的妆奁回娘家去。那么,这出戏就有了反封建的意义。但我们没有权利要求唐代的大家闺秀具有宋代市民阶层的个性解放意识,《快嘴李翠莲记》塑造的是下层社会人民心目中带有理想色彩的妇女典型,本篇塑造的则是封建社会里打着时代烙印的现实生活中的妇女典型,桥归桥,路归路。反封建,自然更好;反映封建,也不失为具有一定的社会认识价值。

在中国古代文学的阆苑里，唐宋词是一块芬芳绚丽的园圃。她姹紫嫣红，千姿百态，与唐诗争奇，与元曲斗妍，远从《诗经》《楚辞》及汉魏六朝诗歌里汲取营养，又为后来的明清戏剧小说输送了有机成分。直到今天，她那些闪烁着人文主义精神光辉而又达到很高艺术境界的作品，仍在陶冶着人们的情操，给读者带来美的享受。

贰
Chapter 2

唐宋词

唐宋词总论

在中国古代文学的阆苑里,唐宋词是一块芬芳绚丽的园圃。她姹紫嫣红,千姿百态,与唐诗争奇,与元曲斗妍,远从《诗经》《楚辞》及汉魏六朝诗歌里汲取营养,又为后来的明清戏剧小说输送了有机成分。直到今天,她那些闪烁着人文主义精神光辉而又达到很高艺术境界的作品,仍在陶冶着人们的情操,给读者带来美的享受。

词起源于隋。和《诗经》《楚辞》、汉魏六朝乐府相似,她的诞生,与音乐有着不解之缘。但她所配合的曲调,既不是上古时代的"雅乐",也不是汉魏六朝的"清乐",而是兴起于隋,以汉族民间音乐为基础,糅合少数民族音乐及外来音乐而形成的新声"燕乐"("燕",同"宴"。因常在宴会上演出,故名)。公元589年,隋文帝灭陈,结束了二百七十多年南北分裂的局面。政治上的统一,经济上的通贯,民族间的融合,自必带来文化上的汇流。词之出现在此时,决非偶然。她是"应运而生",是南方和北方、汉民族和少数民族、中国和外国音乐文学的水乳交融。

词的全名为"曲子词"。"曲子"指她的燕乐曲调,"词"则指与这些曲调相谐和的唱词。唐宋时,人们或简称其为"曲子",或简称其为"词",并无一定不变的称呼。由于这些"曲子"的唱法今已不传,现在我们所能欣赏的,就只剩下文辞了。"曲子词"今之所以通行省称为"词",这也是原因之一。

词虽起于隋,但隋代的词作却未能保存下来,人们仅能从《河传》《水调》《泛龙舟》之类打有隋炀帝时代印记的词牌名称上去辨认她们的蝉蜕。因此,我们论述词的发展历史,不得不从唐代说起。

（一）

二十世纪初在甘肃敦煌莫高窟藏经石室中发现的"敦煌曲子词",是"中土千余年来未睹之秘籍",是文学意义上词的"椎轮大辂"(朱孝臧《云谣集杂曲子跋》)。她主要是唐代(兼有五代)的民间创作。诚如王重民先生《敦煌曲子词集叙录》之所言,其中"有边客游子之呻吟,忠臣义士之壮语,隐君子之怡情悦志,少年学子之热望与失望,以及佛子之赞颂,医生之歌诀",更有少数民族剥削阶级统治下"敦煌人民之壮烈歌声",所反映的社会生活面相当广阔,情调也颇健康,较多地体现着下层人民的喜怒哀乐。她朴素、率直、活泼、清新,散发着浓郁的生活气息。尽管大部分作者的文化水平并不高,许多作品的笔触还显得粗糙、稚拙,但玉蕴璞中,连城之价毕竟是淹没不了的。

产生于民间、为人民所喜闻乐见的任何一种崭新的文学样式,总是具有强大的生命力,或迟或早总会引起文人雅士们的瞩目和效仿。词,也不例外。现存最早的文人词,当属盛唐大诗人李白的《忆秦娥》和《菩萨蛮》。宋黄昇《唐宋诸贤绝妙词选》尊之为"百代词曲之祖"。如果我们在"词曲"之前加上"文人"二字,这一评价还是符合实际的。逮至中唐,张志和、韦应物、戴叔伦、王建、刘禹锡、白居易等先后继起,倚声填词乃渐成风气。个中较突出的词的作者,一是张志和。其《渔父》五首抒写渔隐生活之情怀,风流千古,和者颇多,甚且不数十年便传到日本,为嵯峨天皇及其臣下所酷爱而至于仿作,堪称中外文化交流史上的一件盛事。二是刘禹锡和白居易。刘在夔州(今四川奉节一带)任职期间,学习当地少数民族的民歌,创作了不少歌词。而白的文艺理论颇有现实主义精神,所作诗歌也力求与民众相接近,因而有"老妪能解"的传说,他对新兴歌曲的乐于接受并为之加工,自不待言。晚唐五代时,填词之风愈扇愈炽,刘、白二人的倡导示范之功,不可忽视。

如果说,上举诸作家大多数还应称为诗人而非词人,其创作的主要成绩仍在诗而不在词,因而中唐以前,文人词还处在萌芽抽枝的阶段,那么,到了晚唐,这一新型的文学样式可以说基本成熟了。其标志即是第一位大词人温庭筠的出现。温氏虽然也工诗,但其诗名已为词誉所掩,这表明,文人词已从文人诗那里争得了自己的独立。温词深美闳约,精艳绝人,音声繁会,针缕细密,达到了相当高的艺术水准。然而也正是在他的手里,词主艳情、香而软的传统格局定型了。前此,文人词在题材的广泛性上即便不能和民间词同日而语，却也未至于像温词那样狭隘。可以说，晚唐词在艺术性方面的长足进步，是以社会内容的消减作为代价的。推究其原因，殆由于温词半是替宰相令狐绹代笔去取悦那笃好声色的唐宣宗，半是为了供给青楼女郎们侑酒时的歌唱之需，初不以展示自己的政治理想、人生抱负为宗旨。因此我们尽可以对词人的创作动机及由此而派生出来的作品局限性表示不满，却不可以单凭其词作去论他的全人。读一读《温飞卿诗集》，便可知作者心目中并非没有国计民生。后来的许多词人，如欧阳修、柳永等，也都以诗而不以词为思想的主窗口，或至少不以词为思想的唯一窗口，因而在他们的诗和词中，表现社会现实内容的有无与多寡，相差甚大。本文就词论词，对他们的为人和整个文学创作不进行全面估价，谨在此总提一笔，下不一一赘述。

五代十国时期，北方战祸频仍，政权更迭，民不聊生，遑论文学艺术的发展。相对来说，南方的局势却较为和平。于是经济重心和文化重心便联袂自中原南迁。而剑门关外的天府之国，扬子江畔的鱼米之乡，这万里长江的上下两端，天险堪恃，地利可依，正是战乱时代最理想的割据之处。因此，在这两块绿洲上立足的前后蜀和南唐，理所当然地成了当时经济、文化最繁荣的国度。"西蜀""南唐"两大词派，就在这特定的历史条件下先后崛起。

"西蜀词派"亦称"花间派"，因后蜀赵崇祚编《花间集》，共收十八位作家、五百首词，而这些作家又大多是蜀人或仕宦于前后蜀,故尔得名。该派成员之一的欧阳炯在为《花间集》作序时,曾这样描绘六朝乐府艳辞的创作背景:"绮筵公子,绣幌佳人。递叶叶之花笺,文抽丽锦;举纤纤之玉指,拍按香檀。不无清绝之词,用助妖娆之态。"其实,这也正是花间派词自身的创作过程。尽管欧序颇有微辞于"自南朝之宫体,扇北里之娼风",但花间派词中仍有不少"宫体"和"娼风"的混合物。不难看出,此派的作风是效法温庭筠的。而《花间集》的首选,也正是温词!无怪后人称温氏为花间派的鼻祖。须知道,前后蜀的某些君主,如王衍、孟昶之流,纵情声色的程度比唐宣宗有过之而无不及;西蜀词人狎妓宴饮的风气,也不亚于晚唐才士。所以,花间派之脉承温飞卿,以醇酒美人为主要创作对象,可谓顺理成章。当然,这是就总体而言的。若具体分析,则《花间集》中也还有像鹿虔扆《临江仙》那样抒亡国之深悲,像薛昭蕴《浣溪沙》那样发怀古之遐想,像毛文锡《甘州遍》那样摹写北陲战伐,像李珣、欧阳炯《南乡子》那样描绘南疆风情的作品,别开生面,未可一概而论。

  西蜀词人中成就最高的是韦庄。其作品主题固然多写艳情,与温庭筠差异不大,但偏向于自己亲历的悲欢离合,主观色彩较强烈,风格也较清丽疏朗,有别于温词的注重客观描绘和浓艳缜密。

  "南唐词派"所由产生的社会环境及其前期作品的取材范围,与"西蜀词派"大致相同,但时代稍晚,代表作家也较为集中，主要是南唐的两位君主——中主李璟、后主李煜父子和一位宰相——冯延巳，不像西蜀词人那样成分复杂，上至帝王将相，下及一般官员和士人。又该派形成之日，已是国祚衰微、风雨飘摇之时。后周以及代周而继起的宋，虎视眈眈，陈兵境上，这样严峻的形势，不容许南唐的君臣们忘形地陶醉在"者边走，那边走，只是寻花柳；那边走，者边走，莫厌金杯酒"（前蜀后主王衍《醉妆词》）之类欢快的小夜曲里，一如西蜀贵族们之所曾经。于是，我们在前期南唐词里看到了较多的冷色，如李璟《山花子》所谓"菡萏香消翠叶残，西风愁起绿波间"之类。要说南唐词与西蜀词在风格上有什么区别，那就是多了一层心理上的阴影，从而辞笔也就较为凄清，不同于西蜀词的绮艳。

都城金陵的陷落，标志着南唐政治命运的完结，同时也标志着南唐词文学价值的升华。南唐词派最后一个，也是最杰出的一个作家李煜，入宋后以亡国降虏的身份，在"日夕只以眼泪洗面"（李煜本人与旧宫人书中语）的软禁生活中，写出了"小楼昨夜又东风，故国不堪回首月明中"，"问君能有几多愁，恰似一江春水向东流"（《虞美人》）等许多泣尽以血的词句。诚然，他所魂牵梦萦的，不过是一个封建帝王失去了的天堂，究其实质，本不足称道；更何况，他在位时的奢侈腐化是导致南唐覆灭的直接原因，今日阶下为囚的种种怨愁悔恨，无非咎由自取。可是，其入宋后的创作毕竟是真挚的，是用高度洗练的词句去概括一般人在失去最美好的一切时都可能会产生的那种沉痛心情,故而其美学意义超出了作品本身所反映的具体社会生活内容,仍有一种强烈的艺术感染力。 清代著名词学评论家周济说:"毛嫱、西施,天下美妇人也,严妆佳,淡妆亦佳,粗服乱头,不掩国色。飞卿(温庭筠),严妆也;端己(韦庄),淡妆也;后主则粗服乱头矣。"(《介存斋论词杂著》)形象地道出了三家词的特色。 而"粗服乱头,不掩国色"八字,正是对后主那些直抒胸臆、洗尽脂粉纯用白描之佳作的高度评价!

(二)

经过隋、唐、五代近四百年间众多民间作者和文人作者的共同努力,词业已由发源时仅可滥觞的一泓清浅,演为初具波澜、力能浮舟的溶溶流川。 而进入两宋时期后,因着创作队伍的不断壮大,创作视野的不断开阔,创作技巧的不断新变,词的发展形势更有如江出三峡,一泻千里,吞天圻地,溅玉喷珠,挟五湖百渎之水赴海朝宗。 近人编《全唐五代词》,仅得一百七十余家,二千五百余首;而《全宋词》及《全宋词补辑》所收,却多达一千四百三十余家,二万零八百余首(含残篇)。 尽管唐、五代词散佚的比例更大一些,不能据今存数目断言其词人、词作一定只有两宋的八分之一;但两宋词坛之远较唐、五代为繁荣,却是毋庸置疑的。 单从两者之间的量的对比上,我们也可以约略窥见词在入宋后的鼎盛气象。

北宋的统治者有惩于晚唐、五代藩镇割据，兵连祸结，禁军怙乱，擅主废立的历史教训，早在建国之初就怂恿和诱导高级将领交出兵权，"多积金帛田宅以遗子孙，歌儿舞女以终天年"（《宋史·石守信传》）。后来，又扩大科举取士及任官的名额，设置一系列叠床架屋的行政机构，实行"官以寓禄秩、叙位著，职以待文学之选，而别为差遣以治内外之事"（《宋史·职官志》）的烦琐官制，建设起一支庞大的、以文职为主的官僚队伍，作为保障其高度中央集权的基干力量。为了换取这一阶层的忠勤服务，封建君主也必须给他们以优厚的生活待遇。因此，当时达官贵人蓄养家妓的风气，士大夫阶层文酒雅集的风气之盛，是前朝所无法比拟的。此外，大一统政权的巩固，又给饱经晚唐、五代干戈俶扰之苦的人民提供了休养生息的机会，使他们得以用自己的辛勤劳动，将社会生产力恢复并发展到一个新的阶段。随着农业、手工业、商业的日趋兴旺发达，都市经济的日渐欣欣向荣，市民阶层的人数急遽膨胀着，成为一股愈来愈不可小觑的社会力量。他们口腹之余，自然也要文化娱乐方面的享受，于是便有那民间乐工、歌妓"新声巧笑于柳陌花衢，按管调弦于茶坊酒肆"（宋孟元老《东京梦华录序》），风尚所趋，凌轹往世。上流社会与中下层社会对于声歌的共同需求，构成了推动宋词臻于极盛的合力。而由于这两种社会阶层有着不同的艺术旨趣，与之相适应的词的创作面貌也就大相径庭。这在北宋前期表现得尤为典型。

贵族们得利较早，因而北宋的早期词坛由他们一统天下。但贵族词艺术高峰的出现，还在开国后第三代君主仁宗统治时期，其代表作家是晏殊、欧阳修。他们都官至宰辅大臣，词作侧重于反映士大夫阶层闲适自得的生活以及流连光景、感伤时序的情怀；所用词调仍以唐、五代文人驾轻就熟的小令为主；辞笔清丽，气度闲雅，言情缠绵而不儇薄，达意明白而不发露，词风近似南唐冯延已。其艺术造诣不可谓不高，然而因袭的成分较重，尚未能摆脱南唐词的影响。晏殊的幼子晏几道也擅长小令，与晏殊并称"二晏"。他是由贵公子降为寒士的，亲身经历了"华屋山丘"的人世沧桑，故其词于高华之中深寓悲凉。论时代，他已入北宋后期；论流派，则仍是晏、欧的变调和嗣响。小晏以后，专学唐、五代令曲且以此名家的词人，在宋代才算是绝迹了。

市民阶层的势力不可能因统治阶级内部权力和财产的再分配而立刻壮大起来，它需要经历一个社会生产水平提高、社会劳动总量积累的过程。因而市民词起步较晚，今存北宋早期词作中尚见不到她的倩影。但她发展的势头很猛，也在仁宗时期达到了高潮，其代表人物是柳永。柳氏一生漂泊，沉沦下僚，政治地位不高，故较能接近民众。所作多描绘都市风光，传写坊曲欢爱，抒发羁旅情怀，内容略丰富于晏、欧，语言也俚俗而家常，颇合市民阶层的口味。他精通音律，长期混迹于秦楼楚馆，与民间乐工、歌妓密切合作，创制了许多新腔，其中大多数是更宜于表现繁复多变的都市生活的慢曲长调。慢词在民间早已有之，但自唐以迄宋初的文人比较矜持，他们宁愿择用那些句度类似五、七言近体诗（那本是他们的拿手戏）的短调，而不甚措意于所谓哇声淫奏的慢曲子。**柳永是扭转此风的第一人**。词的篇幅拉长了，容量加大了，表现手段自然也要出新。于是，柳永将六朝、隋唐小赋的技法引进词的领域。他那层层铺叙、处处渲染、淋漓酣畅、备足无余的作风，确与崇尚含蓄、讲究韵味、抒情小诗般的传统文人词大异其趣。由于柳词具有较广泛的群众基础、较新鲜的时代风貌，故而风靡四方，赢得了"凡有井水饮处，即能歌柳词"（宋叶梦得《避暑录话》引西夏归朝官语）的盛誉。

概括地说，北宋前期，主要是仁宗时期，词坛上就呈现着这样一种贵族词与市民词，雅词与俚词，令词与慢词双峰对峙、二水分流的局面。 当然，晏、欧未始没有俗词、慢词的创作尝试，柳永也并非不作雅词、令词，以上所述，不过是就双方各自的主导倾向而言罢了。同期还有一位以"张三影"出名的词人张先，官没有晏、欧做得大，但也不像柳永那样仕途偃蹇，他的词"适得其中，有含蓄处，亦有发越处"（清陈廷焯《白雨斋词话》），大抵出入于两派之间。

宋词至于柳永，完成了第一次转变。但这转变只是翻新了词的音乐外壳，却未能从内容上根本突破"艳科"的樊篱。因此，当文学史家站在更高的层次为宋词划分流派时，仍将柳永与晏、欧等一并编入"婉约派"的阵营。而拓宽词的意境，扩大词的表现功能，在新的历史条件下部分地恢复和发扬早已式微了的唐五代民间词的现实主义精神，使词能够做到像诗那样自由地、多侧面地表达思想感情，观照社会人生——宋词发展进程中这更为艰巨，也更有积极意义的第二次转变，不能不有待于"豪放派"的异军突起。

北宋建国六十年后，社会繁荣背后隐藏着的阶级矛盾、民族矛盾、统治阶级内部不同政治派别间的矛盾日益尖锐化、表面化。为了缓和这些社会矛盾，维持宋王朝的长治久安，统治集团中的有识之士纷纷提出政治、经济改革的主张并付诸行动。仁宗庆历年间的"新政"，神宗熙宁、元丰时的"变法"，虽因大官僚地主保守势力的阻挠和反对而终至失败，但它们对于社会生活各个方面的深刻影响却不可低估。宋词中"豪放派"的兴起，恰在这一时期，恐怕很难用巧合二字来解释。由于政治、经济和文化的发展进程具有不平衡性，未必所有的改革者都是"豪放派"，所有的"豪放派"都是改革者；然而改革精神必然会曲折地反映到文学包括词的领域中来，则是可以断言的。

严格说来，关于"豪放派"的发轫之始，应追溯到与晏、欧、柳同时的范仲淹。他出身贫寒，贵不忘本，具有"先天下之忧而忧，后天下之乐而乐"的博大胸怀，曾亲率大军抗击西夏贵族政权的武装侵略，后又主持过"庆历新政"。其词虽只传五首，却颇多新意。如《渔家傲》之写边塞风光、军旅生活，以悲凉为慷慨；《剔银灯》之借咏史发泄政治牢骚，于诙谐见狂狷:这在当时以批风抹月为能事的词坛上,不啻是振聋发聩的一声雷鸣! 豪放之作在唐代民间词中已有一定数量,在唐、五代以至北宋前期的其他文人词里亦偶一露面,不可谓无,只是湮没在婉约词的茂草底下,呈间歇泉状态,未曾喷涌成溪而已。 至范仲淹出,它才正式成为文人词的一种自觉的创作倾向。 我们之所以云然,是连同范氏那些散佚了的豪放篇什一并考虑在内的。 据宋魏泰《东轩笔录》记载:"范文正公守边日,作《渔家傲》乐歌数阕,皆以'塞下秋来'为首句,颇述边镇之劳苦。"假定所谓"数阕"为三至五首,那么在他可知见的词作中,豪放词与婉约词的比例便是五比三或七比三,前者明显占了优势。

进入北宋后期,神宗朝的大改革家王安石一方面在创作上步武范仲淹,以《桂枝香》(登临送目)、《浪淘沙令》(伊吕两衰翁)之类刚健亢爽的怀古咏史词显现其政治长才、豪杰英气,一方面又从理论的角度向词须合乐的世俗观念发出了挑战。 他说:"古之歌者皆先有词,后有声,故曰'诗言志,歌永言,声依永,律和声'。 如今先撰腔子,后填词,却是永依声也。"(见宋赵令畤《侯鲭录》)这话实质上是以破为立,"豪放派"的创作纲领,已然音在弦外。 前此词中之所以充满着"妇人语"和"妮子态",英雄志短,儿女情长,多阴柔之美而少阳刚之气,关键即在以词应歌,而晚唐、五代以来世尚女乐,歌者大都是妙龄女郎,为了适应她们的"莺吭燕舌"(宋张炎《词源》),词中自然只好以男欢女爱、离情别绪、伤春悲秋为主题,以"婉约"为正宗了。"豪放派"要解放词体,打破"诗言志"(泛指情志)而"词言情"(特指情爱)的题材分工,冲决"诗庄词媚"的风格划界,就一定要松开束缚着词的音乐枷锁。在这一点上,时代略晚于王安石的苏轼,似乎走得更远。

苏轼非不能歌,但自言平生不善歌,更值得注意的是,他"豪放,不喜裁剪以就声律"(宋陆游《老学庵笔记》),因此,他只把词当成一种句读不葺的新体诗来作。他在词里怀古伤今,论史谈玄,抒爱国之志,叙师友之谊,写田园风物,记遨游情态……真正做到了"无意不可入,无事不可言"(清刘熙载《艺概·词曲概》):或表现为平冈千骑、锦帽貂裘、挽弓射虎时的激昂慷慨,或表现为骤雨穿林、芒鞋竹杖、吟啸徐行时的开朗旷达,或表现为大江醉月、故国神游、缅怀英杰时的沉郁悲凉,或表现为长路思茶、柴门轻叩、试问野人时的随和平易……真正做到了"如行云流水,初无定质,但常行于所当行,常止于所不可不止"(苏轼《答谢民师书》)。他是"豪放派"当之无愧的奠基者。

苏轼的冲击波,在北宋晚期词坛上引起了两种不同的反响,赞成者有之,持异议者亦有之。**传统是一种巨大的惯性,因而苏轼对词体的革新暂时还不能为大多数人所接受,连他最钟爱的学生秦观也还是学柳永作词的。**在北宋后期的婉约词人中,秦观是艺术造诣很高的一位。其词的特色是只以中音轻唱,只以浅墨淡抹,而旋律间自有一种沉重的咏叹,画面上自有一种层深的晕染。宋蔡伯世言："苏东坡辞胜乎情，柳耆卿情胜乎辞，辞情兼称者，唯秦少游而已。"（宋孙兢《竹坡词序》引）推许已极。总之，他的词既达到了"虽不识字人亦知是天生好言语"（宋吴曾《能改斋漫录》记晁补之语）的俗赏，也赢得了文化修养较高的士大夫们的众口交誉。他政治上屡经挫折，远谪南荒，而性格软弱，不像与之有着相同遭际的苏轼、黄庭坚等那样倔强，故其晚年之作多绝望语，格调也由哀婉而入凄厉。古往今来，社会心理一般都同情弱者，同情不幸者，秦观以及类似的悲剧型婉约作家，如前面的李煜、晏几道，后面的李清照，其作品之所以偏得人怜，这未尝不是一个重要的因素。

北宋晚期"婉约派"的另一位重要作家，徽宗朝曾主管国家音乐机关——大晟府的周邦彦，在继承柳永的基础上，进一步发展了婉约词的艺术形式。如作纵向比较，他对柳永的新变，着重表现在以下几个方面：其一，柳氏参与制作的大批慢曲，多是民间新声。口耳相传，此出彼入。乐工、歌妓既得自由发挥，兴之所至，擅行损益音拍；词人倚声填词，自不免客从主便，入境随俗，就文字作出相应的增减。故柳词中颇有同调作品句度参差不一、字数众寡不一的现象。而周氏作为大音乐家兼高级乐官，无论其独立创作抑或在其领导下整理和创作出的歌曲，都具有严格的规范性，故其词字句较整饬，呈现为格律化的定型。其二，柳永时代的乐曲，一曲仅用一种宫调，对歌词字声的要求还不算太讲究,故柳词多只在乐律吃紧处精心调配。而周氏制乐,每"移宫换羽,为三犯、四犯之曲"(《词源》),一曲之中多次转换宫调,音律更为繁复多变,这就必须处处留意字声,平上去入,阴阳轻重,各用其宜,不容相混。王国维《清真先生遗事》谓,读周词,"觉拗怒之中自饶和婉,曼声促节,繁会相宣,清浊抑扬,辘轳交往"。诵读尚且如此,当时歌唱之美听可想而知。其三,柳词长调多平铺直叙,大开大合,盖筚路蓝缕之际,未暇作营构迷楼之想。而周氏躬逢慢词盛行之时,遂刻意出奇创新,人为地制造曲折回环,或无垂不缩,或欲吐先吞,或虚实兑形,或时空错序,章法变化之能事至此极矣。如作横向比较,则等是一时婉约高手,周与秦的作风也不甚相同。**大抵秦之笔轻灵,周之笔凝重;秦词醇正,周词老辣。北宋"婉约"词人,周邦彦最晚出,熏沐往哲,涵泳时贤,宜其词中千门万户,集婉约派之大成,开格律派之宗风。**

与秦、周同辈且并辔齐驱的,还有一位词中奇杰——贺铸。他是北宋唯一从武官队里脱颖而出的著名词人,其词取材较广泛,风格也不拘一隅。"苏门四学士"之一的张耒在《东山词序》中说:"余友贺方回博学业文,而乐府之词高绝一世。……盛丽如游金、张之堂,而妖冶如揽嫱、施之袪,幽洁如屈、宋,悲壮如苏、李。"他的婉约词兼收并蓄前代及同时各名家之体,**如杂花酿蜜,自成滋味**;豪放词每能择健曲为之,既作侠语狂言而又严守乐谱,**犹合金铸剑,别有锋芒**。

他以《小梅花》词写《行路难》《将进酒》，上追汉魏乐府之古调；在《水调歌头·台城游》等词里句句用韵，平上去通叶，下开金元北曲之新声。至《六州歌头》通篇充满有志报国、无路请缨的忠愤之气，撞金击石，虎啸龙吟，直是苏词向南宋辛派嬗变的关捩。"细读《东山词》，知其为稼轩所师也。世但言苏、辛为一派，不知方回，亦不知稼轩。"近代夏敬观对贺词的这段批语，诚为有识之见。

总的说来，北宋后期名家都属于士大夫阶层，部分人偶也写有俚词，但主要创作倾向却是雅俗共赏乃至以雅化俗；并且除晏几道外，一般都令慢兼长。因此，这一时期词坛的格局，转而表现为"婉约派"与"豪放派"的对垒。论暂时的力量对比，前者如老柳吹绵，漫天飞絮，占据着上风；论将来的发展趋势，则后者似新笋解箨，拔地而起，"栖凤枝梢犹软弱，化龙形状已依稀"（南唐李璟咏新竹诗，见宋马令《南唐书·嗣主书》），前程正未可限量。

（三）

北宋末年，宋、金联合发起的灭辽战争，充分暴露了宋王朝的腐败和宋军的孱弱，于是，辽亡后不久，金贵族政权的铁骑便大举南侵，一口吞并了整个中原地区。徽、钦二帝被掳，高宗仓皇南渡，中国历史上出现了第二次南北朝的分裂局面。

南宋前期是剑与火的时代，血和泪的时代。且不说其间宋金双方曾有过若干年、若干次空前惨烈的保卫战、拉锯战和进攻战，即便是在宋向金称臣称侄、岁贡银绢、屈膝求和的苟安时期，以爱国的将领、士大夫和人民为一方，以误国甚至卖国的昏君（或庸君）、奸臣为另一方，战与和、战与降的斗争也始终不曾止息。国家的危亡，民族的耻辱，人民的苦难，面对这一切，只要是具有正义感的词人，谁还能镇日价偎翠倚红、浅斟低唱？谁还能镇日价雕琢章句、锱铢宫商？他们不期然而然地集合到苏轼的旗帜下来，拨动铜琵琶，叩响铁绰板，放开关西大汉的粗嗓门，高歌抗战，高歌北伐。天平急剧地向"豪放派"一侧倾倒！**宋词史上最光辉的一页，就是由这批爱国词人蘸着自己动脉中沸腾的血液写成的。**

最早的爱国词作者中包括李纲、岳飞等站在抗金斗争最前列的著名将相。李纲的咏史组词八首，分别以"汉高□（缺字疑当作'宴'）鸿门""汉武巡朔方""光武战昆阳""晋师胜淝上""太宗临渭上""明皇幸西蜀""宪宗平淮西""真宗幸澶渊"为题，一看便知是送呈御览的，旨在借古讽今，鼓励君王亲征，反对逃跑主义。有词以来，人但以"小道"目之，而李纲竟用如章奏，耸动"天听"，无形中，词的政治地位"抟扶摇而上者九万里"（《庄子·逍遥游》）了。岳飞的词作今虽仅存三首，但首首与抗战有关，几于字字珠玑。尤其是那"壮怀激烈"的《满江红》，光昭日月，气吞山河，不仅唱出了那个时代的最强音，在近世中华民族反抗外来侵略的严峻斗争中,也曾教育和鼓舞过千百万人。

　　年辈在李纲、岳飞之间的张元幹以及比他小四十二岁的张孝祥,在词史上并称"二张"。从创作的数量和质量、思想性和艺术性两方面的结合上来看,他们是南宋早期爱国词人中成绩较大的两位。高宗绍兴年间,朝士胡铨因上书反对和议、请斩秦桧之头而遭迫害,被流放广东蛮荒之地。张元幹不畏株连,毅然作《贺新郎》为他饯行,竟以此得罪,受到削籍除名的处分。孝宗朝"隆兴北伐"失利后,投降派重新得势,遣使向金人乞和,张孝祥悲愤地在建康留守宴上赋《六州歌头》,致使主战派大臣张浚伤心罢席。此类"慷慨悲凉"(《四库全书提要·芦川词》)、"骏发踔厉"(明毛晋《于湖词跋》)的优秀爱国词作,二人集中,绝非仅见。清代著名词论家刘熙载读二张词后,由衷地感叹道:"词之兴、观、群、怨,岂下于诗哉!"(《艺概·词曲概》)词至爱国,其体自尊。明白这个道理,便觉清人挖空心思以《诗经》中的长短句体为词之源,靠虚报年龄来抬高词的身价,真正是多事了。

　　怒澜排空的南宋爱国词潮,至辛弃疾出而上升到了巅峰。辛氏出生于北方沦陷区,青年时即组织义军,献身抗金复国的大业,南归后却始终不得朝廷信用,屡官屡罢,壮岁被投闲置散于乡里达二十余年之久,北伐宏图蹉跎成空。其将才相略既无处发挥,一腔忠愤遂尽托之于词。无论高楼远眺、寒窗夜读抑旅途书壁、归隐题轩,无论移官留别、饯客赠行抑元夕观灯、中秋赏月，无论遣兴写怀、侑觞祝寿抑抚今追昔、论史谈经，他那横戈跃马、以恢复中原为己任的豪情壮志，那因受昏愦无能的统治集团压制、排挤、打击，长期郁积而成的一肚皮不合时宜，时时处处，一触即发：击筑悲歌，不让荆轲《易水》；揭喉高唱，肯数刘季《大风》？浩叹沉吟，无非磊块；嬉笑怒骂，皆成文章。他那股浑厚苍莽之气，那支雄奇奔放之笔，不但曲子里缚不住，就连词最起码的句度也无法范围了。在他的面前，苏轼的"以诗为词"都还显得保守——他干脆进一步解放词体，"以文为词"，从此，散文句法也在词中通行了。辛词的特色，还不止于此。由于他是来自北方的"归正人"，颇受猜忌，动辄得咎，有些复杂的感情、过激的言论不便直接吐露；又由于他饱读诗书，胸藏万卷，学养博大精深，不满足于前人用滥了的陈词熟套，于是他便在词里大量用典，甚至用生典僻典，"《论》《孟》《诗小序》《左氏春秋》《南华》《离骚》《史》《汉》《世说》《选》学、李杜诗，拉杂运用"（清吴衡照《莲子居词话》），信手拈来，往往有出神入化之妙。这种做法扩大了词的意蕴容量和艺术张力，虽然，也给今天的读者造成了许多困难和障碍。

　　与辛弃疾同时的爱国词人，长者有陆游，平辈有陈亮，后进有刘过。陆游是南宋伟大的爱国诗人，而不以词特别著称，刘过学辛弃疾而未有突出的个性，故此皆从略，只说一说陈亮。陈与辛是志同道合的密友，人才相若，二人集中唱和之作甚多，词风亦相近。所不同者，辛弃疾身为朝廷命官，不能直言无忌，因而词多摧刚为柔，更见沉郁顿挫。而陈亮则是一介布衣，没有什么拘束，所以敢大声疾呼。他以策论为词，以檄文为词，痛快淋漓，横放恣肆，颇有自己的戛戛独造。虽然粗犷发露了一点，不及辛词的雄深雅健，但自是黄钟大吕之音，足以立懦起顽。"尧之都，舜之壤，禹之封。于中应有、一个半个耻臣戎！"（《水调歌头·送章德茂大卿使虏》）读到这样的词句，爱国之士谁个能不目眦尽裂、发上指冠呢？

南宋前期，"婉约派"只为我们贡献了一位出类拔萃的词人，那就是中国古代最优秀的女作家李清照。 她的一生和创作横跨两宋。早在徽宗时，她那些真正属于女性自己的心声，而非由男士们越俎代庖的爱情词，即已以其特有的那份诚挚和缠绵悱恻而卓然名家；但《漱玉集》中的最高成就，却主要体现在她南渡以后的作品里。女词人是爱国的——"生当作人杰，死亦为鬼雄。至今思项羽，不肯过江东！"她的《乌江》诗句句燃烧着火焰，其对于抗战之态度的坚决，对于投降派之义愤的强烈，决不亚于任何一位爱国的"豪放"词人。可惜，"婉约派"关于词"别是一家"（李清照论词语，见宋胡仔《苕溪渔隐丛话后集》）的传统观念限制了她的创作，使她偏心地把侠肝义胆都给了诗，而只在词里向读者展示一个弱女子的自我形象。尽管如此，她的晚期词作还是具有相当高的现实主义价值。虽然她写的只是个人在流落天涯、孤苦无告时的"寻寻觅觅，冷冷清清，凄凄惨惨戚戚"（《声声慢》），但却典型地涵盖了当时千千万万的北方难民在国破家亡后的共同境遇，从侧面暴露了侵略者和投降派的历史罪行。这一社会功能又非"豪放派"的爱国词所可以替代。至于她的词在艺术上的造诣，则主要是能"用浅俗之语发清新之思"（清彭孙遹《金粟词话》），辞淡于水，而味浓如醅。为此，她获得了"男中李后主，女中李易安，极是当行本色"（清沈谦《填词杂说》）的高度赞誉。

"事无两样人心别"（辛弃疾《贺新郎·同甫见和再用前韵》）。北中国的丧失，在爱国志士们固然如刳肠剜目，痛心疾首；而对于南宋小朝廷来说，则只当是切除了半个胃，并不十分妨碍他们啖肥饮甘。更何况，以新都临安为中心的东南地区，山川秀丽，物产富饶，正是理想的安乐窝。因此，一旦妥协和屈辱换得了苟安，北宋末年那种以趁歌逐舞为特征的"宣、政风流"，就又成为达官贵人们的生活必需品了。这样的土壤，为培养南宋自己的周邦彦提供了温床。经过数十年的一再优化繁殖，终于，南宋后期词坛上结出了两颗"格律派"的硕果——姜夔和吴文英。

姜、吴二人都是游徙于豪贵之门的清客词人。他们有许多共同点，但在许多方面又不尽相同。首先，他们都精通音律，各自创制了不少新腔。其中姜氏尤以乐家名世。《白石道人歌曲》中的十七支自度曲，并缀有工尺旁谱，为唯一留存至今的宋词乐谱，吉光片羽，弥足珍贵。其次，他们的词，都以言情咏物为主。但姜氏年长数十岁，游历也较广泛，特别是早年曾到过边城扬州，犹及亲见金人南侵暴行的痕迹，中年且于"开禧北伐"前得与辛弃疾交游，故集中尚有少许作品兴黍离麦秀之叹、发长淮金鼓之鸣，这就不是纯然生活在南宋晚期、足不出江浙之地的吴文英所能道的了。又姜氏人品孤高，不肯苟作谀词，而吴氏于此则未能免俗，集中应酬之作甚多。同为江湖游士，情操却还有程度高下之分。其三，他们的词风都学周邦彦，但姜氏旁参"江西诗派"的生硬，得周之峭拔；吴氏侧入晚唐诗人的密丽，得周之深华。分镳歧路，走向了不同的极端。就技法而言，姜词多用虚字提唱，故结体清空，层次的演绎和转换较为显豁，筋骨全在明处；吴词却每每排比藻绘，故为体质实，脉络多藏在暗处，所谓潜气内转，空际翻身。就风格而论，姜词"如野云孤飞，去留无迹"（张炎《词源》）；吴词"如万花为春"（清况周颐《香东漫笔》），蝶舞蜂忙。**以群芳为喻，姜词似疏梗白荷，幽香冷艳；吴词似千叶牡丹，复瓣浓熏**。至于说到格律的严谨，音韵的响亮，措辞的高雅，造句的新奇，两家却又殊途而同归于周邦彦。略晚于姜夔，史达祖的《梅溪词》也全祖周邦彦，"奇秀清逸，有李长吉之韵，盖能融情景于一家，会句意于两得"（姜夔《梅溪词序》），亦值得一提。

南宋晚期有不少文人雅士是沿着姜、吴的道路继续往前走的，其中周密和张炎两家颇值得注意。周密号草窗，词风接近吴文英,因吴氏号梦窗,后人遂有"二窗"之目;张炎词集名《山中白云》,论词推重姜夔,而姜氏号白石,后人便以"双白"并称。**和那些老死于先生牖下的愚顽学者不同,他们一个往酒里兑水,降低梦窗的酽度,变其秾华为韶茜;一个给铸铁抛光,磨平白石的圭角,变其清峻为圆朗。能入能出,因而仍有独立存在的价值。**但他们宋亡前的作品,至多不过是"鼓吹春声于繁华世界","令后三十年西湖锦绣山水犹生清响"(宋郑思肖《山中白云序》)而已,格调较高的篇什大都问世于亡国之后。清赵翼《题遗山诗》云:"国家不幸诗家幸,赋到沧桑句便工。"信然!

从艺术角度来说,南宋后期的"豪放派"中没有产生能与姜、吴抗衡的大家。可是,围绕着宁宗朝抗击金人,金亡后理宗、度宗两朝抗击蒙古人南侵的斗争,爱国词人们仍然一直在呐喊。其中比较出色的作家是刘克庄和陈人杰。

刘克庄与刘过号称"二刘",同属辛派的嫡系。其词风酷肖辛氏,但功力未逮,浑厚不足,粗豪有余。唯词中颇有些新的政治内容,能发前人所未发。如《满江红·送宋惠父入江西幕》谆谆告诫官军不要滥杀被逼造反的少数民族百姓;《贺新郎·送陈真州子华》批判朝廷猜忌甚至敌视北方抗金义军的错误态度;同调《实之三和有忧边之语走笔答之》提出在抗元斗争中应不拘一格,选拔重用起自卒伍的军事人才;《玉楼春·戏呈林节推乡兄》直言规箴沉湎于酒色的友人:"男儿西北有神州,莫滴水西桥畔泪!"正气浩然,千载之下犹能促人奋起。凡此种种，都为宋词增添了新的思想光彩。

陈人杰词今仅传《沁园春》三十一首，但多为忧时愤世的愁懑之辞。当蒙军重兵压境而南宋君臣文恬武嬉、国事日非之际，他挟醉濡笔，在杭州丰乐楼壁上大书道："扶起仲谋，唤回玄德，笑杀景升豚犬儿！"咄咄逼人，如唐且对秦王挺剑而起，真有彗星袭月、白虹贯日、苍鹰击于殿上的气象。他作虽不尽如此一刀见血，要皆锋芒毕露，大有陈亮遗风。而事实上陈人杰一生科场失意，未曾步入仕途，也的确是陈亮那种类型的狂士。援"二张""二刘"之例，我们正不妨也把陈人杰和陈亮合称为"二陈"的。

由于统治集团自身的腐朽没落，南迁一百五十年后，赵宋王朝终于为元蒙的北方政权所攻灭。元军的长刀利斧可以洗劫城市，可以屠戮人民，却封不住词人的歌喉。在徐徐降落的大幕下，不同经历、不同气质、不同流派的词人们，同台演完了宋词史上的最后一出悲剧。

此期名家，大略有文天祥、刘辰翁、蒋捷、周密、王沂孙、张炎等。诸人处境不同，性格各异，故词风亦多参差。其中文天祥孤军抗元，被俘北去，英勇不屈，从容就义。其《酹江月》（乾坤能大）："镜里朱颜都变尽，只有丹心难灭！"精忠耿耿，声情悲壮，如天外风吼。刘辰翁在宋亡前即能以词笔揭露批判朝政之非，宋亡后亦不肯靦颜事仇，所作多痛悼故国，骨高格遒，辞忉意苦，如林表鹃啼。蒋捷、周密入元后隐居不仕，保持了民族气节，所作哀伤亡国诸词，旨意明显，语调苍凉，如山中鹤唳。王沂孙、张炎虽苟全性命于新朝，但也无时无地不发故国之思、兴亡之感，或如草际蛩吟，或如叶底蝉嘒。就在这立体声的管弦乐多重奏中，宋词结束了她三百多年的曲折历程。

解剑 十竹斋

[唐]李白

今存词十余首,散见于宋无名氏编《尊前集》、黄昇编《唐宋诸贤绝妙词选》等,但真伪莫辨,历来聚讼纷纭,至今尚无定论。

忆秦娥

箫声咽,秦娥梦断秦楼月。 秦楼月。 年年柳色,灞桥伤别。

乐游原上清秋节,咸阳古道音尘绝。 音尘绝。 西风残照,汉家陵阙。

【注释】

"箫声"二句：相传春秋时有萧史者善吹箫，能招来孔雀、白鹤。秦穆公的女儿弄玉也爱吹箫，穆公遂将她嫁给萧史。婚后，萧史教弄玉吹箫，声似凤鸣，引来了凤凰。穆公于是为他们建造了凤台，二人住台上数年不下，后来一同随凤凰飞去。说见汉刘向《列仙传》。二句从这个典故化出，但已不再粘着于萧史、弄玉的故事，而是写秦娥月夜梦醒，思念阔别的情侣，拈箫吹弄，其声凄咽。先写箫声，后引出吹箫之人、之地、之时，这是倒卷帘的笔法。

灞桥：在长安东灞水上。自长安东行，必经此处。汉、唐人送客到此，有折柳条赠别的风俗。说见南朝梁、陈间（一说唐）无名氏撰《三辅黄图》、五代王仁裕《开元天宝遗事》。今通行选本多作"霸陵伤别"，盖据南宋后期黄昇《唐宋诸贤绝妙词选》卷一所录。本编作"灞桥"，系根据《邵氏闻见后录》，是书年代早于黄昇《唐宋诸贤绝妙词选》，所引原作文字似更为可靠。且词曰"柳色""伤别"，自与"灞桥"最切，而与"霸陵"稍隔一层，盖"霸陵"为汉文帝之陵墓，行人必过"灞桥"而不必谒"霸陵"。又"霸陵"字面与末句"汉家陵阙"叠床架屋，虽词中不避复字，然赘义重辞，终是语病，作者恐不至于笔嫩如此。

乐游原：又名乐游苑，在今西安东郊。本是秦代的宜春苑，汉宣帝时在此建乐游庙，始有"乐游原"之名。唐时，"乐游原"的西北部在长安城内。武则天统治时期，她的女儿太平公主在此建造了亭阁。其地势高而平，可以远眺，并可以俯瞰长安全城。每逢佳节，长安的士女们多到这里来游赏。清秋节：天气清肃的秋日。这里又可特指农历九月九日重阳节。古代风俗，人们在这一天登高，饮菊花酒，传说可以消灾免祸。

咸阳古道：咸阳是秦代的都城（旧址在今陕西咸阳东北），在长安西北。自长安向西北方去,须经这条古老的道路。盛唐时期,帝国在西北地区拓土开边,有许多文士和武士在那里从事汉民族和少数民族之间的军事、外交活动。音尘:音讯。

残照:夕阳。

汉家陵阙:咸阳北原上,有西汉十一个皇帝的陵墓,绵延百里,基本上处在同一条直线上。阙,古代宫室、陵墓建筑物的对称形门楼。

关于此词的作者是不是李白,学术界颇有争议,难以定论。但北宋李之仪《姑溪居士文集》卷四十同调词云:"清溪咽,霜风洗出山头月。山头月。迎得云归,还送云别。不知今是何时节,凌歊望断音尘绝。音尘绝。帆来帆去,天际双阙。"标明"用太白韵"。南宋初邵博《邵氏闻见后录》卷十九抄录此词,且紧接着就说:"李太白词也。予尝秋日饯客咸阳宝钗楼上,汉诸陵在晚照中。有歌此词者,一坐凄然而罢。"南宋后期黄昇编《唐宋诸贤绝妙词选》,卷一李白名下亦收此词及《菩萨蛮》(平林漠漠烟如织)二首,并推为"百代词曲之祖"。可见,宋人多认为它出自李白的手笔。当然,这个问题还可以进一步探讨。不过,其著作权究属何人似乎并不重要,重要的是作品本身所焕发出的夺目的艺术光华。明月珍珠,自有定价,我们又何必非要追究它产自茫茫沧海中的哪一只巨蚌呢?

《忆秦娥》一调,始见于本篇,当是作者的首创。汉扬雄《方言》卷一曰:"娥……好也,秦曰娥。"又曰:"秦、晋之间，凡好而轻者谓之娥。"这是古汉语中长期沿用下来的一个固定搭配，古陕西或山西一带年轻美貌的女子，习称"秦娥"。本词中的"秦娥"，是长安（属古秦地）城里的一位少妇。她并不是作者的妻子——换言之，不是任何特定的个体，她是"美"的艺术代表，是一切因夫婿远行而独守空闺的都市思妇的典型形象。词之初起，本为"应歌"，即创作了来供给歌女们在宴会上演唱，因此作者大都骋笔泛写"人之常情"，很少实纪自己或与自己紧密相关的人和事。而为了适合妙龄女郎们的莺吭燕舌，此类词作又多以男欢女爱、离别相思为主旨。本篇即其一例。词牌本身就是词题（早期词作大多如此）。从"忆秦娥"三字的语法结构来看，是以男性的身份表达对于"秦娥"的思念，但细读正文，却处处是写"秦娥"怀人。如此岂非名不副实？再三玩索，便知好处正在这里：对"秦娥"的思念通过拟写"秦娥"怀人的方式曲折地表现出来，情感的波澜即是现出双向流动之势，"一种相思，两处闲愁"（宋李清照《一剪梅》词）之意，居然音在弦外了。着眼于这层意义，则本篇所抒的"人之常情"，似又有作者自家的某些生活体验融会于其中。

就字面而言，上片写秦娥的"春愁"，下片写秦娥的"秋怨"。其所思之人，既曾过灞桥而东去，又或指咸阳而西行。思妇四季伤怀之情愫，征人四方羁旅之踪迹，只用四十余字便概括无遗，笔墨何等周至而经济！此盖言其大略，若更细细寻绎，则写"春愁"，场景在明月危楼、闺阁之内；写

"秋怨"，场景在夕阳高原、苑囿之外；日盼与夜想，坐思与伫望，封闭的狭小天地与开放的广袤空间，亦对举成文，相映互补。言灞桥柳色，年年伤别，则隐含游子首途之始，送行者的折柳赠别之痛；言咸阳古道，音尘断绝，则显言行者远游之后，居者的凭高跂翘之苦：这又是一重照应。**"秦娥"对于亲人的悠悠不尽的思念，就通过时序的跳跃，场景的转移，动态的切换，多时空、多侧面的种种映衬，立体地、丰满地、淋漓尽致地凸现出来。**至于行人缘何要辞家别眷，东奔西走，词中无一字道及，留下一片空白，耐人寻味。根据盛唐时期特殊的政治背景，根据唐代士人特殊的社会心理，我们不妨作如下的推测：其东行，莫不是一麾守郡，飘萍于宦海？其西去，莫不是仗剑从戎，转蓬于沙塞？总之，不外乎以一己之文武才艺，货与封建君王，为大唐帝国的雄图霸业效劳。然而，这又有多少了不得的历史意义和人生价值可言呢？君不见"西风残照，汉家陵阙"，那文治武功曾煌煌赫赫不可一世的西汉王朝，如今留下了什么？唯萧瑟秋风中、惨淡夕阳下的几丘荒冢而已！今之视昔，所见如此；后之视今，宁复有异？试观煞拍二句，积淀着多么深重的历史感慨，摄取了多么苍楚的政治观照，岂是一般闺情之作所能容纳的？显然，这匀匀焉沉重如铅块的八个字，与其说是写思妇登高望远怀人之际所见的实景，毋宁说是词人在借题发挥，一吐自己因怀才不遇而失望于政治、悲观于人生的满腔抑郁和愤懑。中国古代的知识分子，年轻时大都积极进取，怀有"如欲平治天下，当今之世，舍我其谁也"（《孟子·公孙丑下》）的宏伟抱负，然而僵死的封建机制远不能公平地向他们提供实现个人价值的机会，真正能够鲲化为鹏、雄图大展的百不一焉，因而他们中的大多数人，或迟或早总不免因理想的破灭而堕入历史虚无主义的苦闷的泥潭。（对此，我们不能因其颓唐而简单地加以否定，而首先应该透过这现象去把握封建时代扭曲知识分子人性的罪恶本质！）本篇最成功的一笔，就在于这个收束，它突破了应歌之词例多无谓（即一般不带着强烈的主观意识去自觉地表现自我）的程式，裸陈了作家自我的性灵和情绪，且涵盖了一整个时代的落拓的知识分子的普遍心态，所以读来能够令人心悸而魄动，于悲壮之美的感受中共鸣出对"他"暨"他们"之悲剧的同情和理解。

[唐]白居易

白居易（772年—846年），字乐天，号香山居士，又号醉吟先生，祖籍山西太原，到其曾祖父时迁居下邽，生于河南新郑。是唐代伟大的现实主义诗人，唐代三大诗人之一。白居易与元稹共同倡导新乐府运动，世称"元白"，与刘禹锡并称"刘白"。白居易的诗歌题材广泛，形式多样，语言平易通俗，有"诗魔"和"诗王"之称。官至翰林学士、左赞善大夫。公元846年，白居易在洛阳逝世，葬于香山。有《白氏长庆集》传世，代表诗作有《长恨歌》《卖炭翁》《琵琶行》等。

忆江南词三首·其一

江南好，风景旧曾谙。日出江花红胜火，春来江水绿如蓝。能不忆江南？

词人青少年时期就曾旅居江南,中年又先后在杭州、苏州等地做过刺史(州的长官),江南的美丽风光给他留下了深刻的印象,使他恋恋不能忘怀。晚年在北方,他写过不少怀念江南的诗歌,《忆江南》词三首就是其中广为传诵的一组。它们约作于文宗开成三年(838)前后,当时词人六十六岁左右,正以太子少傅分司洛阳(领干薪在洛阳养老)。这里所录,是组词的第一首,也是写得最精彩的一首。

旧曾谙,过去曾经饱览。谙,熟悉。江花,江边的鲜花。蓝,植物名,种类很多,叶子可用来制作青绿色的染料。

"日出"两句,线条粗犷明快,设色鲜艳浓烈,凸现了春和景明时的江花江水,有彩版画的艺术效果。

此词在中国文学史乃至东亚文学史上的影响很大。不数十年,它就传播到了东瀛。公元9世纪末,日本第一醍醐天皇时期,皇子兼明亲王作《忆龟山》词:"忆龟山。龟山久往还。南溪夜雨花开后,西岭秋风叶落间。能不忆龟山?"就明显是摹拟本篇。在中国,《忆江南》这个词牌自此成为历代词人赞美各地山川及风土人情的首选,且多以"某地好"开头。

[唐]刘禹锡

刘禹锡（772—842），字梦得，洛阳（今属河南）人。唐德宗贞元九年（793）进士，同年复中博学宏词科。顺宗时积极参加王叔文等领导的新政，判度支、盐铁案，协助理财。新政失败后，贬朗州司马。宪宗元和中召还，旋又谪为连州刺史。此后历任夔（今重庆奉节一带）、和（今安徽和县一带）、苏（今属江苏）、汝（今河南临汝一带）、同（今陕西大荔一带）等州刺史。晚年为太子宾客，分司东都（洛阳）。著有《刘梦得文集》（或题《刘宾客文集》）。其文学成就主要表现在诗歌创作上，有"诗豪"之称。同时也善于从民歌中汲取营养，倚声填词。今存词近五十首，见本集及宋无名氏编《尊前集》、宋郭茂倩编《乐府诗集》等。词风清新流丽，在中唐词坛上占有重要地位。

潇湘神

湘水流，湘水流，九疑云物至今愁。若问二妃何处所，零陵芳草露中秋。

【注释】

零陵芳草:即蕙草,别名香草、零陵香。参见清汪灏等《广群芳谱》卷四四《花谱》二三《兰蕙》。

《潇湘神》一曲,始见于本篇,清毛先舒《填词名解》卷一言其为刘禹锡所创调。相传上古时贤君虞舜巡视南方,死在苍梧之野(见《史记·五帝本纪》)。其二妃娥皇、女英闻讯赶来,中途不幸溺死于湘江,成为潇湘女神(参见北魏郦道元《水经注·湘水》)。本篇即咏其事,调名同时也是词题,创调之作,往往如此。"潇湘",湘江的别称。湘江源出广西,流贯湖南东部,入洞庭湖。潇,水清深貌。一说潇、湘二水在湖南零陵会合后,并称"潇湘"。"九疑",即苍梧,山名。在今湖南宁远南,有九座山峰,形状相似,行人疑莫能辨,故名(见《水经注·湘水》)。相传虞舜葬于此(见《山海经·海内经》)。"零陵",即九疑山一带。湘南之地,本来就云山苍莽,烟水迷离,虞舜、二妃的悲剧传说,更为它抹上了一层神秘的油彩。以此神秘之地为背景,以此悲剧传说为题材,词中遂不免亦透现出惝恍、哀怨的神情,楚楚动人。

"湘水流,湘水流",发调用三字叠句,朗朗上口,饶有民歌风味。继以"九疑云物至今愁",**就句法言,是短引长接;就字面言,是水穷云起;就意象言,是江流山截;就态势言,是动行静止。**而由"湘水"逗出"九疑",乃绾合了二妃升仙之地与虞舜死葬之地；着以"至今"二字，又使二妃、虞舜之古事与词人怀古之今情得到了沟通。这种种好处，不可草草忽过。然而一篇之警策，还在最后两句。"若问二妃何处所"，以设问语气提唱，构造悬念；下文却不直接作答，出人意料地用一写景句"零陵芳草露中秋"作为全篇之收束，宕出远韵，耐人遐思。细细寻味，此七字似为隐喻，那"芳草"莫不是二妃香魂的化身？那"露"水莫不是泪珠的比况之辞？果如此，则此句不妨这样理解：二妃的香魂化作了零陵的芳草，草上的晶露便是她们哀悼舜君的泪滴。草儿在露水中衰老，正象喻二妃的香魂脸上挂着哀伤的泪水，一天天地憔悴下去。于是，上句"二妃何处"之问，就有了含蓄的回答。妙在不落言筌，风流蕴藉。而"芳草露中秋"之喻，更写出了二妃对于舜君万劫不复的生死之恋，尤有动人心魄的艺术魅力。

　　写到这里，对于此词表层义的诠释工作已大体完成。接踵而来的问题是，它还有没有深层义需要探究？这，就得知其人而论其世了。按唐顺宗永贞元年（805）初，王叔文、王伾当国，锐意刷新政治，采取了一系列较为进步的措施，如蠲免百姓所积欠的租赋，取消强购豪夺、损害平民利益的宫市，惩办贪官污吏，收回为宦官所把持的军权，等等。词人积极参与了当时的新政，是二王政治革新集团的中坚分子。由于他们的作为侵犯了部分大宦官、大官僚地主的权利，这两股反动的政治势力遂于当年秋联合发动宫廷政变，拥立顺宗长子李纯（宪宗），迫使顺宗退位。宪宗上台后，二王被贬往四川（王伾旋即死于贬所），词人则谪为朗州（今湖南常德一带）司马。次年，顺宗不明不白地死去，王叔文也遭杀害。元和十年（815），词人贬官十年后从朗州回到长安，因作了有名的"玄都观诗"讽刺朝中新贵，又被谪往更为边远的连州（今广东连县一带）去做刺史，至元和十四年（819）止，在连州共度过了五个年头。本篇当作于此期间。九疑山即在与连州毗邻的道州（今湖南道县、宁远一带）境内，词人很可能亲身游历过那富有传奇色彩的名胜之区。弄清楚词人的这段政治遭遇，颇有助于我们发掘此词的底蕴。在对于往古贤君的缅怀之中，每每寄寓着历代迁客骚人的政治愤懑。屈原不是幻想过"济沅湘以南征兮，就重华（舜）而陈词"（《离骚》）吗？杜甫不是也有"回首叫虞舜，苍梧云正愁"（《同诸公登慈恩寺塔》诗）之句吗？本篇"九疑云物至今愁"云云，亦可作如是观。只不过屈赋、杜诗措辞激烈，而刘词则由于牵入了二妃的故事，显得较为怨惋罢了。如果联系汉刘向《列女传·有虞二妃》中关于二妃有奇谋，为舜治国之得力助手的记载，我们似乎还有理由进一步推测，词中是否以舜暗指永贞之政的后台顺宗李诵，以二妃暗指顺宗的左右手王叔文、王伾呢？作为十余年前永贞新政的中坚分子，如今仍以戴罪之身远谪南荒的词人，处在严酷的政治高压之下，自然不便公开写诗吊唁已长眠泉壤的旧君与同党，借怀古之题以宣泄满腔悲恸的作意，容或有之罢？

[唐]皇甫松

皇甫松,"松"一作"嵩",字子奇,号檀栾子,睦州(今浙江建德一带)人。中唐时期知名文学家皇甫湜之子,宰相牛僧孺之表甥。撰有笔记杂著《醉乡日月》、文学作品《大隐赋》。今存词二十余首,散见于五代十国时后蜀赵崇祚编《花间集》、宋无名氏编《尊前集》。

梦江南

兰烬落,屏上暗红蕉。闲梦江南梅熟日,夜船吹笛雨潇潇,人语驿边桥。

《梦江南》又名《忆江南》，唐人用此调而咏本题的作品，今仅传白居易三首、皇甫松二首。王国维辑《檀栾子词》（檀栾子，皇甫松自号）后记中称皇甫松二首"情味深长"，在白居易之上。平心而论，其"楼上寝"一首未必能超过白乐天，但本篇则的确做到了不让白氏专美于前。"日出江花红胜火，春来江水绿如蓝"，此白香山词之警策也，景色是何等的鲜明，情调是何等的亢爽！借用苏东坡的一句诗来评价它，正所谓"水光潋滟晴方好"（《饮湖上初晴后雨》二首其二）。相比之下，本篇显得凄迷、柔婉，又是一种境界——"山色空濛雨亦奇"（出处同上），换句话说，也就是"语语带六朝烟水气"（俞陛云《唐词选释》评语）。烟水氤氲，山色空濛，美就美在"朦胧"。能赏"朦胧"之美，然后可以读此词。

"兰烬落，屏上暗红蕉。"夜，已经很深了。兰烛烧残，烧焦了的烛炧无人为剪，自拳，自垂，自落，余光摇曳不定。屏风上猩红色的美人蕉花，也随之黯然，模糊不清了。这光景自然是一片朦胧。词人就在这一片朦胧中，朦朦胧胧地进入了梦乡。以下三句，便转写梦境。

"闲梦江南梅熟日，夜船吹笛雨潇潇，人语驿边桥。"梅子黄时雨如雾，雨帘掩蔽下的江船是朦胧的，雨帘掩蔽下的驿、桥乃至桥上之人也是朦胧的。这一切连同雨帘，又笼罩在夜幕之中。而这一切连同雨帘，连同夜幕，又隐没在梦云缥缈之中。雨朦胧，夜朦胧，梦朦胧，朦胧而至于三重，真可谓极迷离惝恍之至了。还有那笛声,那人语。笛声如在明月静夜高楼,当然清越、浏亮,但在潇潇夜雨江船,却不免呜呜然,闷闷然。人语如于万籁俱寂中侧耳谛听,虽则细细焉,絮絮焉,也还清晰可闻,但一经与雨声、笛声相混,便隐隐约约,断断续续,若有而若无了。词中诉诸读者的这些听觉印象倘若转换为视觉形象,仍然不外乎那两个字——"朦胧"。

随着"朦胧诗"这一新流派在现代诗坛上的出现,文学评论家们是非蜂起,褒贬不一。或以为"朦胧"即是"晦涩"的代名词。笔者无意介入这场讨论,这里只想说明一点,我们认定皇甫松这首词之美在"朦胧",是指它的气象"朦胧",境界"朦胧"。就语句而言,字字如在目前,一点也不流于"晦涩"的。披文见情,一读便知词人曾经在风光旖旎的江南水乡生活和漫游过,江南水乡的旖旎风情给他留下了永远也不能够忘怀的美好记忆,使他朝思暮想,使他魂牵梦萦,终至满怀深情地飞动彩笔,写出了风流千古的清辞丽句。但"一读便知"却并不等于"一览无余",细细吟味,全词还是很蕴藉、很耐咀嚼的。具体地说,上两句只写烛残屏暗,而词人在入梦前有一长段时间的辗转反侧,居然可知;下三句只写梦中之温馨,而词人醒来之惆怅又可于言外得之。凡此都是藏锋未露的含蓄之笔,不应草草看过。除此而外,更有一桩费人思量之事,那就是本篇的主旨究为怀念江南之地呢,还是怀念江南之人?或者,怀地、怀人,兼而有之？笔者以为，此作既怀其地，又怀其人，而以怀人为主理解，可能更接近事实。如果孤立地看这一篇，也许大多数读者都会倾向于"怀地"说。但我们应该十分注意，词人写了章法大致相同的两首《梦江南》，她们当是姊妹篇。第二首曰："楼上寝，残月下帘旌。梦见秣陵惆怅事，桃花柳絮满江城。双髻坐吹笙。"两词互勘，则本篇所写，似乎也是当年"秣陵"（今江苏南京）之事；"人语驿边桥"之"人"，或者就是词人自己和他所钟情的那位梳着"双髻"的姑娘（"双髻"，表明她还是待嫁的少女，当是一名雏妓）吧？按照两首词中交代的节令，本篇所梦为"梅熟日"，亦即农历四五月间；而下篇所梦则为"桃花柳絮满江城"时，亦即暮春三月。若依时间顺序编排，那么下篇应前而本篇应后，互相调换一下位置。果然如此，则"楼上寝"一首既已明白点出具体之地"秣陵"与具体之人"双髻"少女，本篇就没有必要重复了，不妨写得空灵一些。其所以泛称"江南"而泛言"人语"的缘故，岂在此乎？

[唐]薛昭蕴

薛昭蕴,生平不详。今存词十九首,见后蜀赵崇祚编《花间集》。集中署为"薛侍郎昭蕴"。按唐末有薛昭纬,字纪化,河东(今山西永济一带)人。历仕僖宗、昭宗两朝,曾任礼部侍郎、御史中丞,后被贬为溪州(今湖南永顺一带)刺史。有文才,作品颇秀丽。荆南孙光宪《北梦琐言》载其好唱《浣溪沙》。或疑昭蕴、昭纬为同一人。

浣溪沙

倾国倾城恨有余,几多红泪泣姑苏?倚风凝睇雪肌肤。吴主山河空落日,越王宫殿半平芜。藕花菱蔓满重湖。

【注释】

倾国倾城:语出《汉书·外戚传》李延年歌:"北方有佳人,绝世而独立。一顾倾人城,再顾倾人国。宁不知倾城与倾国?佳人难再得!"倾,倾覆。

红泪:晋王嘉《拾遗记》载,三国魏时,常山(今河北正定一带)女子薛灵芸容貌绝世,郡守以千金聘得,进献文帝。灵芸闻别父母,泪下沾衣。登车上路之时,用玉唾壶承泪,泪水红色,及至京师,凝固如血。后人遂以"红泪"指女子的血泪。解作女子的胭脂泪,亦可通。姑苏,苏州的别称,因城西南有姑苏山而得名。春秋时,吴国建都于此。

雪肌肤:《庄子·逍遥游》言遥远的姑射山上有神人,"肌肤若冰雪"。

平芜:长满杂草的原野。

重湖:此指太湖,附近有长荡、射、贵、滆等四湖相连通,故以"重"(重叠)为言。这里曾是吴越交兵的战场。

《浣溪沙》一名《浣纱溪》。按今浙江诸暨苎萝山下有浣纱溪,相传为西施浣纱之所,浣纱石犹存。又今浙江绍兴若耶溪亦名浣纱溪,得名由来与苎萝溪同。这词调的命名,当与此有关。词咏西施及吴越兴亡故事,是用此调的原始主题。

春秋后期,吴越争霸。吴王夫差即位之初,在夫椒(古山名,在太湖中)大破越军,乘胜攻入越境。越王勾践被迫臣服,偕夫人入吴为贱隶,三年始得归。他誓欲报仇雪恨,闻说夫差淫而好色,遂献国中苎萝山采薪女、绝色佳人西施，阴谋惑乱吴王，坏其朝政。夫差果然中计，宠幸西施，杀忠臣伍子胥，大兴土木建姑苏台，极骄奢淫逸之能事。又北向用兵，与齐、晋争霸中原。而勾践却卧薪尝胆，经过十年生聚，十年教训，使越国渐趋富强，终于乘虚攻破吴国。夫差兵败自杀，国亡，勾践继而成为诸侯霸主。事见《史记》中的《吴太伯世家》《越王勾践世家》及汉赵晔《吴越春秋》，袁康、吴平《越绝书》。至薛昭蕴作此词时，历史舞台上曾热火朝天、波澜起伏过的这一场活剧，已沉寂千余年。昔日吴王的壮丽山河，如今空有落日残照；当年越王的繁华宫殿，现已大半废为荒野。旧时两国水战鏖兵之地的太湖，再不见旌旗蔽天、戈船冲突，再不闻金鼓雷动、剑戟戛击，唯有荷花菱蔓静静地铺满浩渺烟波。负者已矣。胜者亦已矣。竟不知当日耗费百千万人的血肉之躯，所争何事！词人于此未置一辞，但透过他用冷暗色调之油彩涂抹出的那一幅阔大而凝重的画面，我们分明可以谛听到他无声的叹息。近代李冰若评此词曰："伯主（霸主）雄图，美人韵事，世异时移，都成陈迹。（下片）三句写尽无限苍凉感喟。此种深厚之笔，非飞卿（唐温庭筠）辈所企及者。"（《评注〈花间集〉》）自整体成就而言，薛词固不能与温词相提并论，**但本篇后半气象苍莽，笔力振迅，在以镂金错彩为能事的花间派词中确是独树一帜的佳作。**

　　如果说下片是用广角镜头摄取的风景长卷，那么，上片即是以望远镜头所作的人物特写了。姑苏。美人西施。雪一样洁白的肌肤。她伫立在风中,目光凝重,脸上挂满了鲜红的泪珠。她为什么而伤心呢?她恨的是只因自己错生了花容月貌,才被当成献给奴隶制君主的贡品,不得不与亲人诀别,背井离乡,最终在诸侯国之间的阴谋斗争中牺牲了美丽的青春。虽然倾覆了吴国,她的恨也还是绵绵无绝期啊!词人运用倒卷帘的笔法,将"倾国倾城恨有余"一句提至篇首,正是为了强调、突出她的长恨。吴主山河之沦丧,越王宫殿之倾圮,咎由自取,均不足恤;唯西施以一弱女子,微不足道的小人物,无辜罹此劫难,这才是人生的悲剧呢!词人满怀同情地塑造出她红泪雪肌、倚风凝睇的凄艳形象,用意岂在此乎?

　　依据历史事件本身的内在逻辑,西施是联结吴越双方,关系两国兴亡的穿针引线的人物,作吴越怀古词而拈她出来串场,是很合适的。但本篇结构上的巧妙之处不止于此,细心审视其脉络,便可知上片西施的风神,酷似一枝亭亭玉立、泫露开放的白荷,实由下片结句中的"藕花"二字幻生出来。连锁上下片的暗扣在这里。倘草草忽过,则读来不免会产生前后文气不续的错觉,有负作者的艺术苦心了。

谒金门

春满院,叠损罗衣金线。睡觉水晶帘未卷,帘前双语燕。

斜掩金铺一扇,满地落花千片。早是相思肠欲断,忍教频梦见!

红颜少妇，伤春念远，此类题材，《花间集》中不知凡几。然而高明的词人各骋才思，竞出新构，表现手法，千变百端。譬诸裁缝制衣，同是一处领口、两只袖管，古往今来，却也翻足了花样。薛氏此词，就"熟"而不"落套"，颇有几分别致。

"春满院"——起句拙甚。同样的意思，在明人汤显祖笔下便有那"姹紫嫣红开遍""朝飞暮卷，云霞翠轩，雨丝风片，烟波画船""遍春山啼红了杜鹃，荼蘼外烟丝醉软""生生燕语明如剪，呖呖莺歌溜的圆"（《牡丹亭·惊梦》）等一连串细节描写，何等的精彩！但我们不该忘记，套曲声繁，尽可以累唱辞如贯珠；小词腔短，却只能纳须弥于芥子。故《牡丹亭》中一大段华章，在薛词中仅以极抽象的三个字当之。此文学样式体制使然。读者见此三字，充分驰骋自己的想象，任意虚构一芳菲世界可也。

"叠损罗衣金线"——此六字接得极好。实只是上引《牡丹亭》同出辞中之所谓"锦屏人忒看的这韶光贱"，却出以深隐婉曲之笔。唐代武宁军节度使张愔死后，宠妾盼盼念旧爱而不嫁，独居徐州燕子楼中十余年。白居易感其事，作《燕子楼》诗三首，其二云："钿晕罗衫色似烟，几回欲着即潸然。自从不舞《霓裳曲》，叠在空箱十一年。"薛词"叠"字，义同白诗。春色满院，闺中佳人正宜艳服盛装，出户玩赏，今乃罗衣叠在空箱，则芳菲世界，佳人未赏，都付与莺和燕矣。且罗衣不仅于"叠"，衣上金缕，竟"叠"而至

"损",可见不服此衣,为时已久。"荡子行不归,空床难独守"(《古诗十九首·青青河畔草》)。少妇"谁适为容"(《诗·卫风·伯兮》)的索寞情怀,只借一件罗衣,曲曲传出,你道这六字下得妙也不妙?

"睡觉水晶帘未卷"——如果说上句是写夫婿远行之后,闺妇"有什么心情花儿靥儿,打扮得娇娇滴滴的媚",那么此处即写她"准备着被儿枕儿,则索昏昏沉沉的睡"(均见元王实甫《西厢记·送别》)了。春睡既觉,犹自不起,故水晶帘仍然垂地未卷。恹恹慵态,不言而尽在其中。

"帘前双语燕"——因帘未卷,故双燕不得入,只好在帘前上下翻飞,软语呢喃,似讶似怨。燕影双双,燕语双双,而帘中人之孤独,自在言外。**《花间集》中凡见双鸳鸯、双鹨鶒、双鹧鸪、双凤、双燕等意象,多是反衬或反跌出情侣的单栖孑立,薛词也未能免俗**。唯自睡恹恹引出"帘未卷",由"帘未卷"引出"双语燕",犹不失其妥溜自然。

"斜掩金铺一扇"——过片词笔又折回去写庭院。"金铺",本是门扇上衔环的铜质底盘,作兽面形,饰以金。此以局部代整体,指门。古建筑门分左右两扇,斜掩一扇,是院门半开半掩。此有意乎(留门待人归)?无意乎?写实乎?象喻乎(以院门喻心扉)?妙在并不挑明,耐人遐想。

"满地落花千片"——本句回扣起处三字。但前者春色满院,此则春意阑珊,上下片地同而时异,盖"愁里匆匆换时节"(宋姜夔《琵琶仙》词)也。当其"姹紫嫣红开遍"之日,佳人尚无心游赏,又遑论这"狂风落尽深红色"(唐杜牧《叹花》)的残春时节? 同一伤春恨别情怀,因时序之演进而愈见厚重;同一恨别伤春心境,历物候之盛衰而愈见层深:此加倍跌宕之笔也,读者当细加体认。

"早是相思肠欲断,忍教频梦见!"——前六句皆景语、客观陈述语,情思隐隐,如泉脉潜行地中,至此则破土穿石,终以汹涌一喷,为全词之结束,力量甚大。 而"频梦见"又逆绾上片"睡觉",针缕亦颇严密。 尤令人叹服者,此二句立意极新颖。 闺妇本已因相思而肝肠寸寸欲断了,老天爷怎忍心让她再三梦见自己的夫婿! 二句中未出人称代词,作第三人称口气固无不可,但反复吟味,认作第一人称口气,解为思妇的内心独白,似乎更佳。"人寂寂,夜纷纷,才睡依前梦见君。"(前蜀韦庄《天仙子》)关山千里,重聚无期,现实生活中既难得团圆,转而渴望能于梦里相见,这是人之常情,前贤诗词早已咏及,屡见不鲜。 而词人别出心裁,偏让思妇道出"忍教频梦见"的怨嗔语来,一似造物主不该教其"梦",更不该教其"梦见",尤不该教其"频梦见"者。 天公有知,真不免要发"好人难做"之叹了。 然而,这看似有悖常情的语言表达,却蕴含着较常情更为深刻的心理内容。 后来北宋著名词人贺铸之《菩萨蛮》(彩舟载得离愁动)下片云:"良宵谁与共? 赖有窗间梦。 可奈梦回时,一番新别离!"移用为本篇末句之解说,真是再贴切也不过的。 试想,一次离别,已不能堪,岂可以再,岂可以三?

梦中相逢，固然慰情聊胜于无，其奈"觉来知是梦，不胜悲"（韦庄《女冠子》）何？"梦见"一次，即不啻重谙一遍离别的滋味，愈是"梦见"得"频"，愈添离别之苦，一颗心哪里经得起许多次的撕裂之痛啊！"忍教"云云，正谓此也。它确是透骨的情语！　词人着意用此重拙之笔收束全篇，弥见精力饱满，情致浓郁，意思层深。

[前蜀]李珣

李珣(855？—930？)，字德润，祖先为波斯(今伊朗)人，家居梓州(今四川三台一带)。其妹舜絃为前蜀后主王衍昭仪(嫔妃之属)，本人亦曾以秀才豫宾贡。身丁前蜀之亡。有《琼瑶集》，多感慨之音。今存词五十余首，见《花间集》《尊前集》。

巫山一段云

古庙依青嶂，行宫枕碧流。水声山色锁妆楼，往事思悠悠。

云雨朝还暮，烟花春复秋。啼猿何必近孤舟？行客自多愁！

南朝梁昭明太子萧统所编《文选》中，录有旧题战国楚宋玉撰制的《高唐赋》，其序谓楚怀王曾梦与巫山神女交欢，神女辞去时，自称"旦为朝云，暮为行雨，朝朝暮暮，阳台之下"。本篇调名，盖出于此。所咏之地既为巫山，词中又用及神女故事，则调名也就是词题了。此类辞咏曲名本意的做法，在唐五代词中甚为常见。

　　"古庙依青嶂，行宫枕碧流。"首二句对起。"古庙"，指巫山神女庙，旧址在巫峡长江南岸的小冈上（参见宋陆游《入蜀记》、范成大《吴船录》）。"行宫"，指春秋战国时楚王的离宫，俗称"细腰宫"，旧址在今四川巫山县西北，三面环山，南望长江（参见宋乐史《太平寰宇记·山南东道·夔州·巫山县》）。"水声山色锁妆楼"，这第三句是对上文的收束。"水"字关合次句之"碧流"，"山"字照应首句之"青嶂"。而"妆楼"则双绾"古庙"与"行宫"，既指巫山神女的梳妆楼，又指楚宫嫔妃的梳妆楼。由于传说中的巫山神女曾入怀王之梦，与王同衾共枕，词人原不妨在她和楚宫嫔妃们之间画上一个等号。如果说《高唐赋》"神"化了楚王的荒淫事迹，是用浪漫主义的创作手法来反映宫廷生活现实的话，那么李珣此词则"人"化了神女的传奇形象，是用世俗社会的对应身份来还原神话世界的人物典型。前者谲幻而后者冷峻，这冷峻，正透露出词人对历史的沉思。想那一千多年前，楚怀王曾在此青嶂碧流之间、离宫别馆之内，夜宴昼寝，梦死醉生，当其时也，妖娆侍侧，佳丽从游，皓齿揭喉以竞歌,细腰联袂而争舞,何等的排场,何等的热闹! 现如今却丝闲竹杳,人去台空,唯见一座座荒废的"妆楼"被禁锢在"水声山色"之中,此情此景,怎不发人深省? 于是乎自然而然地逗出了歇拍五字一句:"往事思悠悠。"

按照一般的思路,文章做到这里,下片就该顺着上结的笔势,交代其何所"思"而"悠悠"了。 然而果真将什么都明说了,便失去了令人回味的余地。 词人深谙此理,故过片二句用了一个"吞"字诀,话到嘴边又咽下去,拖转笔锋,仍回溯到"水声山色"句,重新生发,作加倍的渲染:"云雨朝还暮,烟花春复秋。""云雨朝暮"语出《高唐赋》,前文已见。 字面扣巫山神女,但着一"还"字,便有神女已矣,唯巫山云雨朝而又暮之意。"烟花"与"美人"在文学语言中本有异形同质的关系,故这意象很容易使读者联想而及楚宫嫔妃。 而以"春复秋"为言,则俨然是说楚宫美人早化作了黄土,只有巫山烟花春去秋来生生不已。 二句上以言日复一日,下以言年复一年,总见得自然界之永恒周转而人间事之瞬息即逝。 措辞错落有致,对仗浑成不镂,而言外自氤氲着无尽的惆怅。 煞拍二句承此意脉,更将言外之惆怅显影为言内之忧伤:"啼猿何必近孤舟? 行客自多愁!"北魏郦道元《水经注·江水》篇记载,三峡中每至秋霜凝结的清晨,常有猿声长啸,凄厉哀转,回荡在空谷间,渔歌曰:"巴东三峡巫峡长,猿鸣三声泪沾裳。"词人一叶孤舟,漂流三峡,本有其悲未央之客心;楚宫的历史陈迹又勾起了他对世事沧桑的慨叹；此时此地，再听那催人肠断的哀猿清唳声声划破峡江上的荒寂，更何能堪？ 末二句要表达的无非就是这样一个意思。 但如果平铺直叙，书作"啼猿哀啸近孤舟，行客愈添愁"，诗味便薄。 今乃言道："啼猿啊你们为什么一定要在我这孤零零的客舟边哀鸣呢？ 我，一个羁旅的客子，愁苦本来就够多的了！"所抒之情未变，只是选用了诘问的语气来诉说，句式就比简单的陈述来得波峭，感情的强烈度也大大地增加了。 孤立地看这两句，其好处固如上述；若将它们的作用置于全篇的章法系统中来考察，我们还会发现，此前六句，或写景，或抒情，或寓情于景，直到这收尾的两句，方才于抒情的同时带出人和事——自己的三峡之旅，遂使得上文的所见所感都有了赖以辐射的光热源。 这种景、情、人、事倒戟而入的奇特做法，较之人、事、景、情顺水行舟的平正做法，是别有一番理趣的。

综上所述，我们可以清楚地认知，这是一首怀古词。 然而一般的怀古词虽则在慨叹历史兴亡之际，多少会有一些伤感，却不至于像本篇那样怆楚莫名。 可见，这又不是一首纯粹怀古的词。 词人之妹李舜弦是前蜀后主王衍宫中的昭仪（嫔妃之属），作者本人也曾以秀才豫宾贡（因才华出众而被地方官员举荐给朝廷）。 诚然，他的那位宝贝"妹夫"整日价"者边走，那边走，只是寻花柳。 那边走，者边走，莫厌金杯酒"（王衍自作《醉妆词》），后宫艳姝不知凡几，其妹既未必有非常之宠，他亦不曾靠裙带关系做上大官；但无论如何他总算与前蜀国主沾了一点亲戚的边。公元925年，前蜀国为后唐王朝的大军所攻灭，后主王衍被掳至长安，一家并遭杀害。李珣此词，可能即作于前蜀覆亡后不久。其时他漂泊江湖，途经巫峡，吊古伤今，境与心会，故借咏楚宫往事以摅写自己的亡国之悲。因有真情实感，词乃深切动人，比起五代十国时期另一些就题敷衍，为怀古而怀古的作品来，可谓血浓于水了。又者，前蜀之亡，盖由于其君主荒于酒色，不虞外患。词人追思楚宫往事，摄像镜头聚焦于美人之"妆楼"，且"云雨""烟花"等字面也一一唤起人们对于楚王风流艳史的回顾，是不是有意借"楚"说"蜀"呢？若然，则此词不仅是对古史的沉思，也是对亡蜀之现实教训的反省了。这样看来，全词既涌动着感情的波澜，又闪烁着理性的火光。

[后蜀]欧阳炯

欧阳炯(896—971),名一作"迥",成都(今属四川)人。少事前蜀后主王衍,为中书舍人。国亡,随王衍降后唐,补秦州(今甘肃天水一带)从事。孟知祥镇西川(今四川一带),他复入蜀。后蜀建国,知祥又用他为中书舍人。累官至门下侍郎,兼户部尚书,同平章事。后蜀亡,从后主孟昶归宋,在宋官至翰林学士、左散骑常侍。善吹长笛,好为歌诗。曾为《花间集》作序。今存词近五十首,见《花间》《尊前》二集。

江城子

晚日金陵岸草平。落霞明。水无情。六代繁华,暗逐逝波声。空有姑苏台上月,如西子镜照江城。

《江城子》这个词调，顾名思义，其创制之始，当因辞咏江城之事而得名。此调流传下来的较早的作品，有后晋和凝所撰五首，前蜀韦庄所撰二首，但都是爱情词，似非创调之作。欧阳炯这首词时代稍晚于上举和、韦二氏所撰，却系咏曲名本意，所咏者乃扬子江畔之古城金陵。作者为蜀人，历仕于前蜀、后唐、后蜀和北宋，而金陵在五代十国时期则先后是吴、南唐的领地，他卒于公元971年，其时南唐尚未被北宋吞并，因此，他似乎不大可能到过金陵（除非他曾作为所仕国的外交官员出使过吴或南唐）。也就是说，本篇当系纯然游刃于"虚"的神游之作。

金陵，即今江苏南京。战国时，楚威王灭越，始置金陵邑。三国时，吴大帝孙权定都于此，名建业。晋时改名建康。东晋、南朝宋、齐、梁、陈均以此为都城。上述五朝合三国吴，史家并称"六朝"。这六朝，东吴历时五十八年，东晋历时一百零三年，宋历时五十九年，齐历时二十三年，梁历时五十五年，陈历时三十二年，在历史舞台上都是匆匆来去的过客。其统治者率多苟且偷安、醉生梦死之辈，他们整日沉酣于醇酒、美人之中，全不把内忧外患放在心上，一旦祸起萧墙或烽警边场，往往糊里糊涂地便丢了江山，一切豪华浮艳，转瞬间都化作过眼烟云，徒给后人留下无穷的感喟。故自唐代起，六朝兴亡的故事就成了怀古诗词中长咏不衰的习见素材。本篇亦其一例。

词人落笔便将六朝古都金陵置放在一个寥廓而苍凉的艺

术境界之中。红日西沉,余霞成绮,江城寂寂,岸草凄迷。这景象是美的,但美得令人怅惘,恰如唐人李商隐《乐游原》诗之所谓:"夕阳无限好,只是近黄昏。"这正象征着六朝的繁华而没落。词境与史的轨迹,情韵一揆,融合无垠。

早在词人之前一千几百年,春秋末期的哲人孔子,曾经伫立于某一条大河的此岸,对着滔滔而去的流水感叹时光的一去不复返:"逝者如斯夫,不舍昼夜!"(《论语·子罕》)从此,逝水流川就成了时间长河的代名词。欧词"水无情"以下三句,引喻略同。岁月之无情,一如流水之无情,昔日六代之繁华,于不知不觉中追随着长江逝水的拍拍波声,永远消失在了历史流程的天涯,不可逆转,不可复追。只十许字,便说尽六朝三百一十五年事,何其凝练,何其概括!而仅仅借助一个比喻,即将无形的时间推移形象地展示在读者的视野中,其艺术表现力又是何等的神妙!

然而其高明之处犹不止于此。最后三句,愈写愈奇了。姑苏台,故址在今江苏苏州西南的姑苏山上,相传为春秋时吴王夫差所建,三年聚材,五年乃成(参见汉赵晔《吴越春秋·勾践阴谋外传》,袁康、吴平《越绝书·越绝内经九术》)。建台工程耗费了巨大的人力物力,致使吴国民不聊生。西子,即西施。春秋时期,吴越两国争霸,越王勾践败于吴王夫差,偕夫人入吴为贱隶,三年始得归越。他誓欲报仇雪恨,闻夫差淫而好色,乃献国中苎萝山美女西施,阴谋惑乱吴王,坏其朝政(其事亦见《吴越春秋》及《越绝书》)。按吴王夫差即位之初,励精图治,一战破越,称雄于东南;既胜而骄,耽于享乐,建姑苏台,宠幸西施,且拒绝谏诤,杀害忠良;又不自量力,大举用兵,北向与齐、晋等列强争霸中原,终因勾践乘虚而入,兵败自杀,国家覆亡。欧词结尾,即用这段史实以与六朝之事相对照。乍一读来,不免有人会摇头:对大江石城而感喟六朝事,却横空牵入吴越旧春秋,岂不是走题了? 然而再三玩索,我们便会发现,它字字出人意料之外,却又字字在人情理之中:吴越兴亡,六朝更替,虽然时隔千年,但其间的历史教训则是相同的——有国而骄奢淫逸,其不倾覆者也鲜矣! 正是这样一个逻辑联系,使得词人有充足的理由将彼此悬绝的两段史实扯到一起来加以比勘。 又,江城金陵,高台姑苏,虽然地隔百里,但日落西陬,月上东山,苏州在金陵东,那一轮明月可不就是从苏州方向冉冉升起,西来俯鉴江城的吗? 词人构思,盖由此想出,自有脉络可寻,编排十分周密,并非不讲文气,如野马脱缰似的疯跑。 更有妙者,两段史实的比照丝毫不着痕迹,是用了一种极空灵的表现手法来完成的。 中天朗月,本极娴静超脱,而一经被词人限定在"姑苏台上",形容成"如西子镜",她便无可奈何地负载了那个远在百里之外、亡达千年之久的古吴国的全部艳史和恨史。 于是她的"照江城",俨然有了以古吴国映鉴六朝的意味。 也就是说,她在履行自然规律赋予她的职责的同时,捎带着办妥了词人托付的任务——对一项重要历史法则的印证。

唐人刘梦得有诗云："山围故国周遭在，潮打空城寂寞回。淮水东边旧时月，夜深还过女墙来。"(《石头城》)这是单纯的金陵怀古。李太白亦有诗云："旧苑荒台杨柳新，菱歌清唱不胜春。只今惟有西江月，曾照吴王宫里人。"(《苏台览古》)这是单纯的姑苏怀古。欧阳炯此词，妙就妙在一矢啸天，贯穿双鹄，兼二者而有之。你看他一笔拓开了多么广大的历史空间和地理空间，不谓之奇作，可乎？

[宋] 范仲淹

范仲淹（989—1052），字希文，苏州吴县（今属江苏）人。宋真宗大中祥符八年（1015）进士。仁宗时曾率军镇守西北边陲，抗御西夏党项族政权的军事入侵，颇有功绩。庆历三年（1043）任参知政事，条陈十事，力图革新政治。因遭到守旧派官僚的阻挠，未能成功。五年（1045），以资政殿学士出任陕西四路沿边安抚使、知邠州（今陕西彬县一带）。后徙知邓（今河南邓县一带）、杭（今属浙江）等州。六十四岁时病死于赴官途中。谥"文正"。有《范文正公集》。今存词五首，见《范文正公集补编》、宋龚明之《中吴纪闻》、元李冶《敬斋古今黈》等，清婉、悲壮兼而有之。

剔银灯·与欧阳公席上分题

昨夜因看蜀志，笑曹操孙权刘备。用尽机关，徒劳心力，只得三分天地。屈指细寻思，争如共、刘伶一醉？

人世都无百岁。少痴騃、老成尪悴。只有中间，些子少年，忍把浮名牵系？一品与千金，问白发、如何回避？

【注释】

席上分题：古人往往在酒席上拟一些题目，分别赋诗填词，以助酒兴。

蜀志：晋陈寿撰《三国志》，全书由《魏书》《蜀书》《吴书》三部分组成。

争：怎。

刘伶：西晋狂士，嗜酒。《世说新语·任诞》载伶妻谏其戒酒，伶诈言不能自禁，须对鬼神发誓。其妻遂供酒肉于神位前。伶却誓曰："天生刘伶，以酒为名。一饮一斛，五斗解酲。妇人之言，慎不可听。"誓罢便饮酒食肉，颓然已醉。按：刘伶的狂饮任诞，实是对政治黑暗的一种消极反抗。

都：总。

骏：呆。

尪悴：衰弱貌。

些子：一点儿。

浮名：古人发牢骚时，每称功名为浮名。

一品：唐宋时官分九品，一品是最高的级别。

范仲淹是北宋豪放词派的先驱，其词今虽仅传五首，但在题材方面有新的开拓，在风格方面也有新的探索。本篇就是一个特例。它写的是对历史的评价，对人生的看法，可谓"重大主题"。当我们看腻了婉约派笔下那些风云气短、儿女情长的艳词，一旦读到这首堪称"别调"的作品，顿时便会产生新鲜之感。然而，作者尚未完全摆脱词为"小道""末技"的世俗之见的影响。因此，他在创作以"先天下之忧而忧，后天下之乐而乐"的政治抱负为主题的文学作品时,态度是严肃的,采用的也是古文这种文人心目中比较"高贵"和"正经"的体裁。而在与老朋友一起喝高粱酒、无拘无束地闲聊白话时,则不免戏作小词了。这就决定了本篇的风格必然是戏谑的。"重大主题"而又出之于"游戏之笔",于是我们看到了完全不同于《岳阳楼记》里的另一位范仲淹。

此词纯用口语写成,文字并不难懂。上片大意是说:昨天夜里读《三国志》,不禁笑话起曹操、孙权、刘备来。他们用尽权谋机巧,不过是枉费心力,只闹了个天下鼎足三分的局面。与其像这样瞎折腾,还不如什么也别干,索性和刘伶一块儿喝他个醺醺大醉呢。下片则化用了白居易《狂歌词》的诗意。白诗云:"五十已后衰,二十已前痴。昼夜又分半,其间几何时!生前不欢乐,死后有余赀。焉用黄垆下,珠衾玉匣为?"范词则曰:人生一世,总没有活到一百岁的。小的时候不懂事,老了又衰弱不堪。只有中间一点点青年时代最可宝贵,怎忍心用它来追求功名利禄呢?就算做到了一品大官、百万富翁,请问能躲过老冉冉其将至的自然规律吗?

全篇笔调很诙谐,尽是俏皮话。读来风趣得很,但想想却很失望,像这样赤裸裸宣扬消极无为的历史观、及时行乐的人生观,一派颓废情绪的作品,还选它、赏析它干什么?本来大家对范老夫子还颇有几分崇敬,读了这首词,他在人们心目中的威信整个儿扫地,如选历史名人,谁还肯投他的票！——且慢，以人废言尚且不可，又怎能以言废人？我们还是全面考察一下他的实际为人和创作这首词的具体时代背景吧。

据《宋史》本传，词人年轻时锐意进取，刻苦攻读，昼夜不息，冬日疲惫时则以冷水沃面，饮食不继则啜糜粥。中进士后，无论在地方抑或在朝廷供职，他都敢于指斥时弊，为民请命，多有善政。所得俸禄，每用以招待慕名前来问学的四方之士，而自家子弟却多人共有一套出客的衣服，须易衣出门。即使后来做到执政大臣，家中无客时，他也"不重肉"（不吃两样肉食），节余的薪俸全拿到家乡去购置"义庄"，赡养族人。但这样一位仁人志士，却屡遭小人诬陷，两度被排挤出朝。仁宗景祐三年（1036）贬官那次，欧阳修虽不认识他，却站出来为他打抱不平，结果也受到贬为夷陵县令的处分。庆历三年（1043），词人回朝当上了参知政事（副宰相），主持"新政"（即政治革新），这时欧阳修也已回京，成为他的重要帮手和莫逆之交。"新政"因遭守旧派官僚们的阻挠，不久即告失败，词人遂于庆历五年（1045）再次外放出京。本篇是"与欧阳公席上分题"之作，当即写于这两三年二人在朝共事之时。弄清了这一点，再来读这首词，我们就恍然大悟了：原来，它是词人因政治改革徒劳无功而极度苦闷之心境的一个雪泥鸿爪式的记录。胸中有块垒，故须用酒浇。愤激之际，酒酣耳热，对着志同道合的老朋友发牢骚，说醉话，岂可当真？套用《红楼梦》开卷诗的句格，我们不妨说此词"满纸荒唐言,一把辛酸泪,若云不健康,便失其中味"! 要之,不能把它当作范仲淹这位大政治家的历史观和人生观来读,而只能把它看成一面"哈哈镜",根据其中扭曲了的作者自我形象,去还他的庐山真面目。 果真作如是观,则此词里的范仲淹,仍是《岳阳楼记》里的那个范仲淹。 范仲淹的形象,并没有因为发几句牢骚而有所损害,正相反,这几句牢骚倒使得他有血有肉,有强烈的个性,不唯可敬,而且可爱了。

只在词中求词,往往不解其词。要想深得一篇词作的三昧,更须知人论世,于词外求之。这是此词给我们的启示。

[宋] 晏殊

晏殊（991—1055），字同叔，抚州临川（今属江西）人。七岁能文章。十四岁时，本路以"神童"荐。次年即景德二年（1005），宋真宗召他与进士千余人一同参加殿试，他神气不慑，下笔甚快，为真宗所嘉赏，赐同进士出身。历仕真宗、仁宗两朝，累官至同中书门下平章事（宰相）兼枢密使（最高军事长官）。病卒于东京（今河南开封），谥"元献"。他诗文皆赡丽闲雅，而词名尤高，与欧阳修并称"晏欧"。其经历、官职与南唐冯延巳略同，词风也与冯相近。有《珠玉词》。今存词一百三十余首，多为小令，以温润秀洁见长。

破阵子

燕子来时新社，梨花落后清明。池上碧苔三四点，叶底黄鹂一两声。日长飞絮轻。

巧笑东邻女伴，采桑径里逢迎。疑怪昨宵春梦好，元是今朝斗草赢。笑从双脸生。

【注释】

新社：古代于春秋两季祭祀土神，叫作"社"。社日一般在立春、立秋后的第五个以天干"戊"标纪的那一天。这里指春社日，在清明节前不久。此时燕子从南方飞来。

清明：农历二十四节气之一。其第一天为清明节，约当公历的4月5日或6日。此时梨花已开过。

日长：白昼变长。

巧笑：女子美丽的笑容。东邻：邻居。"东"字是泛指，不必坐实。

逢迎：对面相遇。

元：同"原"。

斗草：古代春、夏间女子常做的一种游戏，各自采集花草，以品种的多和奇来决定胜负，往往用首饰等作赌注。

双脸：两边脸颊。

北宋宰相、著名词人晏殊的《珠玉词》中，士大夫阶级的高雅、闲愁气息甚浓。但也有例外，如这首《破阵子》，就清新、欢快，略具民歌风味。

这首词，写暮春三月的节令风情。上片描绘景物精确、鲜明，固然是生花妙笔；但一篇之传神阿堵，还在下片。

下片端的有甚好？我们先看前辈学者们怎么说。

胡云翼先生《宋词选》曰："疑怪昨宵春梦好两句——难怪昨夜做上那么一个美好的梦，原来就是'今朝斗草赢'的预兆啊。""采桑少女斗草的兴高采烈和她的天真无邪的笑声,划破了寂静的春的田野,格外使人感到生活的温馨和美丽。"

沈祖棻先生《宋词赏析》曰:"斗草赢了邻居,使得这位少女充满了欢乐。她忽然想起:怪不得昨天晚上做了那样一个好梦,原来是今天斗草要赢的兆头啊!越想越高兴,脸上就显出得意的笑容来了。'笑从双脸生',将笑写得非常自然天真。这是少女的毫无做作的笑,从内心深处发出的笑。仅仅为着赢了斗草,就这么高兴,这也只有感情纯洁得像水晶一样的少女才会这样的。""下片人物的活动,主要是斗草,然而作者却有意避开了对于斗草场面的正面描写,而只写了人物在斗草前后的活动和心情,因为抒情诗并不是小说,更不是一本指导如何玩斗草游戏的书。"

朱东润先生主编的《中国历代文学作品选》中编第二册曰:"疑怪二句:难怪昨夜做了那么一个美好的梦,原来是'今朝斗草赢'的预兆啊。""下片写采桑女郎天真无邪的斗草游戏,点缀着风光更为绚烂,毫无'春意阑珊'的寂寞之感。"

中国社会科学院文学研究所编《唐宋词选》曰:"(疑怪)两句写少女的心理活动:怪不得昨晚做了好梦,原来它就是今天斗草获胜的好兆头。""这首词……在绮丽的暮春农村景色背景下,生动地展示了采桑少女嬉戏的情景。桑林田野之间,一群天真的少女在采桑劳动之暇,兴高采烈地斗草嬉戏,并为自己的获胜而喜形于色。作者着墨不多而人物的神态、心理和声音笑貌历历在目。"

后来的各种选本和鉴赏文章,大都也沿袭了这样的说法。

这样的说法,是也不是? 笔者以为,如果遗貌而取神,它大体上可以算是说出了此词之妙处的;但要追求形神兼似的话,那么它还有需要斟酌的地方。

首先,我们必须注意这是一篇以故事叙述者口吻,亦即第三人称来作客观描绘的词;而不是用采桑少女的口吻,亦即第一人称来写的代言体词。**代言体词较多采用心理独白式的表现手法;而置身其外的旁观者词,却往往是依靠情节、对白来刻画人物心理的!**

其次,我们还必须注意,在"巧笑东邻女伴,采桑径里逢迎"二句之后,紧接着就是"疑怪昨宵春梦好,元是今朝斗草赢"! 当然,一定要说这中间作者有意省略了对斗草场面的描写,也勉强可通;但其讲解总显得过于迂回、吃力。

其三,词人为什么不说"难怪昨宵春梦好"或"无怪昨宵春梦好",而偏说"疑怪"? 又,此词本来写的就是春天,故"春梦"中的那个"春"字,用意必不在于标示"春天";而"春梦"之下明出了一个"好"字,则"春梦"也不当取"好梦"之义。 排除了这两种义项,"春梦"之"春"的另一种含义便突出出来了,那就是"少女怀春"之"春"。这个"春"字关系极大,切莫把它当作可有可无的闲字草草看过!

总之,从这首词的人称、文脉、语辞等各个层面来审度,笔者以为,下片的大意似乎应该是这样的:几位(或一群)采桑少女在桑林间的小路上相遇了。其中的一位笑得很开心,别的姑娘好生奇怪,不免要半开玩笑半认真地"审问"她:莫不是有了意中人,昨晚做了个温馨的好梦吧?——这种事,即便真有,女孩儿家也断断不肯"坦白交待"的。真也罢,假也罢,反正她的分辩很合情理:谁说俺有意中人啦?俺开心,是因为今儿个斗草斗赢了哩!俗话说,三个女孩儿一台戏。这台"戏"你说精彩不精彩?——当然,这是笔者"添油加酱"的演绎。如果直译,则词中只是说:(她们)疑怪(她)昨宵春梦好,(经她分辩,方知)原是(她)今朝斗草赢。但一首小词仅寥寥数十字,故叙事、描写都只能删叶存枝,比不得小说之以叙写详尽为能事;其短处在此,而长处亦在此——它正符合"接受美学"的要旨,为读者留下了充分的想象空间。所以,只要不越出作者用文字给你划定的边界,"添油加酱"的演绎对于文学鉴赏来说是绝对需要的。

读者朋友,请您细细琢磨、比较一下,把"疑怪昨宵春梦好,元是今朝斗草赢"二句解作少女之间的隐秘探询,是不是要比解作一位少女的心理独白,更具有喜剧小品意味,更显得生动活泼、情趣盎然呢?

[宋]刘潜

刘潜，宋真宗、仁宗时在世，字仲方，曹州定陶（今属山东）人。进士出身。曾任淄州（今山东淄博一带）军事推官，知蓬莱县（今属山东）。今存词一首，见宋黄昇《唐宋诸贤绝妙词选》。（《绝妙词选》刘氏名下录词凡二首，其中一首实为李冠所作。）

水调歌头

落日塞垣路，风劲戛貂裘。翩翩数骑闲猎，深入黑山头。极目平沙千里，惟见雕弓白羽，铁面骏骅骝。隐隐望青冢，特地起闲愁。

汉天子，方鼎盛，四百州。玉颜皓齿，深锁三十六宫秋。堂有经纶贤相，边有纵横谋将，不减翠蛾羞。戎虏和乐也，圣主永无忧。

【注释】

塞垣：边塞、边城。

戛：物相击。

骍骝：赤色的骏马。

青冢：王昭君墓。在今呼和浩特南，相传冢上草色长青，故名。按昭君名嫱，西汉南郡秭归（今属湖北）良家女。元帝时被选入宫。竟宁元年（前33），匈奴呼韩邪单于来朝请和亲，昭君因入宫数岁不得见帝，积悲成怨，自请远嫁。辞行时，元帝始识其美，欲留之，难于失信，遂与匈奴。事见《汉书·匈奴传》《后汉书·南匈奴传》。

特地：特为、特别。

四百州：西汉时分天下为十三刺史部，亦称十三州，其规格略相当于后来唐之"道"、宋之"路"；而与唐、宋时的"州"对等的地方行政区划则称"郡""国"，仅一百多。唯《宋史·地理志》载，宋太宗时全国州级单位（州、府、军、监）几于四百。此词借"汉"说宋，这里以宋时州的数目为言，就是一个明显的证据。

三十六宫：汉班固《西都赋》："离宫别馆，三十六所。"是说汉宫室之多，非确数。

夕阳西下。边城的道路上，三五猎骑轻疾如飞。猛烈的北风中，猎者身上被严寒冻脆了的貂皮裘，摩戛有声。他们本是大宋朝的子民，现在却因游猎而深入到契丹族辽人境内、今内蒙古呼和浩特东南百里的黑山（即杀虎山）地区。立马山头，放眼北望，所见不再是汉民族聚居区那种麦苗新萌、一川嫩绿的景象，而是沙海茫茫、黄入天际，契丹骑兵跨着戴有铁质防护面具的战马,手执雕画弓、白羽箭,来往巡弋,一片肃杀气氛。 一千多年前,汉元帝遣昭君出塞和亲,不是为了让北方的游牧民族世世代代和汉民族睦邻友好吗? 然而其效果究竟如何呢? 除了一座青冢——昭君墓,那段历史给后人留下了什么? 猎者眼前,青冢隐隐如见,悠悠往事,勾起了他们的满怀愁绪。 上片词意,大抵如此。 显然,这都是词人的虚构。 他不可能就是猎者中的一员——越过边境线,进入辽人的地盘,可要冒掉脑袋的风险哟! 他凭空杜撰的这一系列情境,不过是为了逗引出下片的议论文字。 当然,下面的议论,按章法虽应属于上述猎者,而实际上却都是词人自己的见识。

"汉天子,方鼎盛,四百州。""汉天子"指汉元帝刘奭,公元前48—前33年在位。"方鼎盛"是说汉王朝当时正处在昌盛时期。"四百州"则极言其疆域辽阔。"玉颜皓齿,深锁三十六宫秋。""玉颜皓齿",代指美女,其容颜似玉,牙齿雪白,故称。 宫中美人生活寂寞,秋夜尤其难堪,诗词中屡以为言,后蜀欧阳炯《更漏子》词所谓"三十六宫秋夜永"之类是也。 二句是说,汉宫里处处禁闭着如花似玉的美人(昭君即其中之一)。"堂有经纶贤相,边有纵横谋将,不减翠蛾羞。""堂",指朝廷的殿堂。"经"的本义是整理丝绪,"纶"的本义是将丝编成绳,"经纶"则喻指治理天下。"纵横",谓恣意驰骋,所向无敌。"谋将",有军事韬略的将领。"不减",不少于。"翠蛾",古代女子用螺黛画眉,青黑细长如虫蛾的触须,故称。 这里指代美人王昭君。 三句是说,昭君下嫁匈奴,固然羞耻;而汉室满朝文武竟无人能够制服匈奴,只好牺牲一个弱女子去谋取国家的安宁,其羞耻尤甚。"戎虏和乐也,圣主永无忧。""戎虏"是古代汉人对北方游牧民族的贬称。"和乐",安乐。 二句是说,匈奴单于得到汉宫的美人,乐不可支,自此与汉王朝相安无事,汉天子可以长久地高枕无忧了。 这段议论,正话反说,语含讥讽,嬉笑胜于怒骂。 如此君王将相,平庸驽钝,可得而称"圣主""贤相""谋将"乎? 今竟如是呼之,不啻是唾其面而批其颊了。 痛快淋漓,妙处无须多言。

　　汉匈和亲,昭君远嫁,玉帛替代干戈,生灵免遭涂炭,本是中国古代民族关系史上的千秋佳话,理应予以歌颂;而此词却引为奇耻大辱,冷嘲热讽,无所不至:乍一读来,似有大汉族主义之嫌。 但结合其创作的特定时代背景细加玩索,便知它"醉翁之意不在酒"——它并非以历史地、公正地评价昭君出塞之事为职志,而实系古为今用,借题发挥,以抨击北宋统治集团在民族斗争中所采取的妥协政策。 真宗咸平二至六年(999—1003)间,辽军曾三度寇边,景德元年(1004),又大举进犯,深入宋境。 当此危难之际,朝中妥协派畏敌如虎,竟倡言迁都以避其锋。 幸得宰相寇准力排众议,鼓动真宗御驾亲征,方使前线战局向着胜利的趋势发展。 可怯懦无能的北宋统治集团仍不自信,硬是在占有军事优势的情况下与辽人签订了屈辱的"澶渊之盟",不惜以岁纳银十万两、绢二十万匹的巨大代价，换取苟安。捐"四百州"民脂民膏以平民族侵略者之欲壑，耗国力，损国威，养虎贻患，其为害远过于和亲千万倍。"澶渊之盟"后四十年，亦即仁宗庆历二年（1042），辽主求婚于宋时，宋使富弼就有这样的答复："本朝长公主出降（即下嫁），赍送（即陪嫁）不过十万缗（十万贯钱），岂若岁币（即前文所述的岁纳银绢）无穷之利哉？"（《宋史·富弼传》）一语道破天机，尤可移用来作本篇的注脚。有识于此，则本篇作者反对妥协，力主痛击民族侵略者的爱国立场，亦不难从其议论的背面曲曲窥见。

[宋] 王安石

王安石（1021—1086），字介甫，号半山老人，抚州临川（今属江西）人。自少年时代起即喜好读书，过目不忘。作文动笔如飞，似不甚经意，而文章既成，见者皆服其精妙。宋仁宗庆历二年（1042）进士。神宗熙宁年间，官至同中书门下平章事，主持变法革新。所颁布的新法，旨在改革北宋建国以来的政治弊端，从而富国强兵，但由于触犯了大官僚地主阶级的利益，遭到保守派的强烈反对，在推行过程中困难重重，终告失败。晚年隐居江宁（今南京）半山园。封荆国公。卒谥"文"。他不仅是历史上杰出的政治家，而且在文学领域内也卓有建树。诗雄于北宋，文跻"唐宋八大家"之列。有《王文公文集》。今存词近三十首，有《半山词》《临川先生歌曲》等不同名目的版本。

浪淘沙令

伊吕两衰翁，历遍穷通。一为钓叟一耕佣。若使当时身不遇，老了英雄。

汤武偶相逢，风虎云龙。兴王只在笑谈中。直至如今千载后，谁与争功？

这是一首咏史词。"伊",指伊尹。据传他本为有莘氏的僮仆。有莘氏之女嫁给汤,他以奴隶的身份陪嫁。后来,他被汤任用为执政大臣,辅佐汤攻灭了夏王朝的末代君主、以暴虐闻名的桀,建立了殷商帝国(参见《墨子·尚贤》、《吕氏春秋》之《本味》及《慎大》篇、《史记·殷本纪》)。"吕",指吕尚,即人们熟知的姜太公。他年老而穷困,钓鱼于渭水(在今陕西)上。周文王外出打猎遇到了他,交谈很是投机,遂请他上车一同回朝,立他为师。后来,他襄助文王之子武王,讨灭了荒淫而残暴的商纣王,成为周王朝的开国元勋(见《史记·齐太公世家》)。按伊尹佐汤时年老与否,史无明文,词中言"两衰翁",当是由于与吕尚相提并论,牵连而为之说。"历遍穷通",是说他们二人历尽了人生道路上的困苦之境与顺达之境。"一为钓叟一耕佣","钓叟"切吕尚,那么"耕佣"(耕地的雇工)应是指伊尹了。但《墨子》《吕氏春秋》《史记》皆载伊尹原为厨师,唯《孟子·万章上》曰"伊尹耕于有莘之野"。词人不取《墨子》等书而独从《孟子》,称伊尹"耕佣",当是为了押韵。事虽未必确切,而强调伊尹出身的卑贱,却无忤于历史真实。"若使"二句为假定的语气:假如伊、吕二人当时"身不遇",亦即得不到君主赏识和信用的话,那么"英雄"无用武之地,也就只能默默无闻地老死牖下,白活了一次。

幸运的是,他们与"汤武"很偶然地"相逢"了。汤是商王朝的开国之君,武王姬发是周王朝的开国之君,都是古代著名的贤主。 按，发现并首先重用吕尚的实为文王，但吕尚政治才干的充分施展，还在武王时期。"风虎云龙"，语出《易·乾文言》："云从龙，风从虎。"本义是说龙吟而云起，虎啸而风生，同类相感。 这里用来比喻君臣之间意气相投。"兴王"以下至篇末，夸张说伊、吕作为汤、武的股肱大臣，谈笑之中便帮助君主开创、成就了帝王大业，千古之下直到而今，又有谁能和他们竞争呢？ 他们的功业，真正是空前绝后、无与伦比了！

对于熟悉中国古代历史的读者来说，此词大抵明白如话，字面意是不难理解的。 不过，正如清代著名文学理论家刘熙载《艺概·词曲概》之所言："昔人词咏古咏物，隐然只是咏怀，盖其中有我在也。"我们仅仅明了词篇的文本义还是不够的，更应该用它作为一把钥匙，去打开词人心扉的锁，进而探求其"我"的思想、感情的秘密。

披文入情，以意逆志，笔者以为此词当作于神宗熙宁二年（1069）王安石拜参知政事（副宰相）、主持变法革新之前。 词中借上古汤、武、伊、吕君臣遇合、卒成不世之功的事迹，表达了自己渴望遭际明主、一展宏图的迫切心情。 辞虽质直而少回旋、少文采，但揭喉而歌，大气磅礴，政治家锐意进取的强烈个性凸现于字里行间。 这样的题材，这样的风格，在王安石之前，词中得未曾有。 当我们由唐五代词一路读下来，读腻了连篇累牍的才子佳人、卿卿我我之辞，忽闻此英雄豪杰之喑呜叱咤，就好比在看尽软花媚草之际，陡见一奇松怪石，不免会像宋玉《风赋》里那位"游于兰台之宫"的楚襄王一样，只觉有清风飒然而至，急欲"披襟而当之"，大呼"快哉"。

封建时代不是没有人才。然而其个人价值之最终能否实现，却有赖于帝王的发现、赏识与任用，自己并不能掌握。这真是莫大的悲哀。王安石此词在歆羡伊、吕个人价值之完满实现的同时，就敏锐地注意到了那纯粹是以某种偶然性为前提的，含有相当多的侥幸成分，因此他逆向推论道："若使当时身不遇，老了英雄。"他本人后来虽也一度得到宋神宗的重用，官至同中书门下平章事（宰相），雷厉风行地掀起了一场旨在改革北宋建国以来积累已久的政治弊端，富国强兵的变法运动，但终因触犯大官僚地主们的利益而遭到保守派的强烈反对，于是神宗动摇起来，信之不专，任之不永，致使这场政治改革竟以破产而告结束。你说王安石这一生是"遇"呢还是"不遇"？像这样有始无终的"遇"，其实与"不遇"没有什么质的区别。读其词而迹其事，我们不禁要为词人发一浩叹了。

桂枝香

登临送目。正故国晚秋，天气初肃。千里澄江似练，翠峰如簇。归帆去棹残阳里，背西风、酒旗斜矗。彩舟云淡，星河鹭起，画图难足。

念往昔、繁华竞逐。叹门外楼头，悲恨相续。千古凭高对此，谩嗟荣辱。六朝旧事随流水，但寒烟、芳草凝绿。至今商女，时时犹唱，后庭遗曲。

作为数千年文明古国，中华民族的壮丽河山，大多不仅仅是单纯的自然景观，更是历史连续剧演出的背景与舞台。因此，古代山水诗词与咏史怀古诗词往往一身而二任，很难截然两分。

宋杨湜《古今词话》载，北宋众多作家用《桂枝香》曲咏金陵，凡30余首，王安石此词最为杰出，苏轼读了也不由赞叹。安石自神宗熙宁九年（1076）十月从宰相位置上退下来后，一直隐居江宁（今南京）。元丰七年（1084）七月，苏轼过江宁，曾登门拜访。本篇当作于熙宁十年（1077）至元丰六年（1083）间某年九月（即词中所谓"晚秋"），当时词人在56岁到62岁之间。

起句化用李白《夕霁杜陵登楼寄韦繇》诗"登楼送远目"。"登临"，登高。"送目"，举目远眺。二三句交代地点与季节。"故国"，古都。"肃"，萧瑟、肃杀。第四句至上片结束，写景。"澄江似练"，用南齐谢朓《晚登三山还望京邑》诗"澄江静如练"，形容清澄的长江像一条白绢。"簇"，同"蔟"，蚕山，即供蚕作茧的麦秸丛。"归帆去棹"，来来去去的船只。"棹"，船桨，代指船。"星河"，银河，形容长江。"鹭起"，白鹭振翅飞起。江宁西长江中旧有白鹭洲，多白鹭。上片末句总结道：如此美景，图画也难充分描绘。

过片由写景转入怀古：想当年，在此建都的六朝帝王多以豪华相尚，愈演愈烈，导致亡国悲剧一场接一场，历史教训令人嗟叹。"门外楼头"，用唐杜牧《台城曲》诗"门外韩擒虎，楼头张丽华"，谓隋军攻灭南朝陈，隋将韩擒虎已率军杀到宫门外，陈后主还在高楼上和爱妃张丽华等作乐。这是小说家言，见旧题唐颜师古《隋遗录》。据《陈书》《南史》，后主沉湎女色、不修武备是实，而"门外楼头"一事纯属子虚乌有。但小说家、诗人的艺术夸张，却更典型地反映了历史真实。"凭高"，登高吊古。"漫嗟"，徒然嗟叹。"荣辱"，荣耀和耻辱，指六朝的盛衰兴亡。"但"，惟有。末三句用杜牧《泊秦淮》诗"商女不知亡国恨，隔江犹唱《后庭花》"。"商女"，商船上的女子，指商人的妻妾。唐宋时商人有娶歌妓的风气。旧释作"歌女"，误。"后庭遗曲"，指陈代宫廷歌曲《玉树后庭花》。后主时创制，辞藻艳丽，旨在赞美贵妃张丽华等的姿色（见《陈书·皇后传》）。一说词曰"玉树后庭花，花开不复久"，曲调哀怨，乃亡国之兆（见《隋书·五行志》）。

　　本篇押用一部入声仄韵，韵脚是"目""肃""簇""矗""足""逐""续""辱""绿""曲"。其他诸句中，"秋""头"同韵，"里""起""此""水"同韵，虽未必有意为之，但客观上也增添了全词的声韵之美。

　　词的上片是站在地理的制高点上，视通万里，对空间世界的巡览，充满着向祖国大好河山的衷情礼赞；下片是站在历史的制高点上，神越千古，在时间领域的遨游，贯穿着对前朝兴亡治乱的深沉反思。词中模山范水的文字笔墨酣饱，气韵生动，令人叹为观止；怀古言辞间所透露出的强烈的参与意识，则是词人政治家个性的自然显现。

[宋]王观

王观,字通叟,泰州如皋(今属江苏)人。宋仁宗嘉祐二年(1057)进士。神宗朝,曾任大理寺丞,知江都县(今属江苏)。有《冠柳集》。以词知名于时。今存词十七首,散见于宋黄大舆《梅苑》、曾慥《乐府雅词拾遗》、吴曾《能改斋漫录》、黄昇《唐宋诸贤绝妙词选》、赵闻礼《阳春白雪》等。

卜算子·送鲍浩然之浙东

水是眼波横,山是眉峰聚。欲问行人去那边?眉眼盈盈处。

才始送春归,又送君归去。若到江东赶上春,千万和春住!

自唐五代至北宋前期,爱情的歌声唱彻了词的舞台,而友谊的乐曲却寂寥无闻。人们在叹赏那些缠绵悱恻的情侣离别之词的同时,也不免会产生这样的遗憾:词中难道就没有为朋友送行而能够与王勃的《送杜少府之任蜀州》、王维的《送元二使安西》、李白的《黄鹤楼送孟浩然之广陵》等唐诗佳作媲美的篇章吗?读到宋人王观这首清新隽永、情真意切的小令,人们的憾意可以释然了。

王观此词,见于宋人吴曾所撰《能改斋漫录》卷十六:"王逐客送鲍浩然游浙东,作长短句云:'水是眼波横(下略)。'韩子苍在海陵送葛亚卿诗断章云:'今日一杯愁送春,明日一杯愁送君。君应万里随春去,若到桃源问归路。'诗、词意同。"按词曰"又送君归去",可见鲍氏此行是还乡而非漫游,故《能改斋漫录》"送鲍浩然游浙东"云云与词意不合,疑有误。后人为此词代拟标题,改作"送鲍浩然之浙东"。"之"者,赴也,往也,较"游"字宽泛,可避免与词意冲突,但总不如改作"送鲍浩然归浙东"更为贴切。

这首小词基本上是口语,没有什么冷僻的字面,也没有用什么典故,应该说是明白如话的。可是,如果真要字字落到实处,却也必须反复斟酌。一不留神,仍然会把词意给弄拧了。

例如某部很有名气的鉴赏辞典,其中关于此词的赏析文章,就颇值得商榷。

该文说上片曰：这次分别，是鲍氏从客途返家。也可能他有个爱姬在浙东，这回是去探望她。词人想到友人的妻妾一定是日夜盼着丈夫归家，由此设想她们想念远人时的眉眼，再联系着"眉如远山""眼如秋水"这些习用语，把友人归家所历经的山山水水拟人化，便得出了"水是眼波横，山是眉峰聚"。它是说，当友人归去时，路上的一山一水，对他都显出了特别的感情。那些清澈明亮的江水，仿佛变成了他所想念的人的流动的眼波；而团簇纠结的山峦，也似乎是她们蹙损的眉峰了。山水都变成了有感情之物，正因为鲍氏在归途中怀着深厚的怀人感情。从这一构思向前展开，就点出友人此行的目的：他要到哪儿去呢？是"眉眼盈盈处"。"眉眼盈盈"有两层意思。一层是江南山水清丽明秀，有如女子的秀眉和媚眼；又一层是有着盈盈眉眼的那个人。因此"眉眼盈盈处"既写了江南山水，也同时写了他要见到的人物。语带双关，扣得又天衣无缝。

按照这篇文章的思维逻辑，既然鲍氏归家途中一路都"水是眼波横，山是眉峰聚"，则一路都是"眉眼盈盈处"了。那么，下文还有什么必要郑重其事地宣布"欲问行人去那边，眉眼盈盈处"呢？由此可以反证：所谓"水是眼波横，山是眉峰聚"，只能是特指鲍氏故乡浙东的山水，而绝不能泛指旅途中的山水！又，"眉眼盈盈处"即"山眉水眼盈盈之处"，比喻浙东是山明水秀的好地方。这句的语法结构无论如何也演绎不出"有着盈盈眉眼的那个人所在之处"的意思来。要之，此词上片但说友人故乡山水之美，实不曾涉及友人与其妻妾之间如何相互思念的内容。诗词中常用山水来形容美人的眉眼，陈陈相因，已成俗套；此词反过来用美人的眉眼比喻山水，可谓别出心裁，化熟腐为生新。其妙处当于此领会。若真以为词中双关着鲍氏所爱的美人，未免夹缠不清了。

又，该文说此词下片曰：春才归去，友人却又要归去了。作者用了两个"送"字和两个"归"字，把季节同人轻轻搭上，一是"送春归"，一是"送君归"；言下之意，友人此行是愉快的，因为不是"燕归人未归"，而是"春归人也归"。然后又想到友人归去的浙东地区，一定是春光明媚。因而便写出"若到江南赶上春，千万和春住"。也许是从唐诗人韦庄的《古别离》"更把玉鞭云外指，断肠春色在江南"得到的启发吧，春色既然还在江南，所以是能够赶上的。赶上了春，那就不要辜负它，一定要同它住在一起。这个"春"不仅是季节方面的，而且是人事方面的。人事方面的"春"便是与家人团聚，是家庭生活中的"春"。这样的语带双关，当然也聪明，也俏皮。

这一长段解说，依然似是而非，不可不辨。

首先我们要探讨"千万和春住"的那个"住"字，是不是一定只能理解为现代汉语中的"居住"之"住"？就宋词，特别是宋代的送春词而论，似乎还不可以这样断言。例如僧如晦的《卜算子》："有意送春归，无计留春住。"那

"住"字就不能解作"居住",而只能训"止"或"驻"。 又如辛弃疾的《摸鱼儿》:"春且住,见说道、天涯芳草无归路。"那"住"字也不能解作"居住",而是祈求春天停住脚步,不要再往前走的意思,仍当训"止"或"驻"。

其次,此词中的"江东"或"江南",是不是一定只能指"浙东"? 我们不否认,广义的"江东"或"江南"是可以将"浙东"包括在内的。 但北宋实有江南东路和两浙东路的地理区划,因此,狭义的"江东"或"江南",与"浙东"却是平行的地域概念。

明确了以上两点,我们在读解此词时就多了一些选择的余地。

其三,"春"字固然可以有人事方面、家庭生活方面的意思,但在这首词中却断断乎不能作如是想。 道理十分简单:鲍氏此番是回乡,是归家。 回乡、归家,自然要与家人团聚,共同生活,何劳词人费心特别叮嘱"千万要同太太住在一起"?(莫非那位鲍先生风流成性,专爱拈花惹草? 一笑。)所以,此词中的"春"字就只能专指季节。

明确了这一点,我们在读解此词时也就封住了一条死胡同。

驳论已毕,以下正面阐述笔者的一孔之见。 据词意,鲍氏此去应是由西北向东南行进。 古人以四方分配四季,"东"和"春"恰相对应。 又,冬去春来,气温之回升总是先南而后北。 因此,词人设想,春从东方、南方或东南方来,还归东方、南方或东南方去。现在春天刚离去不久,友人还来得及在江南东路地区追上她。请注意:相对于友人此行的终点、更东更南的浙东来说,江东还只是中途!说到这一步,此词下片浓郁的诗情便呼之欲出了。刚刚送走了春天,而友人又将离去,作者心中的惆怅不难想见。但他对此却未作任何渲染,只用了"才始"和"又"两个相关联的虚辞,以强调的语气含蓄地传达出了依依惜别的感情。接着,他突发奇想,叮嘱友人道:"如果你在半路追上了春天,千万要和她一块儿停下脚步!"这是希望友人和春天都不至于离得更远的意思。词人对春天、对友人的眷恋,就通过如此新颖而美妙的艺术构思淋漓尽致地表现了出来。唐人刘皂《旅次朔方》诗云:"客舍并州已十霜,归心日夜向咸阳。无端更渡桑干水,却望并州是故乡!"王观此词,正与刘诗异曲同工,用的都是"退而求其次"法,虽然一个是写乡情,一个是写友情。

[宋]贺铸

贺铸（1052—1125），字方回，号庆湖遗老，卫州共城（今河南辉县市）人。宋太祖贺皇后的五代族孙。宋神宗熙宁初，以门荫入仕为侍卫武官。哲宗元祐年间，因苏轼等的举荐，改入文阶。曾通判泗州（今江苏盱眙一带）、太平州（今安徽当涂一带）。晚年隐居苏、常二州（今均属江苏）。他才兼文武，但由于秉性刚直，不阿附权贵，故而一生屈居下位，才干未能得到充分的施展。善作诗，有《庆湖遗老诗集》。尤以词著名，今存词二百八十余首，有《东山词》《贺方回词》等不同名目版本。其词题材较丰富；风格也多所变化，盛丽、妖冶、幽洁、悲壮兼而有之；又善于融化前人诗文成句，用韵严密，富有节奏感和音乐美。

鹧鸪天·半死桐

重过阊门万事非，同来何事不同归？梧桐半死清霜后，头白鸳鸯失伴飞。

原上草，露初晞。旧栖新垅两依依。空床卧听南窗雨，谁复挑灯夜补衣！

【注释】

梧桐半死:晋崔豹《古今注·草木》:"合欢树,似梧桐。枝叶繁,互相交结。"则所谓"合欢树"似即连理梧桐。古诗文中例以"梧桐半死"比喻丧偶。唐刘肃《大唐新语》载安定公主初嫁王同皎,同皎死,复嫁崔铣。后夏侯铦论此事,有"公主初昔降婚,梧桐半死"语。又,白居易《为薛台悼亡》诗:"半死梧桐老病身。"

有宋一代,诗坛是个"被爱情遗忘的角落",爱情的花朵,几乎都开放在词的园林里。而宋词中所吟咏的爱情,又多是婚外恋——文士和妓女间的卿卿我我,虚拟泛咏者除外,实写夫妻伉俪之情的作品微乎其微。究其原因,殆为封建社会讲究门当户对,并不以性爱为婚姻的第一要义之故。但是,先结婚后恋爱,在长期同甘共苦的生活中培养出浓郁情感的例证总还是有的。谓予不信,请看贺铸为其妻赵氏夫人所作的这首悼亡词。

词人一生屈居下僚,经济上并不宽裕,其诗集中叹贫之辞斑斑可见,宋程俱《贺公墓志铭》和叶梦得《贺铸传》里也都有相应的记载。而赵夫人虽是皇族千金小姐,但嫁给词人后却不惮劳苦,勤俭持家,且对丈夫十分体贴,因此夫妻二人感情甚笃。宋哲宗元符元年(1098)六月后至徽宗建中靖国元年(1101)九月前,词人为母亲服丧,停官闲居苏州,中间曾于元符三年(1100)冬北上过一次。赵夫人很可能即殁于词人北行之前,而本篇则作于南返之后。汉枚乘

《七发》载龙门有桐,其根半死半生,斫以制琴,声音为天下之至悲。 故唐李峤《天官崔侍郎夫人吴氏挽歌》曰:"琴哀半死桐。"贺铸以"半死桐"题篇,正取其悼亡之意以寄托深沉的哀思。

本篇起二句用赋,直抒胸臆。"阊门"是苏州城西门。词人回到苏州,一想起和自己相濡以沫的妻子已长眠地下,不禁悲从中来,只觉得一切都不顺心,遂脱口而出道:"重过阊门万事非。"接以"同来何事不同归"一问,问得十分奇怪——赵夫人又何尝愿意先词人而去呢? 实则文学往往是讲"情"而不讲"理"的,极"无理"之辞,正是极"有情"之语,作者撕肝裂肺的哀毁,已然全部包含在这泪尽继之以血的一声呼天抢地之中了。

三四两句转而用比。 唐孟郊《列女操》云:"梧桐相待老,鸳鸯会双死。"贺词即以这连理树的半死、双栖鸟的失伴来象征自己的丧偶。"清霜"云云,秋天霜降后梧桐枝叶凋零,生意索然,比喻妻子死后自己也垂垂老矣。"头白"云云,词人此时年届五十,也正是青丝成雪的年龄。 两句形象而艺术地刻画出了他的孤独和凄凉。

五代孙光宪《北梦琐言》记江淮间名娼徐月英送别情人诗云:"惆怅人间万事违,两人同去一人归。 生憎平望亭前水,忍照鸳鸯相背飞?"又宋赵令畤《侯鲭录》载:蔡确丞相谪新州,有一侍妾相从,善弹琵琶。 又豢养一只鹦鹉,能言语。 蔡确每唤此妾,即叩响板,鹦鹉便为之传呼。 妾死后，一日误触响板，鹦鹉犹传言，蔡大恸，得病不起。曾有诗云："鹦鹉言犹在，琵琶事已非。伤心瘴江水，同渡不同归。"贺词上片，明显是从徐月英、蔡确二诗中夺胎而出。然而徐、蔡诗今已湮没无闻，贺词却成为千古绝唱。原因何在？发人深思。笔者以为，这一方面固然是由于贺铸有着更高的艺术才华，因而能够点石成金，"掇拾人所遗弃，少加隐括，皆为新奇"（叶梦得《贺铸传》评贺词语）；而另一方面同时也是最重要的一方面，我们不能不承认，贺词中所倾注着的感情较之上述二诗更为悲痛与深沉。七言四句已无法承受如此沉重的负荷了，于是乃益以下片五句，进一步加以申诉。

过片"原上草，露初晞"六字，承上启下，亦比亦兴。汉乐府丧歌《薤露》曰："薤上露，何易晞！露晞明朝更复落，人死一去何时归？"贺词本此。用原草之露初晞暗指夫人的新殁，是为比，紧接上片，与"梧桐"二句共同构成"博喻"；同时，原草晞露又是荒郊坟场应有的景象，是为兴，有它导夫先路，下文"新垄"二字的出现就不显得突兀。

以后三句重又回复到赋体。因言"新垄"，顺势化用陶渊明《归田园居》五首其四"徘徊丘垄间，依依昔人居"诗意，牵出"旧栖"。下文即很自然地转入自己在"旧栖"中的长夜不眠之思——"空床卧听南窗雨，谁复挑灯夜补衣！"这是全词的最高潮，也是全词中最感人的两句。词人二十九岁在磁州(今河北磁县一带)都作院(管理军器制造的机构)供职时曾写过一首《问内》诗:"庚伏厌蒸暑,细君弄针缕。乌绨百结裘,茹茧加弥补。劳问'汝何为,经营特先期?''妇功乃我职,一日安敢隳?尝闻古俚语,君子毋见嗤。瘿女将有行,始求燃艾医。须衣待僵冻,何异斯人痴?蕉葛此时好,冰霜非所宜。'"说的是妻子早在大伏天就忙着给自己补缀冬天穿的破衣服了。问她为何如此性急,她却振振有词地说出一番道理:俗传古时候有个人临到女儿快出嫁了,才去请大夫医治姑娘颈上的肿瘤。冰天雪地等衣服穿时再来缝缝补补,岂不是也一样傻吗?全诗由一件生活小事引出夫妻间的一段对话,活脱脱地写出了妻子的贤惠与勤劳,写出了伉俪之爱的温馨。糟糠夫妻,情逾金石,无怪乎词人当此雨叩窗棂,一灯如豆,空床辗转之际,最不能忘怀的就是妻子"挑灯夜补衣"的淳朴形象!全词到此戛然而止,就把这哀婉凄绝的一幕深深地揳入了千万读者的心扉,铁石心肠也不容不潸然泪下了。

在文学史上,贺铸的这首词是和晋潘岳《悼亡》三首、唐元稹《遣悲怀》三首、宋苏轼《江城子·乙卯正月二十日夜记梦》等同题材作品并传不朽的。它们同以真挚、沉痛见长,均有永恒的魅力。但是,如果细细地从内容和艺术两方面来分析,似乎还可以论短较长。就艺术而言,潘诗为五古,浑厚拙朴是其所善,稍不足者略嫌铺张,一题洋洋洒洒数百言,长歌之号咷,反不及稀声之抽咽;元诗为七律,形式易流于板滞,其作情气深婉,读来不觉雕琢,已属难能,但总未尽去痕迹,臻于化境;苏、贺二篇得力于词体长在言情,样式上先沾了光,故而更见回肠荡气;而苏词三、四、五、七言交错,一唱三叹,又一较基本为七言句式的贺词更胜一筹。从内容来看,元诗、贺词写出了他们夫妇之间患难与共、甘苦同尝的感情基础,这一要素,恰恰是潘、苏的作品中所缺少的。元诗其一云:"顾我无衣搜荩箧,泥他沽酒拔金钗。野蔬充膳甘长藿,落叶添薪仰古槐。"回忆贫贱夫妻当年情事,真切动人,可惜末尾"今日俸钱过十万,与君营奠复营斋"二句庸俗,损伤了全诗的格调;而贺词结句不惟有声彻天,有泪彻泉,情趣也较元诗来得纯洁,宜其为冠。要之,苏、贺二词长于潘、元六诗,堪称古代悼亡篇章中的双璧。论艺术性苏词差胜,评思想性贺作稍优,"梅须逊雪三分白,雪却输梅一段香"(宋卢梅坡《雪梅》诗)!

古捣练子五首

夜捣衣

收锦字,下鸳机,净拂床砧夜捣衣。马上少年今健否?过瓜时见雁南归。

杵声齐

砧面莹,杵声齐,捣就征衣泪墨题。寄到玉关应万里,戍人犹在玉关西!

夜如年

斜月下,北风前,万杵千砧捣欲穿。不为捣衣勤不睡,破除今夜夜如年。

剪征袍

抛练杵，傍窗纱，巧剪征袍斗出花。想见陇头长戍客，授衣时节也思家。

望书归

边堠远，置邮稀，附与征衣衬铁衣。连夜不妨频梦见，过年惟望得书归。

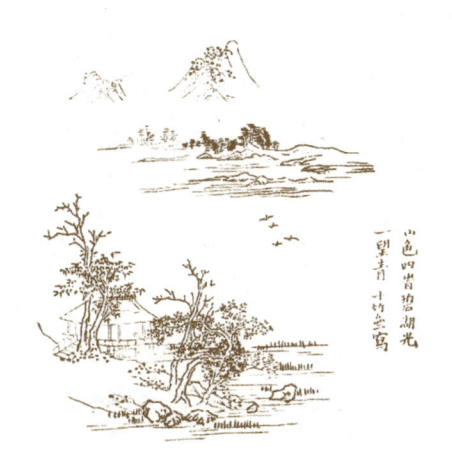

北宋是中国历史上封建大一统诸王朝中最为孱弱的一个，开国伊始，就不断受到边疆地区少数民族政权的侵扰（先是北方的契丹族政权辽，后来是西北方的党项族政权夏），因此，经朝廷征发，远离家乡、亲人而驻守在北陲苦寒地带的戍卒为数众多。封建统治者对他们的生死哀乐不甚关心。"谁知营中血战人，无钱得合金疮药！"（刘克庄《军中乐》诗）这虽然写在南宋，但据北宋多次发生士兵暴动的事实，可知当时军人的待遇也一样恶劣。他们既时刻面临着战争和死亡的威胁，又得不到朝廷的爱恤，于是亲人们对他们牵肠挂肚的担忧和思念，便具有相当程度的社会普遍性。神宗元丰七年（1084）冬，词人在徐州任职时曾目击过"役夫前驱行，少妇痛不随。分携仰天哭，声尽有余悲"（见其《部兵之狄丘道中怀寄彭城社友》诗）的惨状。作为一名对人民疾苦抱有同情心的文学家，他不能不站出来代思妇征夫诉说他们的痛楚。《古捣练子》组词，就是在这样的大背景下创作出来的。原词共六首，可惜第一首已经残缺，只好阙如了。

《捣练子》这个词调，名称起源于晋、宋以来的习见诗题《捣衣》。古代一般纺织品的质地较粗硬，须用木杵在石砧上反复捶捣，使之柔软，方可制衣、穿着。组词写思妇捣衣寄远，用的正是词牌的本义。下面，我们先一首首地来串讲。

《夜捣衣》

锦字，《晋书·列女传》载前秦窦滔被流放到边疆地区，其妻苏蕙思念不已，遂织锦为回文旋图诗相寄赠。 诗图共八百四十字，文辞凄婉，宛转循环皆可以读。 鸳机，织机的藻饰辞。 床砧，捣衣用的大石板。 马上少年，指从军的年轻夫婿。《史记·陆贾列传》载汉高祖刘邦自称他的天下"居马上而得之"，马上，谓戎马背上。 瓜时，《左传·庄公八年》载，春秋时，齐襄公派将军连称、管至父去戍守葵丘，当时正值瓜熟（即"瓜时"），襄公便许诺明年瓜熟之日派人去替换他们。 谁知一年期满，襄公却自食其言，不准他们回来。雁南归，汉武帝《秋风辞》："秋风起兮白云飞，草木黄落兮雁南归。"末句暗用温庭筠《定西番》（汉使昔年离别）词意："雁来人不来。"这首词写思妇白天忙着织锦，黄昏后收拾下机，又忙着将大石板擦拭干净，连夜捣衣，准备寄给戍边的良人。 她一边劳作一边忐忑不安地思忖，不知夫婿现在身体可好？ 为什么役期已过，却只见大雁南归，不见征人北返呢？

《杵声齐》

玉关，即玉门关，故地在今甘肃敦煌附近，北宋时属西夏。 由于它在汉唐两代是通往西域的重要关口，因此这里借用来泛指西北边防要塞。 本篇大意是说：年深日久，大石板的表面已磨得很光亮了。 木杵一下接一下地锤击，声音很有节律。 征衣捣成后打好包裹，用泪水研墨，题写上亲人的姓名。衣裳寄到玉门关,怕该有迢迢万里路吧? 可夫婿戍守的地方,还要自玉门关再往西去啊!

《夜如年》

这首词是说夜深了,月儿已经西斜,可思妇还在寒冷的北风中捣衣不止。千杵万杵,厚厚的石板都快被捣穿了。是不是她手脚勤快,因忙于捣衣而顾不上睡觉呢? 不,是因为思念征人而睡不着觉,所以才借捣衣来打发这漫无尽头的长夜。

《剪征袍》

练,本义为白绢,这里泛指衣料布匹。 斗,拼合。 陇头,又名陇山、陇首、陇坂,在今陕甘两省交界处,北宋时在秦凤路境内。 此处也是作为西北边戍的泛称。 授衣时节,《诗·豳风·七月》:"七月流火,九月授衣。"毛《传》:"九月霜始降,妇功成,可以授冬衣矣。"本篇写思妇捣好衣料,丢下木杵,坐到纱窗边上来为征人裁制战袍。 开片时,她巧运心思,设法使不得不剪破的图案花纹,能够在缝纫时重新拼接复原。 她思量道:长年戍守在边塞上的夫婿,到了这授衣的季节,也一定在想家吧?

《望书归》

边堠,边防线上的土堡,用以侦伺敌情,相当于今所谓"哨所"。 置邮,即驿车、驿马、驿站,古代的邮递设施。 铁衣,铠甲。 过年,有的选本解为今之所谓过春节,说思妇"一心盼望得到征人回家过年的书信"。 这是不对的。 应释作"逾年"。汉桓宽《盐铁论·徭役》:"古者无过年之徭,无逾时之役。"可以为据。按古代文学作品中写思妇与征夫互通音讯之困难,每每有这样的句子。如梁刘孝先《春宵》诗:"敦煌定若远,一信动经年。"唐刘希夷《捣衣篇》:"缄书远寄交河曲,须及明年春草绿。"皆是其例。本篇略谓:边关遥遥,官家的驿车马却配备甚少。难得今天见到了驿使,寄信之外,还附上自己赶制的战袍。有它衬里,良人披上铁甲便不会再感觉到寒冷。唉!一夜之间尽可以三番五次地和夫婿在梦里相见,而事实上呢,明年能够收到他的回信,也就算如愿以偿了。

这一组词,无论就思想性还是艺术性而言,都是宋词里的优秀之作。

先谈思想性。在它们哀婉的笔调之下,隐藏着对于封建统治者的讽谴。如《夜捣衣》之末句,"瓜时"已过,雁归而人不归,思妇还得捣衣寄远,征夫仍须在塞上越冬,朝廷之言而无信,任意延长役期的行径,岂不昭然若揭?又如《望书归》,边堠再远,也不应是"十书九不到,一到忽经年"(唐贾岛《寄远》诗)的充足理由,思妇之所以今秋寄衣而不敢奢望明年以前能有回信,根本原因还在于执政者对戍人及其亲属之苦痛置若罔闻。这层意思,尽在"置邮稀"淡淡三字中。苏轼写那专供帝王后妃们享用的新鲜荔枝龙眼如何不远万里及时贡进,不是有"十里一置飞尘灰,五里一堠兵火催。……飞车跨山鹘横海,风枝露叶如新采"(《荔枝叹》)之句吗？ 虽咏前朝之事，实刺当代的类似情形。 用来反衬贺词，愈见轻描淡写中有微辞在，不可等闲看过。 当然，这些都是笔者的以意逆志，或者以为求之过深，我们不妨退一步讲：即使词人并无归咎朝廷之意，仅就这组词中倾注着的对思妇征夫之深切同情而论，它们也足可称为具有人道主义精神的好作品。

再看艺术性。 从总体上说，这组词没有浪费一点笔墨去描写思妇的体态、容貌（如梁武帝萧衍《捣衣》诗"轻罗飞玉腕，弱袖低红妆。 朱颜日已兴，眄睇色增光"之类），乃至照明设备（如梁王僧孺《咏捣衣》诗"雕金辟龙烛"之类）、裁缝工具（如北周庾信《夜听捣衣》诗"龙文镂剪刀"之类）等无关宏旨的物事，而是将所有的篇幅都用来展示思妇的感情波澜，将所有的笔触都用来刻画思妇的内心世界，这样，它们便产生了叩开读者心扉，使读者哀其哀、怨其怨的艺术感染力量，不像上举南北朝作家的同题材作品，徒以华丽的辞藻炫人眼目。 具体而论，词人在传达思妇的复杂情感时，也力避陈俗，全然不用那些描绘人物面部表情和身体形态变化（诸如泪眼愁眉、衣宽带减之类）的程式，而是将它们有机地糅进捣衣、裁衣、寄衣的一举一动，且这一举一动又无不经过精心的选择或提炼，具有很可观的艺术张力。 例如"巧剪征袍斗出花"，一方面，它把思妇对征人的柔情蜜意表现得十分细腻，另一方面，思妇所企图拼接的，又岂止是衣料上剪破的花朵？ 这难道不是她渴望花好月圆、夫妻团聚的象喻吗？再如"捣就征衣泪墨题"，写思妇的哀戚也极为传神。类似的情景，我们在唐诗里看到过长孙佐转妻《答外》"结成一衣和泪封"之句。但这仅仅是对生活现象的直观。而词人却让自己笔下的思妇以泪水濡墨染毫，题写封裹，艺术地对生活现象进行了再创造，显然更胜一筹。在摹写思妇的心理活动方面，词人也开掘得比较深。例如"不为捣衣勤不睡，破除今夜夜如年"二句，写思妇夜捣征衣，欲通宵达旦，若作关切征人冷暖、不惮一己辛劳来理解，本来也是合乎情理的；但如果光从这一方面着眼，犹未免浅之乎也。词人偏让思妇自吐胸臆，明言这是为了宣泄内心的痛苦，挨过不眠的永夜，如此写来真可谓入木三分。因为，作者的目的并不是写一篇《女儿经》，宣扬封建的妇功、妇德，而是要写出封建兵役制度的残酷，写出一个在悲惨中挣扎着的灵魂！再如"连夜不妨梦见，过年惟望得书归"二句，写思妇对于生活的要求，已经低到了不能再低的限度：不敢想真的与征夫重逢，只希望梦中能多见几面；不敢想人归，只盼望有信回；不敢想回信之速，只寄希望于明年。其哀婉何以复加？在它的背后，正不知有多少个幻想变成过泡影，多少次热望化作了灰烬！显而易见，这比直截了当地去写盼望征人早早归来，何止深沉千倍万倍！

近代著名学者夏敬观指出："观以上凡七言二句，皆唐人绝句作法。"（手批《彊村丛书》本《东山词》）是的，它们确实不类宋调，丰神直追唐音。试观唐人同题材七绝，陈玉兰

《古意》云:"夫戍萧关妾在吴,西风吹妾妾忧夫。一行书信千行泪,寒到君边衣到无?"陈陶《水调词》云:"长夜孤眠倦锦衾,秦楼霜月苦边心。征衣一倍装绵厚,犹虑交河雪冻深!"张泌《怨诗》云:"去年离别雁初归,今夜裁缝萤已飞。征客近来音信断,不知何处寄寒衣。"贺词与之相较,实可方驾玉兰,视陈陶、张泌辈犹有冰寒于水之意。宋杨万里《颐庵诗稿序》云:"至于荼也,人病其苦也,然苦未既而不胜甘。诗亦如是而已矣。……《三百篇》之后,此味绝矣,惟晚唐诸子差近之。《寄边衣》曰:'寄到玉关应万里,戍人犹在玉关西。'……《三百篇》之遗味,黯然犹存也。"笔者检《全唐诗》及其外编,未见这两句,若非原诗今佚,即是诚斋误记。如果真是误记的话,那就证明贺氏这组词之酷肖唐诗,已经到了可乱楮叶的地步。

最后,我们再把这组词纳入唐宋词发展史的范围内来加以考察。像这样以思妇口吻、借捣衣寄远以表达怀念戍人之情并讽谴封建统治者的题材,在早期民间词里是屡见不鲜的。如敦煌曲子词:"孟姜女,杞梁妻,一去燕山更不归。造得寒衣无人送,不免自家送征衣。"——词调正是《捣练子》!艺术上是粗糙了些,反苛政的思想内容的火花却很耀眼。后来到了文人手里,此长彼消,向着否定的方向发展。今存文人词中最早的一首《捣练子》系李后主(一说冯延巳)所作:"深院静,小庭空。断续寒砧断续风。无奈夜长人不寐,数声和月到帘栊。"写作技巧提高了许多,内容却换成了抒写文士夜听寒砧的悲秋情绪,这真是"维鹊有巢,维鸠居之"(《诗·召南·鹊巢》)了。 至于贺铸这组词,又来了个否定之否定。 它们标明是"古"《捣练子》,五首中且有三首用韵与敦煌《捣练子》相同,从这些迹象来看,词人是有意汲取了早期民间词中的营养并向其复归。 不过,他在学习和继承民间词的同时,扬弃了它们质木无文的弱点,益之以文人词的成熟技法,做到了思想性和艺术性的统一,写出了新水平。 唐宋文人词中,这种题材的作品非常少见;达到和贺词同样水准的,那就更难寻觅。 吉光片羽,弥足珍贵,对于这组词的价值,当作如是观。

踏莎行·惜余春

急雨收春,斜风约水,浮红涨绿鱼文起。年年游子惜余春,春归不解招游子。

留恨城隅,关情纸尾,阑干长对西曛倚。鸳鸯俱是白头时,江南渭北三千里。

游子天涯，惜春恨别，原本是诗词中写得熟滥的题材，但贺铸此作语意精警，字句凝练，读来仍不乏新鲜之感。

题曰"惜余春"，语出李白《惜余春赋》："惜余春之将阑，每为恨兮不浅。""余春"者，残存无多、转瞬将尽之春光也。惟其无多，惟其将尽，故格外值得珍惜。起三句，缴足题面中"余春"二字，爱惜之情，亦于言外发之。枝头繁花，乃春天之象征，而"急雨"摧花，扫尽春艳，故曰"收春"。"收"字极炼，若言天公悭吝，不肯让春色长驻人间，稍加炫示，便遣"急雨"追还。"急雨"之来，"斜风"与俱。"约"为约束、拦阻义。雨添池波，风遏逝水，故池水溶溶，新波"涨绿"。加以落英缤纷，漂流水上，泛泛"浮红"，点缀碧澜。而群鱼嬉戏于涨池之中，你争我夺，唼喋花瓣，掀动一圈圈波纹。意境何其幽美！"浮红涨绿鱼文起"七字是极经意之笔，非深情留恋"余春"之人不能如此细腻地观察"余春"景物并传神地将它写出，盖一旦浮红尽沉池底，那可真正是"枝中水上春并归"（梁简文帝《江南曲》），欲"惜"无从了。透过词人眼中笔下的"鱼文"，我们不难发现他感情深处的涟漪。以下二句，潜藏于景语之中的惜春情绪急转为游宦天涯、不得归家的苦恨。唐陈子良《春晚看群公朝还人为八韵》诗云："游子惜暮春。"词人曰"年年游子惜余春"，加"年年"二字，给出惜春情怀的时间持续度，语气即显得更为沉郁。然而其好处还不止于此，须与下"春归不解招游子"一气连读，方有滋味。游子年年惜春，可谓专情于春矣，而春天归去时却想不到招呼老朋友一块儿走，真不够交情！ 此意当从杜甫《闻官军收河南河北》诗"青春作伴好还乡"句翻出，一以可与春天偕归为喜，一因春天弃我独归而恨，皆匪夷所思，妙不可言。 若究其实，则不过是词人"贫迫于养"（宋程俱《宋故朝奉郎贺公墓志铭》），离家外宦，任期未满，不得便还而已。 但这话直说出来，就不成其为诗。 宋严羽《沧浪诗话》云："诗有别趣，非关理也。""年年"二句的"别趣"，正当从其不可理喻处求之。

不得归家倍思家。 下片便自然过渡到写自己和妻子的离别与相思。"留恨"句记别。"城隅"即城外角，是分袂处，唐人王宏《从军行》"羌歌燕筑送城隅"、王维《崔九弟欲往南山马上口号与别》诗"城隅一分手"等句可证。"关情"句叙别后妻子来信，信末多深情关切之语。（如唐人元稹《莺莺传》莺莺与张生书末云"千万珍重！ 春风多厉，强饭为嘉"之类。）"阑干"句则述自己常于夕阳西下之时，面对昏黄的落晖，独立高楼，凭阑远眺，怀想亲人。 以上三句，一句一意，不断更换角度。 先写离别，为二人所共；再写相思，一寄书，一倚栏，为各人所独：可谓面面俱倒，错落有致。 十五个字竟写出这许多内容，语言之高度浓缩，颇见锻炼之功。 结二句，就直接语意而言是承上写自己倚栏时的喟叹；但两地相思，一种情愫，从章法上来看，不妨说词人的笔触又转回去兼写双方。 李商隐《代赠》诗云："鸳鸯可羡头俱白。"杜甫《春日怀李白》诗云:"渭北春天树,江东日暮云。"词人熔铸唐诗,发为己意:"鸳鸯俱是白头时,江南渭北三千里。"盖谓夫妻二人已垂垂老矣,却一在江南(当指鄂州,即今武汉的长江南岸地区,贺铸四十六七岁时在那里任钱官),一在渭北(长安在渭水北,这里以汉唐故都借指北宋东京),关山千里,天各一方。二句只说离人年龄之大、分别距离之远,此外更不置一词,词意戛然而止,却给读者留下了回味的余地。试想,少年夫妻,来日方长,一旦分携,犹自不堪;而人濒老境,去日苦多,百年光阴,所剩无几,亦如"余春",弥足珍惜,此时阔别,心情之沉痛,又当如何?再想,江南渭北三千里,一去谁知几时还,城隅留恨,那恨该有多重?千山万水,音讯难通,一封家信,纸尾关情,那情该有多深?"岭树重遮千里目,江流曲似九回肠"(唐柳宗元《登柳州城楼寄漳汀封连四州》诗),夕阳楼上,游子的乡思又该是怎样的凄断、缠绵?细细咀嚼,便知下片前三句的厚度,全靠末两句在衬托;至于这结尾本身的重拙,下语镇纸,则显而易见,不待言说了。

踏莎行·芳心苦

杨柳回塘,鸳鸯别浦。绿萍涨断莲舟路。断无蜂蝶慕幽香,红衣脱尽芳心苦。

返照迎潮,行云带雨。依依似与骚人语。当年不肯嫁春风,无端却被秋风误。

年辈稍长于贺铸的北宋著名词人晏几道曾经写过一首调寄《蝶恋花》的咏莲词:"笑艳秋莲生绿浦。红脸青腰,旧识凌波女。照影弄妆娇欲语,西风岂是繁华主?可恨良辰天不与。才过斜阳,又是黄昏雨。朝落暮开空自许,竟无人解知心苦。"论者以为是为友人家中一位名叫小莲的歌姬而作,大抵可信。贺铸此词亦咏莲花,用韵及遣辞造句都与晏词相似,当有所借鉴于小晏。但晏词为悯人,贺词则为自叹,命意显然是不一样的。

贺铸其人才兼文武,素有治国平天下的远大抱负。可是由于他是武官而非进士出身,在右文抑武的宋代,本来就很难得到朝廷的赏识和重用;更由于他志行高洁,不肯趋炎附势,奔走权贵之门,故而一生沉沦下位,壮志难酬。此词即借咏莲吐诉自己怀才不遇的一腔政治愤懑,物与我、花与人打成一片,比兴卓绝,寄托遥深,在有宋一代众多的咏物词中,堪称风流高格之作。

起二句,写莲花生长之环境。"回塘"是曲折弯环的堤岸。《文选》汉张衡《南都赋》:"分背回塘。"唐李善注曰:"塘,堤也。""别浦"是幽寂偏远的水滨。堤上有婀娜多姿之杨柳相掩映,水中有娴雅多情之鸳鸯为衬托,则此莲花之洵美且淑不问可知。然而她既生长在曲折之堤畔、偏僻之水湄,地势不佳,人迹罕至,这就注定其很难见赏于世了。于是下文接着便出此意。却不明言采莲女郎之不肯枉舟相顾,而偏托言莲舟为涨满之绿萍所阻隔,无路可通,措辞极为委婉。 实则正如白居易《池上》诗:"小娃撑小艇,偷采白莲回。 不解藏踪迹,绿萍一道开。"薛能《戏舸》诗:"远舸冲开一路萍。"以无根之浮萍,焉能遏止行舟? 故"绿萍涨断莲舟路"云云,看字面是怨萍,细思则并莲娃而亦嗔之矣。以下仍承上文语意退后一步说。 即便水上之莲舟碍莫能至,空中之蜂蝶总可以栩栩然鼓翅从天而降吧? 孰料这班轻薄之辈只知追逐浓馨俗艳,断断不肯欣慕并来觅取莲花之幽香清气的。 唐崔涂《残花》诗云:"蜂蝶无情极,残香更不寻。"贺词"断无"句从此化出。 残香不寻,倒也罢了,奈何连幽香亦不屑一顾呢? 真正是道不同不相与谋了。 兰舟不至,蜂蝶不赏,此孤独之莲花遂只好自开自落,空老秋江,于是乃有"红衣脱尽芳心苦"之哀叹。"红衣",谓红莲之花瓣,语出北周庾信《入彭城馆》诗:"莲浦落红衣。"而时代更相接近、对贺词之启发更为直接的,则是唐羊士谔《玩荷花》诗之"红衣落尽暗香残"与赵嘏《长安晚秋》诗之"红衣落尽渚莲愁"。 比较起来,羊诗只写出了荷花凋零时的情形与状态,胶着于物象,语意不免显得单薄,没有咀嚼回味的余地。 赵诗将莲花人格化,赋予她人的情感,虽然有所进步,但直言其"愁",形、神分作两截,又嫌割裂、生硬。 二句都不如贺词来得浑成融化。 莲花既落,莲蓬乃成,莲子有心,纤细而色碧,嗅之微香,味之奇苦。 单就咏物而言,贺词此句已堪称穷妍而极态。 更兼以莲心之味苦暗喻人心之情苦,一语双关,妙合无垠,真可谓"比兴深者通物理"(宋人

《王直方诗话》载贺铸自称学诗于前辈,得八句诀,此为其中之一句)了。至此,我们已不难看出,词人笔下之莲花,正是他自己之人格与人生经历的形象写照。具体地说,回塘别浦,谓其易遭冷遇之武官出身或所处之下位也;清气幽香,谓其娟洁芬芳之高尚品格也;萍舟蜂蝶,路断媒疏,谓其不合流俗、无人汲引而仕途多阻也;红衣脱尽,芳心自苦,谓其华年逝去、修名不立而精神极为痛楚也。以意逆志,管窥蠡测,固未必完全符合词人创作之存心;而知人论世,披文入情,自信所论是虽不中却亦不远的。

过片二句,宕开一笔,勾勒背景,渲染气氛。日之夕矣,晚潮生矣,阴霾浮空,天将雨矣。本文篇首所录晏词之所谓"可恨良辰天不与。才过斜阳,又是黄昏雨"云云,恰好移用来为贺词"返照"八字作注脚。当此凄凉之时,莲心之凄苦更何能堪? 故下文随即收拢笔墨,拍转莲花,安排她依依向人,如泣如诉。所向者谁? 厥惟"骚人"。"骚人"一辞,始见于南朝梁萧统《文选序》:"楚人屈原,含忠履洁。君匪从流,臣进逆耳。深思远虑,遂放湘南。耿介之意既伤,壹郁之怀靡愬。临渊有怀沙之志,吟泽有憔悴之容。骚人之文,自兹而作。"本是专指赋《离骚》之屈原。后世亦用以泛指诗人,尤其是忧愁失志的诗人。此处"依依似与骚人语",解作词人之化身(莲花)与词人之正身(骚人)语,可;解作词人与屈原语,似亦无不可。盖自"莲花"一面而言,由于《离骚》中有"制芰荷以为衣兮,集芙蓉以为裳"之句,故托想莲花(古人"莲""荷"多混称,"芙蓉"即"荷"的别名)以屈原为知己,并不牵强;就词人自身一面而言,虽则与屈原萧条异代不同时,但流落不偶的遭际颇有几分相似,原不妨神交千载,尚友古人的。诗无达诂,唯词亦然,只要言之成理,不必执一强求。结穴二句,便是为莲花代拟其所欲诉之辞了。群芳多争艳于春和景明,莲花偏飘香于夏秋之际,是以唐韩偓《寄恨》诗有"莲花不肯嫁春风"之句。词人信手拈来,变第三人称叙述语为第一人称自白语,尤觉亲切。又益以"无端却被秋风误"一句,加倍跌宕,形象地补出莲花终老于素秋之为可哀,意味即更加完足、深厚。推考此句之构思,本也有取于晏词之"西风岂是繁华主",不过晏词表现为冷眼旁观者的叹息,贺词则托之于莲花自洒热泪,感慨益发沉重,语调益发激烈,撼动读者心灵的力量也就大得多了。按贺铸所生活的时代,正是北宋后期,新、旧党争异常严酷。总的来说,新党进步,旧党保守。然而新党中混有一些个人品质恶劣、官迷心窍、靠整人起家的投机分子,亦是不可讳言的事实。因此,这场斗争于改革与反改革的是非之争外,不可避免地又带有某些争权夺利、朋党倾轧的阴暗色彩。贺铸为人正直,群而不党,他没有陷入任何一派,在两派交替执政的不同时期都曾写过抨击时弊的诗篇,当然两派都不会将他看作自己人而加以提携。"当年不肯嫁春风,无端却被秋风误"云云,或者就是指自己青年时期初入仕途,正值新党大权在握,未肯阿附之以谋取富贵；及至中年经历旧党复辟，又不愿曲意趋奉，借此进身，而终于蹉跎岁月、壮志成空的不幸遭遇罢。

大凡咏物之作，贵在物中有"人"。就物咏物，纵然惟妙惟肖，工到极处，总不能臻于上乘之境。而"有人"之作，又当别其人品高下、人情真伪，二事既辨，优劣乃分。同是借咏莲荷以见志的作品，唐人高蟾应举下第后有绝句一首云："天上碧桃和露种，日边红杏倚云栽。芙蓉生在秋江上，不向春风怨未开。"大略是说贵家子弟享有优先录取的特权乃天经地义，自己出身寒素，虽然考试不中，却并不怨恨主考官员办事不公。他竟因此而被权贵们认作安分守己、不务躁进，终于得中进士，平步青云（事见孙光宪《北梦琐言》卷七）。若论章句，此诗亦不可谓不精警，但仔细玩味，我们总觉得他是有意向垄断选举大权的上层统治集团讨好卖乖，不免有矫情作伪之嫌的。相比之下，贺铸不平则鸣，直抒胸臆，反见得光明磊落，坦荡任真。况且扼杀人性、压抑人才固是封建制度之一大弊病，词人的遭遇，不得仅以个人悲剧目之。故贺词中所充塞之怨悱愤懑，自有其积极的社会意义与思想价值在，此所以为佳也。

至于此词艺术表现形式上的种种妙处，如物态人情融合无间、用人成句浑化无迹之类，串讲词句时业已具言，不必赘述。最后唯有一大重要关节仍需专门交代：自《离骚》创为香草美人以譬君子的比兴手法，后世诗人群起仿效，浸成传统，流芳不歇。贺铸兹作，亦其一例。但值得注意的是,《离骚》表现为"香草—君子""美人—君子"之分喻并列形式,而贺词则是"香草—美人—君子"三重架构,即香草、美人、君子三位一体,象外成象,比中有比,不徒蹈袭《离骚》而已。例如"断无蜂蝶慕幽香"句似乎就是暗中反用五代王仁裕《开元天宝遗事》里的一则故实:"都中名姬楚莲香者,国色无双,时贵门子弟争相诣之。莲香每出处之间,则蜂蝶相随,盖慕其香也。"故此句俨然有杜诗"空谷佳人"之意。而"红衣""芳心"等字面,通常也都用于女性。"依依似与骚人语"句则分明脱胎于李白《渌水曲》之"荷花娇欲语"与杜牧《朱坡》诗之"小莲娃欲语",李、杜原句曰"娇"曰"娃",非以莲荷为美人而何?至"当年不肯嫁春风,无端却被秋风误"二句,径以少女择偶设为譬喻,更不待言了。清代著名词学家陈廷焯云:"方回(贺铸字)词,胸中眼中另有一种伤心说不出处,全得力于楚《骚》而运以变化,允推神品。"(《白雨斋词话》卷一)这固然主要是指贺铸词的内容而言,但内容离不开具体表达形式,上述贺词之特殊比兴结构,也算得上是在继承《离骚》之基础上的一种新变吧?

天　香·伴云来

　　烟络横林，山沉远照，迤逦黄昏钟鼓。烛映帘栊，蛩催机杼，共苦清秋风露。不眠思妇，齐应和、几声砧杵。惊动天涯倦宦，骎骎岁华行暮。

　　当年酒狂自负，谓东君、以春相付。流浪征骖北道，客樯南浦。幽恨无人晤语。赖明月、曾知旧游处，好伴云来，还将梦去。

【注释】

山沉远照：贺词别首《平阳兴》："寥寥夜色沉钟鼓。""沉"字用法同此，可参看。

蛩催机杼：蟋蟀鸣声若曰"织、织"，故言"催机杼"。"机"即织机，"杼"即织梭。唐郑愔《秋闻》诗："机杼夜蛩催。"温庭筠《秋日旅舍寄义山李侍御》诗："寒蛩乍响催机杼。"

骎骎岁华行暮："骎骎"，马驰貌。《庄子·知北游》曰："人生天地之间，若白驹之过郤（隙），忽然而已。"故以"骎骎"言岁月流逝之速。

当年酒狂自负：汉代直臣盖宽饶为人刚正公廉，任司隶校尉，弹劾不法官吏无所回避，公卿贵戚皆恐惧，莫敢犯禁。他曾说"我乃酒狂"（喝多了酒就会发酒疯，实即性格耿介、使酒任气之意）。见《汉书·盖宽饶传》。贺铸也疾恶如仇，刚直不阿，喜面刺人过，虽对炙手可热的权贵也"极口诋无遗辞"。见叶梦得《贺铸传》。因此，词中似有以盖宽饶自况之意。

旧游处：谓自己旧日冶游之处，指妓家。其所思者为青楼中人，于此可见。

好伴云来，还将梦去："云"、"梦"互文，实即"梦云"一辞。盖用《高唐赋》中神女入怀王梦之事。

本篇写游宦羁旅、悲秋怀人的落寞情怀。这种题材，是柳永最擅胜场的。贺铸此词笔力遒劲，挥洒自如，不让柳屯田专美于前。就章法而言，平铺直叙，犹见出柳永的影响。但柳词融情入景，在描画自然景物上落墨较多；贺铸则融景入情，笔锋主要围绕着情思盘旋，又有着自己的面目，不尽蹈袭前人。

"烟络横林，山沉远照，迤逦黄昏钟鼓。"起三句写旅途中黄昏时目之所接、耳之所闻：暮霭氤氲，萦绕着远处呈横向展延的林带；天边，落日的余晖渐渐消逝在蜿蜒起伏的群山中；隐隐约约传来一声声报时的钟鼓，告诉旅人夜幕就要降临。词人笔下的旷野薄暮，境界开阔，气象苍茫，于壮美之中透出一缕悲凉，发端即精彩不凡，镇住了台角。

三句中，"络""沉""迤逦"等字锻炼甚工，是词眼所在。"烟络横林"，如作"烟锁横林"或"烟笼横林"，未始不佳，但"锁"字、"笼"字诗词中用得滥熟，不及"络"字生新。且"锁""笼"均为上声，音低而哑，而"络"为入声，短促有力。"烟""横""林"三字皆平，得一入声字介乎其间，便生脆响。若换用上声字，全句就软弱了。"山沉远照"，"沉"字本是寻常字面，但用在这里，却奇妙不可胜言。它，使连亘的山脉在读者的感觉中幻作了湖海波涛，固态呈现为流质；又赋虚形以实体，居然令那漫漶的夕曛也甸甸焉有了重量：其作用宛如灵丹一粒，点铁成金。至于"迤逦"，前人多用以形容山川的绵延不断，如三国魏吴质《答东阿王书》："夫登东岳者，然后知众山之迤逦也。"唐韦应物《沣上西斋寄诸友》诗："清川下迤逦。"词人巧借来描写钟鼓声由远及近的迢递而至，这就写出了时间推移的空间排列，使听觉感受外化为视觉形象。凡此种种，都是值得我们悉心体味的。

"烛映帘栊，蛩催机杼，共苦清秋风露。"次三句仍叙眼前景、耳边声,不过又益以心中情,且场面有所转换——由旷野之外进入客舍之内,时间也顺序后移——此时已是夜静更深。蜡烛有芯,燃时滴泪;蛩即蟋蟀,秋寒则鸣。这两种意象,经过一代代诗人的反复吟咏,积淀了深重的"伤别"和"悲秋"的义蕴。"蜡烛有心还惜别,替人垂泪到天明",这是杜牧《赠别》诗中的名句。"蟋蟀不离床,伴人愁夜长",这是贺铸自己的新辞(《菩萨蛮》)。两句正好用来为此处一段文字作注。"共苦"者,非"烛"与"蛩"相与为苦,而是"烛""蛩"与我一道愁苦。词人心中自苦,故眼前烛影、耳边蛩鸣无一不苦也。

"不眠思妇,齐应和、几声砧杵。惊动天涯倦宦,骎骎岁华行暮。"烛影摇曳,蛩声颤抖,愁人已不能堪了,偏又"断续寒砧断续风""数声和月到帘栊"(李煜《捣练子》),因思念征人而夜不成寐的闺妇们正在挥杵捣衣,准备捎给远方的夫婿——这直接包含着人类情感的声音,当然比黄昏钟鼓、暮夜虫鸣更加强烈地震撼了作者那一颗厌倦游宦生活的天涯浪子之心,使他格外思念或许此刻也在思念着他的那个"她"。可是,词人还不肯即时便将此意和盘托出,他蓦地一笔跳开,转从砧杵之为秋声这一侧面来写它对自己的震动:啊,岁月如骏马奔驰,又是一年行将结束了!

"当年酒狂自负,谓东君、以春相付。流浪征骖北道,客樯南浦。"岁月的流逝也就是生命的流逝,季节的秋天使词人痛楚地意识到了人生的秋天。过片后四句,即二句一挽，二句一跌，叙写青春幻想在生命历程中的破灭：年轻时尚气使酒，自视甚高，满以为司春之神"东君"会加意垂青，在自己的生活道路上洒下一片明媚的春光；谁知道多年来仕途坎坷，沉沦下僚，竟被驱来遣去，南北奔波，无有宁日呢？须加注意的是，"流浪"二句中省去了"长年来""不意"（不料）等字面，阅读时应对照前二句中"当年""谓"（以为）之类提示，自行补出。散文句法有"承前省略""探后省略"，此处则是诗词句法中的又一种特殊省略，不妨以"对照省略"名之。这一省略造成了"流浪"二句的突如其来之势。如此不用虚字斡旋而径对上文作陡接急转之法，即词家所谓"空际转身"，非具大神力不能也（说见清周济《介存斋论词杂著》）。

"幽恨无人晤语。"青春消歇，事业蹉跎，词人自不免有英雄失路的深恨，欲向知己者诉说。然而冷驿长夜，形只影独，实无伴侣可慰寂寥。此句暗里反用《诗·陈风·东门之池》："彼美淑姬，可与晤语。"几经腾挪之后，终于以极为含蓄的表达方式将自己因听思妇砧杵而触发的怀人情绪向读者作了坦白。其所深切思念着的这位"淑姬"，可真是"千呼万唤始出来，犹抱琵琶半遮面"（白居易《琵琶行》）啊！

"赖明月、曾知旧游处，好伴云来，还将梦去。""彼美淑姬"既已逗出，就不需再忸怩作态了，于是词人乃放笔直抒那千山万水所阻隔不了的相思：幸有天边明月曾经窥见过我们欢会的秘密，它当然认识伊人的家了，那么，就请它陪伴着化作彩云的伊人飞到我的梦里来,而后再负责把她送回去吧!"美人迈兮音尘阙,隔千里兮共明月。"南朝宋谢庄《月赋》中传诵千古的名句,还不过是把"明月"作为一个被动、静止、纯客观的中介物,使两地相思之人从共仰其清辉中得到千里如晤的精神慰藉;词人却视"明月"为具备感情和主观行为能力的良媒,一如唐传奇中的"红娘""昆仑奴"和"黄衫客"——天外奇想,诗中杰构,其艺术魅力似又在谢《赋》之上了。

张炎《词源》曰:"一曲之中,安能句句高妙? 只要拍搭衬副得去,于好发挥笔力处,极要用工,不可轻易放过,读之使人击节可也。"本篇以景语起,以情语结,经意之笔即在这一头一尾。起三句以炼字胜,已自登高;末三句以炼意胜,更造其极。

晚清词学大师朱彊村,论词极矜严,不轻易评点作品,但却很推崇此词,特为写了一条眉批:"横空盘硬语。"的确,它以健笔写柔情,属辞峭拔,风格与一般婉约词的软语旖旎大异其趣。贺铸出身为一弓刀武侠,因此即便是写情词也不免时而露出几分英气。清陈廷焯评曰:"方回词,儿女、英雄兼而有之。"(《云韶集》)本篇又是典型的一例。

好女儿·国门东

车马匆匆,会国门东。 信人间自古消魂处,指红尘北道,碧波南浦,黄叶西风。

候馆娟娟新月,从今夜、与谁同? 想深闺独守空床思,但频占镜鹊,悔分钗燕,长望书鸿。

【注释】

占镜:又名"听镜""镜听"。关于这一风俗,引三条材料供参考。唐王建《镜听词》:"重重摩挲嫁时镜,夫婿远行凭镜听。回身不遣别人知,人意丁宁镜神圣。怀中收拾双锦带,恐畏街头见惊怪。嗟嗟嚓嚓下堂阶,独自灶前来跪拜:'出门愿不闻悲哀,身在任郎回不回。'月明地上人过尽,好语多同皆道'来'。卷帷上床喜不定,与郎裁衣失翻正。'可中三日得相见,重绣镜囊磨镜面。'"李廓《镜听词》:"匣中取镜辞灶王,罗衣掩尽明月光。昔时长着照容色,今夜潜将听消息。门前地黑人来稀,无人错道朝夕归。更深弱体冷如铁,绣带菱花怀里热。铜片铜片如有灵,愿照得见行人千里形。"元伊世珍《琅嬛记》卷三引《贾子说林》:"听镜呪曰:'并光类俪,终逢协吉。'先觅一古镜,锦囊盛之,独向灶神,勿令人见,双手捧镜,诵呪七遍,出听人言,以定吉凶;又闭目信足走七步,开眼照镜,随其所照,以合人言,无不验也。昔有一女子卜一行人,闻人言曰:'树边两人。'照见簪珥,数之得五,因悟曰:'树边两人,非来字乎?五数,五日必来也。'至期果至。此法惟宜于妇女。"

离别相思,是素以"婉约"为"正统"的词里最常见的题材。它好比体操比赛中的"规定动作",每个运动员都得来这么一套。正因为如此,要想在这个题目上出人头地,真是难乎其难。贺铸此词,却偏偏因难见巧,艺术表现手法有所翻新,别具一格,不失为佳作。

上片写离别。起处四言二句,一为二二句法,一为一三句法,谓行者与送行者的车马匆匆会集在都城之东门外。"国门"即都门。"信人间"句,用梁江淹《别赋》"黯然消魂者,惟别而已矣"句意,"消魂处"亦即离别处。"处",本指地;有时也用若"时",说见王锳《诗词曲语辞例释》;这里则兼"时""地"二者而言。"多情自古伤离别"(柳永《雨霖铃》),前人早已言之,着一"信"字,表示赞同并重申。 接下去三句,即具体描绘离别之地与时,遵循惯例作鼎足对。"红""碧""黄"为颜色对,"北""南""西"为方位对,都是所谓"的对",十分精秀工稳。 而"北道""南浦""西风"除相互为对外,又与上文"门东"遥相呼应。 半首之内,四方毕见,是精心安排,非偶然凑泊。 然其妙处还不完全在这里。 清陈廷焯《词则·别调集》曰本篇上下片末三句"俱有三层意义,不似后人叠床架屋,其病百出也",所评是很有见地的。 具体而言,"红尘北道"谓陆路,谓北方。 ——北地的交通多依赖陆上车马。"碧波南浦"谓水程,谓南国。 ——南方的交通多倚仗江湖舟楫。 就这层意思说,"碧波"句承上,是上联的对句。 但它又是对《别赋》中"春草碧色,春水渌波,送君南浦,伤如之何"等语的括用,因而还隐含有春日离别的意思,这就兼启下文,成为下联的出句,顺理成章地逗出了"黄叶西风"——秋天的离别。 这三句十二字错落有致,概括力是很强的。

无论行者所去为南为北,取道由水由陆,首途在春在秋,其为离别则一。 故下片即进而放笔去表现行者的道里之思。"候馆"是官办的客站。"娟娟新月"语出南朝宋鲍照咏月的名句"娟娟似蛾眉"(《玩月城西门廨中》)。 行人在客馆里望见那初弦月一钩弯弯，酷似美人纤细的黛眉，自然会联想到闺阁中人。杜甫《月夜》诗云："今夜鄜州月，闺中只独看。"贺词曰"从今夜、与谁同"，不啻是说"今后候馆月，客中只独看"，化用杜甫诗意而稍有翻换。"想深闺"以下，不言我思闺人，而言闺人思我，透过一层去写，实则行者的万千思量，已然尽寓其中。《古诗十九首·青青河畔草》云："荡子行不归，空床难独守。"末三句正是以"荡子"身份对闺人"独守空床"时之心绪所作的悬揣。古代铜镜，背面多铸飞鹊之形，故称"鹊镜"。当时风俗，思妇常用它来占卜行人的回归与否以及回归的具体日期。"频占镜鹊"即谓此类，而着一"频"字，思妇盼望荡子早早归来的心情就更见迫切。又，古代妇女首饰有玉钗而雕作飞燕之形者，称"燕钗"。情侣分袂，女方往往将钗瓣拆成两股，一股留给自己，一股赠给男方作为信物。故"悔分钗燕"即追悔轻别之意。至于鸿雁用若"信使"，在古诗词中更属习见。"长望书鸿"无非是深盼行人来信。这三句，仍然守谱作严整的鼎足对，幽闺心情，幽闺动作，一句一意，摹写殆尽。措辞之新奇，尤令人拍案叫绝。按照文义，"鹊""燕""鸿"三字本不必有；但如果径作"频占镜、悔分钗、长望书"，那就一点生气都没有了；如果采用正常语序作"频占鹊镜，悔分燕钗，长望鸿书"，也味同嚼蜡。而一经词人匠心独运，倒作"频占镜鹊，悔分钗燕，长望书鸿"，则原先物化为"钗""镜"的"燕""鹊"又重新获得了生命，本来附属于书信的鸿雁也重新恢复了自由，呆板板的对仗句就变得活泼泼了。这种精彩的修辞手法真可谓腐草化萤！后来南宋吴文英的代表作《莺啼序》（残寒正欺病酒）中"暗点检、离痕欢唾，尚染鲛绡；䌽凤迷归，破鸾慵舞"一段妙文，即以"䌽凤"代指已分之钗，"破鸾"代指半面之镜，显然是在借鉴贺词的基础上又有所演进（索性将"钗""镜"等字面都泯去了）。清周之琦《十六家词录》论贺词一绝句云："他日四明（吴文英为浙江四明人）工琢句，瓣香应自庆湖（贺铸自号庆湖遗老）来。"信然！

木兰花·梦相亲

清琴再鼓求凰弄,紫陌屡盘骄马鞚。远山眉样认心期,流水车音牵目送。

归来翠被和衣拥,醉解寒生钟鼓动。此欢只许梦相亲,每向梦中还说梦。

【注释】

盘马:骑着马转圈圈。《世说新语·雅量》:"(庾)翼便为于道开卤簿盘马,始两转,坠马堕地。"

流水车音:汉刘珍等《东观汉记·明德马皇后传》:"车如流水,马如游龙。"南朝梁沈约《相逢狭路间》:"系声流水车。"目送:《左传·桓公元年》:"宋华父督见孔父之妻于路,目逆而送之,曰:'美而艳。'"

此词通篇以第一人称叙述口吻写一男子的痴情。

抒情主人公是否就是作者自己? 我们不能起词人于九泉之下,问他个明白。 但看那一份执着和缠绵,笔者以为,即使词中的情节纯属艺术虚构,至少它也应该掺有作者自身的一部分感情体验。

为了行文的方便,这里且把它当作词人实曾有过的一段生活插曲来解说。

上片,写词人对他所钟爱的一位女子的狂热追求。

"清琴再鼓求凰弄,紫陌屡盘骄马鞚",两句以对仗起,一句一个特写镜头,场景互不相同。

第一个镜头,重现了汉代司马相如在卓王孙家宴会上,一再拨动琴弦,以《凤求凰》曲向卓文君表达爱情那戏剧性的一幕,只是男女主角都换了人。 据此推测,作者的意中人当是一位大家闺秀,而事件发生之地似乎就在伊人家中。 至于词人如何偶然地有幸一睹了那姑娘的芳容,因而神魂颠倒,平地生出许多风波,词中没有交代,读者不妨自己想象。

接下去,镜头跳到了繁华的大街上。"紫陌红尘拂面来,无人不道看花回"——这是唐人刘禹锡笔下(《元和十年自朗州至京赠看花诸君子》诗)都市春游的热闹景象。"白马骄行踏落花,垂鞭直拂五云车。美人一笑褰珠箔,遥指红楼是妾家。"(李白《陌上赠美人》诗)紫陌寻春之际,发生过多少与此相类似的风流韵事啊!贺铸词之所谓"紫陌屡盘骄马鞚",显然也是写自己认准了伊人的香车,跟前撵后地转圈圈,欲得姑娘秋波飞眼,掀帘一顾吧。

如果说上一幕之鼓曲求凰尚不失其为慧为黠,那么此处之随车盘马却未免接近于"傻"了。然而"傻"自有"傻"的可爱,不"傻"即无以见其情之"痴"。夫情而至于"痴",则其情之专一与深厚不问可知。唯"痴"的境界,不是仓促间所能达到的,因此,"鼓琴""盘马"两句虽同是写追求,貌似平列,其实并非语意的简单重复,在那镜头的跳跃中,有时间的跨度,有事态的发展,有情感的升级。这种种好处,不可以等闲看过。

上文以俪句发端,以下仍用俪句相接。这种做法叫"双起双承",尤应注意。初读词者不明就里,往往误以为一二三四句是顺流直下,殊不知其章法如之江三折,应作一三二四看。

具体来说,第三句"远山眉样认心期"并非紧承第二句写"盘马"时之所见,而是遥接首句,回溯"鼓琴"当日之事。"远山眉"见旧题汉刘向《西京杂记》:"卓文君姣好,眉色如望远山。"首句既以司马相如自况矣,此处乃就势牵出卓文君以比伊人,密针细缕,有缝合之迹可寻。"心期"犹言"心意",词人似乎从那姑娘的眉丛眼尾看出了她对自己的好感。虽则在伊也许只不过是有意无意间的一颦一笑,但对词人来说却不啻如大旱之得云霓。如果没有这惊鸿一瞥,恐怕也就不会有这首绝妙好词了。补此一笔,就给出了前两句之间略去了的一个情节进展的关捩,既以见当时之"鼓琴"诚为有验,又以见后日之"盘马"良非无因。如此,则悬而未决的问题便只剩下一个"盘马"的结局毕竟如何了。这就逼出了与第二句错位对接的第四句:"流水车音牵目送。"——香轮轧轧,轻雷滚动,一声声牵扯着词人的心。姑娘的辎軿车渐行渐远了,而他,却仍然驻马长街,呆呆地以目相送。

下片写失恋的痛苦以及自己对伊人的一往情深。全用散句,与上片恰恰相反。

也许,"紫陌盘马"并没有达到词人所预期的目的——那姑娘压根儿就没看他一眼!毕竟,姑娘的"心期"是他"认"出来的,一厢情愿的成分居多。

也许,"鼓琴"之后,他们真的心心相印了,但由于我们今天不得而知的种种原因,这桩好事并没有成功的可能性,而词人之"盘马",本不过是一种明知其不可而强为之的爱情冲动——不过是想远远地和伊人再见上一面,那么,即使她报之以青睐，又于事何补？

也许，我们的"也许"一个也没有猜中，但无论如何，说这一天词人十分伤心总是事实。"归来翠被和衣拥，醉解寒生钟鼓动"，眼见得他喝了一场闷酒，回到家里，衣裳也没脱去便抱被而眠。及至酒醒，已是夜阑，但觉寒气袭人，但听钟鼓催更。此时此刻，他又当是何况味，有何动作呢？我们静等着作者在最后两句中予以交代。

不料，他却冷不丁掷出"此欢只许梦相亲，每向梦中还说梦"十四个字来。叙事乎？抒情乎？扑朔迷离，虚实莫辨。

待说它是叙事，而曰"只许"，曰"每向"，分明为泛言口气，并无特定的时间段；待说它是抒情，而曰"欢"，曰"梦"，曰"梦中说梦"，显然又有着诸多的细节。吟味良久，我们才看出，结二句妙在笔锋两到，实不可执一求之。

具体来说，一方面，它以逆挽之势插入前二句间，追补出自己在"拥被"之后、"醉解"之前做过一场好梦，是为叙事之用；另一方面，它又以顺承之势紧继前两句之后，抒发"觉来知是梦、不胜悲"（韦庄《女冠子》）的深沉感慨，自是入骨情语。

心爱的人儿，偏只能在梦里和她耳鬓厮磨，情已堪怜；却又"梦里不知身是客"（李煜《浪淘沙》），还要向她诉说这种种温馨之梦，即更见凄婉；乃似此"梦中说梦"之

"梦",且每每发生,不止今夕一枕而已,其哀感顽艳之程度何以复加? 两句中正不知有多少重刻骨的相思、铭心的记忆、含泪的微笑与带血的呻吟! 一篇之警策,全在这里了。

"梦里相亲",但凡被爱神丘比特之箭射中了心灵的热恋中人,几乎无不有此情幻,是属对于实际生活现象的直观,诗家、词家、小说家、戏剧家人人能道,还不足为奇;而"梦中说梦",则恐怕不是人们——包括作者本人之实所曾经,不能不说是建筑在现实生活基础上的艺术虚构(或对于生活现象所进行的艺术加工和再创造)了,正是在这一点上显现出词人的匠心独运。 成如容易却艰辛。 它决非浅于情者对客挥毫之际可以立就的,而是由爱情间阻的极端痛苦这一巨大而沉重的精神负荷从词人的灵魂中压榨出来。 因此,其醇如酎,读者亦不自知何以心醉,何以泪堕。

人但知贺铸《青玉案》"若问闲情都几许? 一川烟草,满城风絮,梅子黄时雨"为佳,以为善于喻"愁",殊不知他还善于写"梦"。 如《清平乐》:"惟有夜来归梦,不知身在天涯。"《城里钟》:"高城遮短梦。"《菩萨蛮》:"良宵谁与共? 赖有窗间梦。 可奈梦回时,一番新别离。"《更漏子》:"去年欢,今夕梦,惆怅晓钟初动。 休道梦,觉来空,当时亦梦中。"凡此都是隽句。 而尤以本篇末二句代表着他在运用这种缘情布置缥缈恍惚之境的艺术手段方面所达到的最高水准。

诚然,《庄子·齐物论》曰:"方其梦者,不知其梦也,梦之中又占其梦焉，觉而后知其梦也。"《大般若波罗蜜多经》亦云："如人梦中说梦所见种种自性……梦尚非有，况有梦境自性可说？"白居易《读禅经》诗也有"梦中说梦两重虚"之句。贺词末二句的构思，似从中得到启发。但前人以"梦梦"为理喻，显现出冷静的思辨色彩；词人则用作情语，闪耀着炽热的感性光华。由道家玄谈、释氏禅悦的语言机锋发展为诗人情词中的艺术结构，可谓"冰，水为之而寒于水"了。

点绛唇

一幅霜绡,麝煤熏腻纹丝缕。 掩妆无语,的是消凝处。 薄暮兰桡,漾下蘋花渚。 风留住。 绿杨归路,燕子西飞去。

这是一首爱情词，写一对情侣乍别的悲伤和思恋。

上片，写居者——也就是女方，写别时。"霜绡"即素绢，此处指手帕。词中写手帕，常用"罗帕""鲛绡"一类字面，这里用"霜绡"，突出它的洁白如霜，似乎还有象征纯洁的意思，未必是无心而用之。又手帕的量词往往称"方"，这里改用"幅"，突出它的大，也颇值得玩味。"麝煤"是熏炉中所燃烧的香料，苏轼《翻香令》词之"金炉犹暖麝煤残"句可证。以上两句用曲笔，很婉约地暗示读者：那女子因与情人离别而伤心哭泣，流了许多眼泪，一大块手绢都浸透了，故须放在熏炉上烘烤。言"熏腻纹丝缕"，则分明是泪雨不曾晴，手绢刚烘干又浸湿，不知反复熏焙了多少次，以至于丝帕的香味达到饱和，浓得刺鼻了。下句"掩妆无语"，改从正面点明女主人公用手绢捂住脸，"竟无语凝噎"（宋柳永《雨霖铃》词）。此时无声胜有声。元人王实甫《西厢记》"长亭送别"一折，崔莺莺对着张生左叮咛右嘱咐，说尽了千言万语。那是舞台表演的需要，如果光哭不唱，戏就演不下去，观众势必哄场。唯词则不然，尤其是小令，篇幅有限，贵在简洁凝练，故而万语千言，只以"无语"语之。末句更直截了当地揭出"悲莫悲兮生别离"（《楚辞·九歌·少司命》）的旨意。"的是"，犹言"确是"。"消凝"，为"消魂凝魂"的缩语，谓感怀伤神。"处"，这里表时间，用如"时"。此句语虽发露，却是重拙之笔，和"掩妆"句相配合，以浅显去化解一二句的浓隐，起到了一定的调剂作用。倘若没有后两句的映衬和关照，则前两句即不免于晦涩，无从显现其凝练、新奇与生动了。

下片更换角度，转写行者亦即男方，写既别之后。"薄暮"二句，叙行者于傍晚时解缆启程。一"漾"字炼得甚好，见出此行乃迫不得已，故决不肯急帆快桨，而只是随波逐流。无意中，船儿却漂向了开满白蘋花的水中小洲。古代风俗，姑娘们每于上巳（三月初三）、寒食、清明等春日佳节出游郊野水滨，采集白蘋花赠送给自己的情人。词中男主人公当也享受过这样的幸福。如今，蓦地见到那凝结着爱情的一丛丛小花，怎不勾起对于温馨甜蜜之往事的回忆？怎不触发心底里不可遏止的相思？这就逗出了下文。"风留住"三字单独成句。明明是人不忍行，故稍遇逆风即小泊蘋渚，徜徉于伊人昔曾采花之地，无限依依，妙在不说破，却借助拟人手法，把风儿写得极有情意。"绿杨归路，燕子西飞去"，两句见意，用唐人顾况《短歌行》"紫燕西飞欲寄书"句歇后。贺词中用此句处甚多，如《九回肠》："赖有雕梁新燕，试寻访、五陵狂。小华笺，付与西飞去，印一双愁黛，再三归字，囗九回肠。"《凤栖梧》："小研绫笺，偷寄西飞燕。"《菱花怨》："会凭紫燕西飞，更约黄鹂相待。"《木兰花》："西飞燕子会来时，好付小笺封泪帖。"皆可与本篇对参。刚刚踏上旅途，就迫不及待地捎信给心上人，而所托之信使，又非文学作品中同样习用而水路舟行时更为近便易求的"鲤鱼"，大约是嫌鱼儿游得太慢吧？不寄"航空快件",何以表达男主人公此时此刻"霹雳火"一般的炽烈相思!

写到这里,我们忽又想起《西厢记》中崔莺莺送别张生时的两句唱辞:"从今后衫儿袖儿,都揾做重重叠叠的泪!……久已后书儿信儿,索与我恓恓惶惶的寄!"贺词上下两片,岂不就是写了这两件事? 稍有异者,"揾泪""寄书"都等不及那"从今后"和"久已后"。 可见但凡是杰出的文学家,都善于攫取生活中那些最能够集中表现人的情感的典型素材,所以未必有意效颦但却往往不谋而合。

词中向来有"疏""密"两派。 张炎《词源》谓"词要清空,不要质实";又曰:"词……若堆叠实字,读且不通,况付之雪儿(歌妓)乎? 合用虚字呼唤。 ……若能尽用虚字,句语自活,必不质实。"他是主"疏"的,从自己的审美观点立论,未免偏颇。 像贺铸此词,几乎全用实字,不靠虚字呼应贯串,使的是潜气内转之法,层次的演进从画面的转换中表现出来,筋脉都藏在暗处,灭尽了针缕之迹。 初读之,不知所云,但嫌其晦涩;吟味至再至三,密码破译,文义豁然贯通,当别有一番快意。 譬如品茗,淡者一呷即得其清香,固然爽口;而酽者初尝不胜其苦,但苦尽而甘,味美于回,不也是一种享受吗?

这种秾密深隐的艺术风格,上继温庭筠,下开吴文英。

减字浣溪沙

闲把琵琶旧谱寻,四弦声怨却沉吟。 燕飞人静画堂深。
欹枕有时成雨梦,隔帘无处说春心。 一从灯夜到如今。

【注释】

　　燕飞：亦可解作燕在画堂中飞。如此则是反衬女主人公之孤独无聊，唯有不通人情、不会人语的春燕相伴。

　　在封建社会里，礼教束缚着男女青年，剥夺了他们自由交往和恋爱的权利。这种对于人性的扼杀，给女子带来的痛苦尤甚。古诗词中写闺怨的作品比重之大，可以为证。本篇就是一首绝佳的闺怨词。

　　首句"闲把琵琶旧谱寻"，化用韦庄《谒金门》（春漏促）词"闲抱琵琶寻旧曲"。"把""抱"同义，白居易《琵琶行》"犹把琵琶半遮面"，别本作"犹抱"，即是其例。"谱"，这里指曲。"曲"而书之于纸为"谱"，"谱"而付诸管弦为"曲"，不妨通融。"寻"通"燖"，为"重温"之义。全句写一位少女百无聊赖，随意抱持琵琶重弹旧曲。次句"四弦声怨却沉吟"承上，言琵琶的四根弦上发出凄怨哀沉的音响。这里"却"字与上句"旧"字是词眼所在，很值得玩味。"却"字见出琵琶声之"怨"恰与弹曲者的主观意愿相反：本欲解闷，适增其愁。看来，上句所谓"旧谱"还不能简单理解成过时的曲子，它当指往日与恋人聚会时曾经弹奏过的乐调。那时候两情相悦，因此琴声欢快；如今两情隔绝，虽抚弦更弹旧曲，企望用美好的回忆来自我安慰，但无论如何也奏不出旧日的愉悦之音了。第三句"燕飞人静画堂深"，语意层递而进。少女幽居闺中，孤寂无偶，只有梁燕做伴。燕子似乎不忍心听这哀怨的琴声，飞走了；少女本人也不能终曲，放下了拨子。于是，闺中恢复到先前那种死一般的静止，更显得深邃。

"欹枕有时成雨梦，隔帘无处说春心。"《浣溪沙》下片一、二句通常要用对仗，本篇即循其例。这两句，上联写少女炽热的情感：斜靠着枕头，有时像宋玉《高唐赋》里那位"旦为朝云，暮为行雨，朝朝暮暮，阳台之下"的巫山神女一样，在梦中飞到情人身边；下联写人间冷酷的现实：一道门帘，就像沉重的棺盖，使闺中人与世隔绝，无处诉说她的怀春相思之心。两句形成了强烈的对比。

"一从灯夜到如今。""灯夜"即农历正月十五元宵节夜，这前后几天，城市处处张灯结彩，通宵达旦供人玩赏，平日藏在深闺人未识的姑娘们，难得这样的好机会，可获准外出戏游。"月上柳梢头，人约黄昏后"（宋欧阳修《生查子》词），就在如此良宵，不知发生过多少起青年男女冲决封建礼教网罗而自由恋爱的动人故事！本篇所写的少女，最后一次见到恋人，也就是在元宵之夜。从那之后，魂牵梦萦，深闺寂寞，郁郁寡欢，以迄于今。

《浣溪沙》末句如同《忆江南》，最为难写。单句叶韵，收束全篇，寥寥五字、七字，须独立见意，精彩出场，稍逊功力，即难免凑拍趁韵之讥。大家如温庭筠，其名作《忆江南》"梳洗罢"一首，末句"肠断白蘋洲"尚且被近人视为蛇足，他可知已。然而贺词此篇，却偏偏以末句著称。清代著名词学评论家陈廷焯《白雨斋词话》曰:"贺老小词工于结句,往往有通首渲染,至结处一笔叫醒,遂使全篇实处皆虚,最属胜境。"并举本篇为例,评道:"妙处全在结句,开后人无数章法。"我们试看前五句,当然句句不苟,一句一意,一句一境,塑造出鲜明的艺术形象,表达了极悱恻缠绵的情怀,但总还是个平面。末句给出前文所述种种状况的时间持续度,点明"雨梦""春心"不自今日始,由来久矣。以数学拟之,前五句好比底数 M,末句则有如底数右上角的 n 次方符号,读来寻常七字,殊非警策,而功效之大,直使前五句所抒情怀的厚度成倍翻番。白雨斋之评可谓深得此词三昧!

最后附带说一说本篇的调名。《浣溪沙》有两种,一种即如此词,上下片各三句,每句七言,共四十二字;另一种则上下片末句都是十言,上七下三句式,其他各句不变,凡四十八字。宋人有的以四十二字体为《浣溪沙》正格,而称四十八字体为《摊破浣溪沙》(又称《南唐浣溪沙》《山花子》);有的则以四十八字体为正格,而称四十二字体为《减字浣溪沙》,没有定准。本篇属于后一种情况。

天门谣

牛渚天门险,限南北、七雄豪占。清雾敛,与闲人登览。

待月上潮平波滟滟,塞管轻吹新阿滥。风满槛,历历数、西州更点。

据宋王灼《碧鸡漫志》卷四记载，本篇词调为《朝天子》。《天门谣》是作者依照自己词中所写的内容为此调改题的新名。

此词系从宋李之仪《姑溪词》中辑出，李氏有和作，题曰"次韵贺方回登采石蛾眉亭"。采石，镇名。当时属太平州（今安徽当涂），今属安徽马鞍山市。镇在长江南岸，濒江有牛渚矶，绝壁嵌空，突出江中。西南方有两山夹江耸立，谓之天门，其上岚浮翠拂，状如美人的两道蛾眉。宋神宗熙宁年间，太平州知州张瓌在牛渚矶上筑亭，以便观览天门奇景，遂命名曰"蛾眉亭"。此亭年久失修，渐次倾圮。哲宗绍圣二年（1095），吕希哲知太平州，捐官俸重葺。绍圣三年（1096）四月，贺铸赴鄂州（今武汉一带的长江南岸地区）宝泉监钱官任途中过采石，适逢该亭竣工，参加了落成典礼，撰有《蛾眉亭记》。后来，徽宗崇宁四年至大观元年（1105—1107），词人又曾任太平州通判。本篇究竟作于绍圣还是崇宁、大观年间，尚有待于考证。但这并不妨碍我们对它的理解和赏析。

"牛渚天门险，限南北、七雄豪占。"开门见"山"，采石地理形势之险要、历史作用之重要，只用两句十二字道尽。滔滔大江，天限南北。前此偏安江左的封建小朝廷，每每建都金陵，凭恃长江天险，遏制北方强敌的南下。而太平州地处金陵上游，牛渚、天门，正是金陵的西方门户。宋沈立《金陵记》云："六代英雄迭居于此……广屯兵甲，代筑墙垒，基础犹存。"词言"七雄"，当是连南唐也计算在内。"豪占"，犹言"雄踞"。"清雾敛，与闲人登览。"谓雾气消散，似乎有意让人们登矶游览。"与"，这里是"予""放"的意思。这个字下得很妙。如果实说登山时恰巧碰上晴空丽日，未免淡乎寡味；而倒过来说天气有成人之美，就将那本无生命的"雾"写活了。可见炼字之法，不必定要追求绮丽，寻常字面调度得当，一样能使词句神采飞扬。

上片两个语意层次，前二句追昔，剑拔弩张，气势苍莽；后二句抚今，轻裘缓带，情味萧闲。小令体制本即短小，而半首之内，如此大起大落，笔力何其劲健！

下片，若常人为之，当承上"登览"二字，展开描写眼底景物。词人却不落窠臼，江声山色，无一语道及，偏说要等到月上潮平、笛吹风起之时，细数古都金陵传来的报时钟鼓。章法出奇，极夭矫腾挪。"月上潮平波滟滟"，乃化用梁何逊《望新月示同羁》诗："滟滟逐波轻。""塞管轻吹新阿滥"，"塞管"即羌笛，笛为管乐，塞上多用之，故称。《阿滥》，笛曲名，南唐尉迟偓《中朝故事》载，骊山多飞禽，名"阿滥堆"，唐明皇采其鸣声，翻为笛曲，远近传播。唐颜师古《急就篇注》曰"阿滥堆"即鹌雀的俗名。"阿滥"似即"鹌"字的缓读。"风满槛，历历数、西州更点"，"西州"，东晋、刘宋间扬州刺史治所，因在金陵台城之西，故名。"更点"，古代一夜分五更，每更又分五点，皆以钟鼓报时。词人登蛾眉亭，时在上午雾散后，"待"字以下，纯属愿望、想象之词。虚意实作,虚境实写;江月笛风,垂手能掬,遐钟远鼓,倾耳可闻:我们不得不惊叹词人的才思! 再者,游人流连忘返,竟日览胜而兴犹未尽,还要继之以夜,那好山好水的魅力,岂非不着一字,尽得风流? 李之仪和词上片末句云"称霜晴披览",下片即直陈"披览"所见:"正风静云闲平潋滟……频扣槛,杳杳落、沙鸥数点。"固然也风流蕴藉,不愧佳作,但与贺词相较,就显得平直。况且,李词是实写当时所见之景,贺词则虚构晚来或有之境,以画为喻,写生和创作,难度也还有小大之分。

尤其重要者,贺词不是一篇普通的模山范水之作,它的主旨在于感慨前朝的兴亡。 天险挽救不了六朝(加上南唐,即为七代)覆亡的颓运,昔日"七雄豪占"的军事要地,今却成为"闲人登览"的旅游胜区,读者不难从中得到江山守成在德不在险的深刻历史教训。 又,金陵距采石毕竟有一百数十里之遥,"西州更点"岂可以"历历数"? 词人卒章牵入六朝古都,是否觉得人们必须牢记这历史的晨钟暮鼓,以六朝前车之覆为鉴呢? 好在此意并不曾说出,耐人作三日想。

还有一件趣事,百年之后,岳飞之孙岳珂在镇江北固山上也写了一首怀古词(《祝英台近》),结尾即原封不动地挪用贺词"历历数、西州更点"七字。 同一处金陵钟鼓,二人一在北宋,一在南宋,分别从上游和下游两个相反的方向去谛听,贺词原唱即佳,而岳珂信手拈来,竟如天造地设,亦令人击节。

[宋]朱敦儒

朱敦儒(1081—1159),字希真,号岩壑老人,河南洛阳人。志行高洁,有名望。宋钦宗靖康年间,召至东京,将授以学官,他推辞不受。金人南侵,北宋覆亡,他逃难客居南雄州。高宗绍兴年间,因大臣荐举,被召见,议论明畅,得到高宗的赏识,赐进士出身,为秘书省正字。累迁至两浙东路提点刑狱。因主张抗金,与主战派大臣李光交结,遭到秦桧党徒的弹劾,被罢官。晚年畏惧秦桧的权势,受其笼络,出任鸿胪寺少卿。秦桧死后,再次罢官。他擅长诗词,词名尤著。有《樵歌》。今存词二百四十余首,其中多隐逸之作,风格清旷明洁。南渡初期,也写过一些忧伤国事的词篇,沉郁而悲凉。

鹧鸪天·西都作

我是清都山水郎,天教分付与疏狂。曾批给雨支风券,累上留云借月章。

诗万首,酒千觞。几曾着眼看侯王?玉楼金阙慵归去,且插梅花醉洛阳。

朱敦儒一生横跨两宋。他是洛阳人。洛阳是北宋的西京（故词题称"西都"），北依邙山，南对龙门，伊、洛、瀍、涧诸水蜿蜒其间，林壑幽美，名园星罗棋布。词人前半生就隐居在这里，侣渔樵，盟鸥鹭，闲饮酒，醉吟诗，以红尘为畏途，视富贵如敝屣，俨然是一位"蝉蜕嚣埃之中，自致寰区之外"（《后汉书·逸民列传》）的避世之士。据《宋史·文苑传》记载，他"志行高洁，虽为布衣而有朝野之望"。靖康年间，钦宗召他至京师，欲授以学官，他固辞道："麋鹿之性，自乐闲旷，爵禄非所愿也。"终究拂衣还山。这首《鹧鸪天》，是他前期词中的代表作，也是他前半生自我形象的生动写照。

全词之眼，在"疏狂"二字。"疏狂"者，放任不羁之谓也。词人之性格如此，生活态度如此，故充分显现其性格与生活态度的这首词，艺术风格亦复如此。你看他出口便"狂"——"我是清都山水郎。"那"清都"是什么所在？《列子·周穆王》曰："清都紫微，钧天广乐，帝之所居。"即传说中天帝之宫阙者是。"山水郎"又是什么官职？未见任何载籍，显系凭空捏造。顾名思义，想是天帝身边主管名山大川的侍从官吧？以此自任，岂不云"狂"？不惟云"狂"，直须称"妄"！然而只消将这"妄"之一字转译成现今文艺理论中广泛使用着的一个术语，便可知道它之为人们所喜闻乐见——此即"浪漫主义"是也！以下云云，无往而非"妄"，一发"浪漫"不迭。按说词人既自封为清都之山水郎官矣，少不得要管些逢山开路、遇水搭桥之类的旅游业开发事宜吧？偏不然。其所用心者，但知自家"给雨支风""留云借月""山水光中，无事过这一夏"（辛弃疾《丑奴儿近·博山道中效李易安体》）而已！原来他所杜撰之"山水郎"一职，竟是个专业从事游山逛水的美差。天国中果真用此人主管山水，不啻是任命美猴王掌蟠桃园了。诚然，"江上之清风，与山间之明月，耳得之而为声，目遇之而成色，取之无禁，用之不竭"（苏轼《前赤壁赋》），不比王母娘娘那些三千年一熟的仙桃来得值钱，却也有报批手续一应俱全（"累上……章"，即是打过申请报告了；"曾批……券"，则天帝亲笔批了条子），可以名正言顺地尽情受用，不必担心被托塔李天王率天兵天将下界来捉了去，以监守自盗论罪。真个是"天教分付与疏狂"呢！统观这上片四句二十八字，原只是陶渊明之所谓"少无适俗韵，性本爱丘山"（《归田园居》五首其一）一意，若照直说来，便与古人雷同，"雷同则可以不有，可以不有，则虽欲存焉而不能"（明袁宏道《叙小修诗》）；今且以狂谲荒诞出之，便使人耳目一新，可谓"孤行则必不可无，必不可无，虽欲废焉而不能"（同上）了。陶渊明之后，隐逸诗人、山水诗人们各骋才力，讴歌自由、表达人类心灵与大自然之契合的名章隽语，即便不逾万数，也当以百千计，但大率以正笔、直笔写实，像朱敦儒这样浪漫、超现实的奇妙构思，曾不多觏。独特的艺术魅力和审美价值，永远体现在作品的个性之中！

论此词在艺术上的创造性，固然要数上片；可是一篇之作意和主题，还需向下片去探求。封建社会，等级森严，官爵之有无与高低，在世俗心目中成为判断人的价值大小的唯一尺度。因而，一切敢于发现和认识自我的价值、藐视封建秩序的人，人们或以为"狂"，他们往往也索性以"狂"自居。这"狂"在当时正是思想解放的一种标志。"李白一斗诗百篇，长安市上酒家眠，天子呼来不上船，自称臣是酒中仙。"（杜甫《饮中八仙歌》）读朱词下片，我们仿佛看到了又一个"谪仙人"。他连天国的"玉楼金阙"都懒得归去呢，又怎肯拿正眼去看那尘世间的王侯权贵？由此愈加清楚地见出，上片云云，与其说是对神仙世界的向往，毋宁认作对玉皇大帝的狎弄。这倒也不难理解，感觉到人世的压抑，渴望到天国去寻求精神解脱的痴人固然所在多有；而意识到天国无非是人世在大气层外的翻版，不愿费偌大气力，换一种海拔高度来受束缚的智者亦不可谓无，词人就是一个。那么，他竟向何处去寄托身心呢？山麓水湄而外，唯有诗境与醉乡了。于是乎乃有"诗万首，酒千觞"，于是乎乃有"且插梅花醉洛阳"。洛花以牡丹为最，词人何不遽曰"且插牡丹醉洛阳"？其中盖有深意焉。宋周敦颐《爱莲说》云："牡丹，花之富贵者也。"词人"志意修则骄富贵，道义重则轻王公"（《荀子·修身》），他当然不肯垂青于"自李唐来，世人盛爱"（《爱莲说》）的牡丹，而宁取那"千林无伴，淡然独傲霜雪"（词人自撰《念奴娇》咏梅词）的梅花了。清人黄蓼园曰:"希真梅词最多,性之所近也。"(《蓼园词选》)是的,如果说以天地间至清之物——风、雨、云、月为日常生活必需品,正象征其志洁的话,那么引"香中别有韵,清极不知寒"(唐崔道融《梅花》诗)的梅花为同调,即适足以显现其格高。"高洁"与"疏狂",一体一用,一里一表,有机地统一在词人身上。惟其品性"高洁",不愿与世俗社会沉瀣,因此才有诗酒癫疾、泉石膏肓,种种的"疏狂"。这就是朱敦儒之所以为朱敦儒!

写到这里,拙文本可以结束了,但还有一两个至关重要的问题,须略作交代。

其一,关于此词的创作背景及思想评价,古典文学界曾有异议。或以为它作于靖康间词人应召入京、授官不受、固辞还山后,且谓当时已是北宋沦亡的前夕,而词人只管"且插梅花醉洛阳",不能不说是严重的逃避现实,云云(见胡云翼《宋词选》)。这恐怕是误会和苛责了。本篇仅注"西都作",只能大体定为南渡前的作品,并无确切的系年可考。词人的青壮年时期是在徽宗朝度过的,而众所周知,钦宗靖康首尾不过两年,很显然,此词的思想内容主要应联系徽宗朝而不是钦宗朝的政治局势来加以考察。徽宗在位的二十六年,是北宋历史上最腐败的时期,蔡京、王黼等奸相先后当道,兴花石纲,筑艮岳,穷奢极欲,民不聊生,京东、两浙揭竿而起。当此之时,与其出山求仕,为虎作伥,还不如"且插梅花醉洛阳"来得干净! 至于靖康间授官不受之事,史称敦儒"有文武才"(《宋史》本传),若朝廷命其参赞抗金军务,固辞不就,自难免"逃避"之责;乃所授为不急之务的"学官",受与不受,又何足深咎呢? 真正应该批评的,倒是南渡之初避乱客南雄州(今广东南雄县一带)时,抗战派大臣张浚奏请他"赴军前计议"而"弗起"的举动。不过,后来他毕竟还是于高宗绍兴二年(1132)投身抗金事业,并最终因为与抗战派大臣李光等交结而被秦桧党人劾罢,以实际行动证明了自己的爱国热忱。

其二,朱敦儒晚年隐居嘉禾(今浙江嘉兴一带),以诗词独步一时。秦桧欲令敦儒教己子秦熺作诗,故先用其子为删定官,继而又除他为鸿胪寺少卿。敦儒老爱其子,而畏避窜逐,不敢不起,致使晚节未终。有人遂拈出他早先所作的这首《鹧鸪天》,为诗讽刺道:"少室山人久挂冠,不知何事到长安? 如今纵插梅花醉,未必王侯着眼看!"(见宋周必大《二老堂诗话》)由前半生的"几曾着眼看侯王"到晚年的"未必王侯着眼看",扼腕之余,我们真要嗔怪天公不该让他如此长寿了。

[宋]康与之

康与之,字伯可,号顺庵,滑州(今河南滑县一带)人,家居宛丘(今河南淮阳)。宋高宗建炎年间,献中兴十策,名震一时。曾监杭州太和酒楼税务。后谄事秦桧,为其门下狎客,得官军器监丞、藉田令。秦桧死后,编管钦州(今属广西),移雷州(今广东海康一带),复送新州(今广东新兴一带)牢城。捷于歌诗及应用文。南渡初,有词名。词集名《顺庵乐府》,今不传。存词近四十首,散见于宋黄昇编《中兴以来绝妙词选》、赵闻礼编《阳春白雪》、何士信编《草堂诗余》、明陈耀文编《花草粹编》等。

菩萨蛮令·金陵怀古

龙蟠虎踞金陵郡,古来六代豪华盛。缥凤不来游,台空江自流。

下临全楚地,包举中原势。可惜草连天,晴郊狐兔眠。

宋高宗南渡之初，围绕定都问题，小朝廷内有过一段时期的争论。建炎三年（1129）二月，帝在镇江。当时金军正拟渡江南下，帝召从臣问去留，王渊以杭州有重江之险，建言逃往杭州。高宗畏敌如虎，此议正中其下怀。张邵上疏曰："今纵未能遽争中原，宜进都金陵，因江、淮、蜀、汉、闽、广之资，以图恢复。"帝不听，终于还是去了杭州。绍兴六年（1136）七月，张浚又奏曰："东南形胜，莫重于建康（即金陵），实为中兴根本，且使人主居此，北望中原，常怀愤惕，不敢暇逸。而临安（即杭州）僻在一隅，内则易生玩肆，外则不足以号召远近，系中原之心。请临建康，抚三军，以图恢复。"这一回高宗总算还像样，即于次年移跸金陵。但过了一年，又议还杭州。张守谏曰："建康自六朝为帝王都，气象雄伟，且据都会以经理中原，依险阻以捍御强敌。陛下席未及暖，今又巡幸，百司六军有勤动之苦，民力邦用有烦费之忧。愿少安于此，以系中原民心。"然而高宗正一心与金人议和，殊不以北方失地为念，执意返杭。同年，宋金签订了"绍兴和议"，自此南宋竟定都于临安了（参见《宋史纪事本末》卷六十三《南迁定都》）。康与之此词，即作于这一历史时期。名曰"怀古"，实为"伤今"，是针对当时最高统治集团奉行逃跑和妥协政策而发的扼腕之叹。

上阕思接千载，写历史长河中的金陵。金陵群山屏障，大江横陈，是东南形胜之地，自三国吴大帝孙权建都于此，历东晋、宋、齐、梁、陈，先后六朝凡三百数十年为帝王之宅，豪华竞逐，盛极一时。 起二句，即概述那一段灿烂辉煌的往事，先声夺人。"龙蟠虎踞"四字用典，相传汉末诸葛亮出使东吴，睹金陵（当时称秣陵）山阜，有"钟山龙蟠，石头虎踞"之叹（见《太平御览·州郡部·叙京都》引晋张勃《吴录》）。 如此雄伟之山川，复有如许繁荣之人事，可谓珠联璧合，相得益彰。 然而，宇宙无穷，山川长在；盈虚有数，人事不居。 三百余年在永恒的历史面前只是弹指一瞬。六朝之后，四海一统，汉民族的政治中心又回归到黄河流域，金陵丧失了她所一度拥有过的显赫地位。"缥凤"二句，情绪陡落千丈，与后蜀欧阳炯《江城子》（晚日金陵岸草平）之所谓"六代繁华，暗逐逝波声"，北宋王安石《桂枝香·金陵怀古》之所谓"六朝旧事随流水"云云同一感慨。 若究其字面，则显系化用李白《登金陵凤凰台》诗："凤凰台上凤凰游，凤去台空江自流。"缥凤，淡青色的凤鸟。 凤凰台，故址在今南京花盝冈。 南朝宋文帝元嘉十六年（439），有三鸟翔集于此，状如孔雀，五色文彩，鸣声谐和，众鸟群至，遂筑此台以纪其瑞（见宋乐史《太平寰宇记·江南东道·昇州·江宁县》）。 由于李白诗为人们所耳熟能详，虽只用其片断，读者却不难联想而及同诗中"吴宫花草埋幽径，晋代衣冠成古丘"等名句，这就好似"全息摄影"，局部返观为整体，十个字带出一连串意境，当年"豪华"之"盛"，今日萧瑟之衰，种种画面遂一一闪过读者眼前。 且"龙蟠虎踞"云云以"山"起,"台空江流"云云以"水"结,针缕亦极周到。

题面"金陵怀古"之意,上片四句已足。然而词人之用心原不在"发思古之幽情","怀古"的目的是"伤今",故下片即转入此旨。"下临"二句,视通万里,复将今日之金陵放在战略地理的大棋枰上来掂量。"全楚地",语见唐刘长卿《长沙馆中与郭夏对雨》诗"云横全楚地",泛指长江中游地区。春秋战国时,此系楚国的腹地,故云。"包举",包抄而攻取。二句谓金陵为长江下游的战略要地,与长江中游诸重镇共同构成包抄中原的态势。按当时军事方略,南宋如欲北伐收复中原失地,可于长江中下游两路出兵,一路自鄂州出荆襄,直趋河洛;一路自金陵等地出淮南,迂回山东。倘若更置一军自汉中出,攻取关陕,三路进击,则尤佳。词人能够高度评价金陵在北伐事业中所占据的重要战略地位,诚为有识之见。前引张邵、张浚、张守之奏议,与康与之此词,或为政治家之言论,或为文学家之笔墨,都代表着当时的军心、民心。南宋爱国词,好就好在她与民族、人民的愿望息息相通。行文至此,词情再度振起。可是,"事无两样人心别"(辛弃疾《贺新郎·同父见和再用前韵》),以高宗为首的南宋统治集团只知向金人屈膝求和,根本不相信人民的力量。他们龟缩在远离前线的浙东一隅,仅视长江天险为第二道院墙,听任金陵这座理想的北伐大本营徒自荒芜,无从发挥她所应有的历史作用。面对这一冷酷的现实,词人的激情不禁再次跌落到冰点。"可惜草连天，晴郊狐兔眠！"一声长吁，包含着多么沉重的失望与痛苦啊。 作为封建时代的知识分子，词人不可能直言不讳地去批揭那龙喉下的逆鳞，然而他已经形象地告诉了千载以后的读者，南宋帝王的胆识，甚至还在六朝之下！ 东晋以迄梁陈，文治武功虽不足道，其统治者毕竟尚有勇气定都金陵，与北方抗衡，未至于躲得那么远呢。

此词最显著的特点是，上下八句，两两相形，共分四个层次，呈现为"扬—抑—扬—抑"的大起大落，犹如心电图上的脉冲信号一上一下作大幅度跳动。 这种章法与词人怀古伤今时起伏的心潮吻合无间。 由起句的"龙蟠虎踞"到收句的"狐兔眠"，两组意象遥遥相对，亦是匠心所在。 其意盖从北周庾信《哀江南赋》"昔之虎踞龙盘，加以黄旗紫气，莫不随狐兔而窟穴，与风尘而殄瘁"云云化出，然较为简洁。 龙虎地而无有龙腾虎掷，却成为狐兔之极乐世界，此情此景，本身即是莫大的讽刺，不必更着一字，读者已随词人作喟然之浩叹矣！

[宋]袁去华

袁去华,字宣卿,号适斋,奉新(今属江西)人。宋高宗绍兴十五年(1145)进士。曾知善化县,因反对郡守于荒年向百姓征赋,被谪为醴陵县(今湖南醴陵市)丞。后又知石首县(今湖北石首市)。他学问渊博,文笔精简,尤长于词赋。著有《适斋类稿》。今存词近百首,集名《宣卿词》。

水调歌头·定王台

雄跨洞庭野,楚望古湘州。何王台殿?危基百尺自西刘。尚想霓旌千骑,依约入云歌吹,屈指几经秋!叹息繁华地,兴废两悠悠。

登临处,乔木老,大江流。书生报国无地,空白九分头。一夜寒生关塞,万里云埋陵阙,耿耿恨难休。徒倚霜风里,落日伴人愁。

【注释】

望：形势重要、物产富饶、人口众多的区域，谓之"望"。又，宋时州县等级，京都所治县为"赤"，京都之旁州为"辅"、县为"畿"，其余则按户口多少、资地美恶分为"望""紧""上""中""下"。据宋王存等《元丰九域志·荆湖南路》《宋史·地理志》，潭州所治长沙固是"望县"，潭州本身却只是"上州"。

霓旌：以云霓为图案的旌旗，古帝王仪仗之一。

歌吹：吹，指管乐。

耿耿：形容心绪极不安宁。《诗·邶风·柏舟》："耿耿不寐，如有隐忧。"

这是一首爱国词，因登定王台怀古，有感而发。定王台，故址在今湖南长沙浏城桥附近。俗传汉长沙定王刘发载米换取长安之土，筑台于此，以望其母唐姬之墓（见宋祝穆《方舆胜览·潭州·台阁》）。刘发之母唐姬本是汉景帝程姬的侍女。有一次景帝召程姬侍寝，程姬有月事，使唐姬夜进。帝醉不知，以为程姬而幸之，遂有孕。后来景帝才发觉不是程姬，因此等唐姬生下儿子，就取名为"发"。前元二年（前155），刘发受封为长沙王，在位二十七年，武帝元光六年（前129）卒，谥"定"，史称长沙定王（事见《史记·五宗世家》《汉书·景十三王传》）。

发端二句，先写定王台所在之地。宋时的潭州长沙郡，春秋战国时属楚，而且是人口众多、物产富饶之地；晋怀帝时曾于此置湘州,南至五岭,北至洞庭,隋文帝时始改称潭州。 因此,词人总赞一笔道:"雄跨洞庭野,楚望古湘州。"这种起调之法,略同于唐王勃《滕王阁序》的开头"南昌故郡,洪都新府,星分翼轸,地接衡庐",恢弘辽阔,气势不凡。 以下二句,设问自答,笔墨收拢到所咏之台的正面:"何王台殿? 危基百尺自西刘。"刘发是西汉皇族藩王,故曰"西刘",以别于东汉皇族之刘。 定王台已巍立千年,台上殿屋固然倾圮无存,但"危基百尺"既在,则昔日栋宇翚飞之壮丽,不难凭此一斑以窥全豹。 下文紧接着就沿此意脉,驰骋思绪,悬揣定王当年高台游观时的仪卫、音乐之盛:"尚想霓旌千骑,依约入云歌吹"。 然而,这些早就成为历史了。 词人清醒地认识到这一点,他没有过深地沉溺其中,稍作渲染,随即打住,回毫一抹,将其扫空:"屈指几经秋!"由此更引发出一声长喟:"叹息繁华地,兴废两悠悠。"上片情调,始则以壮,终则以悲,大起大落。 遒健之中,渗透着一种悲剧的苍凉。

　　一般怀古之作,写到这里,很容易堕入消极的历史虚无主义的泥潭。 但我们的词人却不同凡俗。 从定王台的盛衰兴废中,他观照出的不仅是"人事有代谢,往来成古今"(唐孟浩然《与诸子登岘山》诗);他执着地热爱着自己的祖国——大宋,不忍心看到她如同历史上的长沙王国以及其所隶属的西汉帝国一样,繁华消歇,归于寂灭。 词的下片,就充分展现了他的满腔热血。

"登临处,乔木老,大江流。"换头由登临定王台时的千古神游,转入高台远眺之际的万里通视。"乔木老",亦比亦兴,为下文"白头"云云张本。"大江流",南齐谢朓《暂使下都夜发新林至京邑赠西府同僚》诗曰:"大江流日夜,客心悲未央。"词人这里只截用其前三字,而他的"客心"之"悲",即隐含其中。 所异于谢诗者,他的"悲"不止于此,更准确地说,主要还不在于客宦他乡。 他"悲"的是"书生报国无地,空白九分头"! 杜甫《秋雨叹》诗有"堂上书生空白头"之句;宋陈与义《巴丘书事》诗亦曰"腐儒空白九分头"。 词人并用其语。 南宋时期,小朝廷不思北伐以收复中原失地,一味向金人屈膝求和,手握重兵的赫赫将帅尚且"报国无地",更何况手无寸铁的一介"书生"? 他当然只有"等闲白了少年头,空悲切"(岳飞《满江红》词)的份儿。 这二句充满了对当时朝廷所实行之妥协政策的愤愤不平。"一夜寒生关塞,万里云埋陵阙,耿耿恨难休"三句,两骈一散,为加倍濡染之笔。"寒",既是深秋季节气候的实写,又是词人悲凉心境的外射。"陵阙",指远在河南巩县的北宋诸帝陵寝。 它们已被不肖子孙——宋高宗赵构等抛掷不顾,落入金人手中。 这是国家的奇耻大辱,故词人北眺万里之外埋藏在重重云霭下的宋诸陵,心中耿耿,有恨难休。 至此,词中的怀古伤今之情已达到高潮。 以下顺势作收:"徙倚霜风里,落日伴人愁。"霜气寒风之中,词人久久地徘徊在定王台上,流连不忍离去,直到斜阳淡淡时候。 那惨然的落日，迟迟未肯没入苍山，像是在无言地陪伴着词人，和他一起为国家的命运而忧愁。 南宋爱国词中，每以夕阳、斜阳、落日象喻衰残的国运，如朱敦儒《相见欢》之"万里夕阳垂地，大江流"，辛弃疾《摸鱼儿》之"斜阳正在，烟柳断肠处"等。 本篇也不例外。 但他人多以夕阳、斜阳为抒情主体审视的对象，而词人却说"落日伴人愁"，将"落日"人格化为抒情主体的"分身"，又有着自己的新意。 借助这种诗的特殊语言，词人爱国忧国的愁情遂达到了最艺术的表现，跃然纸上了。

据宋陈振孙《直斋书录解题·别集类·适斋类稿》记述："奉新袁去华……善为歌词，尝赋长沙定王台，见称于张安国，为书之。"张安国，即同时代的爱国词人张孝祥，安国是其字。 孝宗乾道三年（1167）六月至四年八月前，张孝祥曾知潭州（参见宛敏灏《张孝祥年谱》），并曾为定王台书匾。 袁氏此词有"霜风"字，是深秋九月，当作于乾道三年。 其时，袁在善化（今长沙的一部分）知县任，是张的下属。

"花近高楼伤客心，万方多难此登临。"（杜甫《登楼》诗）站在高高的定王台上，词人不仅仅为一城一台的悠悠兴废而叹喟，更将目光投向了民族灾难深重的神州大地，为报国无门而慷慨悲歌。 全词不假雕饰，直抒胸臆，浩气鼓荡，真力弥满。 其所以见赏于张孝祥，岂不正因为词中充溢着的不可遏止的爱国激情吗？

[宋]曹冠

曹冠，字宗臣，号双溪居士，婺州东阳（今属浙江）人。为秦桧门客，教授其孙秦埙。宋高宗绍兴二十四年（1154）进士。历任平江（今江苏苏州一带）府学教授、国子录、太常博士兼权中书门下检正诸房公事。秦桧死后，被罢官并夺去科名。孝宗乾道五年（1169），再应举中第。历任临安府（今杭州一带）通判。光宗绍熙初，仕至知郴州（今属湖南）。今存词六十余首，集名《燕喜词》。

念奴娇

宋玉《高唐赋》述楚怀王遇神女事，后世信之。愚独以为不然，因赋《念奴娇》，洗千载之诬蔑，以祛流俗之惑。

蜀川三峡，有高唐奇观，神仙幽处。巨石巉岩临积水，波浪轰天声怒。十二灵峰，云阶月地，中有巫山女。须臾变化，阳台朝暮云雨。

堪笑楚国怀襄，分当严父子，胡然无度？幻梦俱迷，应感逢魍魉，虚言冥遇。女耻求媒，况神清直，岂可轻诬污？逢君之恶，鄙哉宋玉词赋！

【注释】

愚:我。文言谦称。

祛:消除。流俗:世俗之人。

高唐奇观:高唐观,即神女庙。在巫峡十二峰景区内的一个小冈上。庙额题曰"凝真观",内有妙用真人祠。真人即传说中的巫山神女。见范成大《吴船录》、陆游《入蜀记》。

幽处:僻静、曲深之处。

十二灵峰:即巫峡十二峰,在今四川巫山县东,长江两岸。《入蜀记》称其中神女峰最为纤丽奇峭。

云阶月地:唐韦瓘《周秦行纪》自撰诗:"香风引到大罗天,月地云阶拜洞仙。"

须臾变化:《高唐赋》载楚襄王与宋玉游云梦台,望高唐观,见其上独有云气,"须臾之间,变化无穷"。王问此为何气,玉答即巫山神女。

分:名分。

胡然:何以。无度:没有限度。

感:相感应。魑魅:此用本义,特指山林异气幻化而成的鬼怪。

冥遇:与幽冥之中鬼神相交的经历。

逢:迎合。

梁昭明太子萧统编《文选》收有旧题战国楚人宋玉所撰的《高唐》《神女》二赋。《高唐赋·序》载楚怀王游高唐,"怠而昼寝,梦见一妇人曰:'妾巫山之女也,为高唐之客,闻君游高唐,愿荐枕席。'王因幸之。去而辞曰:'妾在巫山之阳,高丘之阻。旦为朝云,暮为行雨。朝朝暮暮,阳台之下。'"《神女赋·序》又记怀王之子襄王游云梦之浦,使宋玉赋高唐神女之事,"其夜王寝,果梦与神女遇"。由于宋赋词笔华美,再加上神女故事本身所具有的幽艳色彩,这两篇赋对于后世文学影响甚巨,尤其是前篇,在诗词中,它已成为使用频率最高的典故之一。诚如李商隐《有感》诗所云:"一自《高唐》赋成后,楚天云雨尽堪疑!"

当绝大多数读者陶醉在这人神恋爱故事的谲幻温馨之中时,有人开始从伦理道德的角度来找碴儿了。唐代元稹《楚歌》十首其四(惧盈因邓曼)曰:"襄王忽妖梦,宋玉复淫辞。万事捐宫馆,空山云雨期。"北宋吴简言《题巫山神女庙》诗亦云:"惆怅巫娥事不平,当时一梦是虚成。只因宋玉闲唇吻,流尽巴江洗不清。"皆是其例。然而都还不过是诗人一时的感叹,真正郑重其事,公然宣称要肃清宋赋"流毒",为神女"洗千载之诬蔑"的议论,舍曹冠此词,恐怕莫之为甚了。

全篇的"高论"尽在下片,我们讲析时不妨打破常规,先从后半段说起。

"堪笑楚国怀襄,分当严父子,胡然无度?"——可笑楚怀王、楚襄王,理当严守父子名分,何以竟越轨乱伦,同与一位神女暧昧不清呢?怀王熊槐(一名"相")、襄王熊横是史有定论的荒淫昏愦之君,骂骂本亦无妨,但神女却不可亵渎,必须替她开脱,于是乃有下文:"幻梦俱迷,应感逢魑魅,虚言冥遇。"——怀、襄二王梦中所交接的,哪是什么神女!

他们大概都睡昏了头,让山林异气幻化而成的鬼怪迷惑了。如此判断,可有根据么?当然有!且看词人怎样推理演绎:"女耻求媒,况神清直,岂可轻诬污?"——神的伦理道德水准当然远在人类之上,人间女子尚且以求媒自请嫁人为羞耻,必待男家聘之而后可,何况神女清白正直,断然不会有什么"自荐枕席"的苟且之事,岂可轻易地往她身上泼脏水?然而,竟有人这样泼了。谁?首先是自诩梦交神女的怀王、襄王父子,其次是将二王艳遇形诸文字的弄臣宋玉。口舌之夸,传播的辐射面毕竟有限,倒也罢了;唯笔墨宣淫,能量忒大,波及万人,毒流千载,实不可不大加挞伐,故词人即以狠批宋玉作结:"逢君之恶,鄙哉宋玉词赋!"——迎合君王的丑恶情欲,对其津津乐道的风流韵事大事铺陈藻绘,《高唐》、《神女》二赋真是卑劣之极!

看到这里,不仅读者诸君几欲捧腹解颐,就连笔者也忍俊不禁:好个头巾气十足的道学家!好个酸馅味满口的老夫子!跟古代的文学家较真,为神话中的人物辩诬,而且态度又是那样地一本正经。——迂哉,迂得可爱!不过且慢,倘若我们于喷饭之余三复其言,便可发现此词之荒唐中仍有值得正视的严肃内容。自从春秋时卫宣公将儿子的新娘占为己有,《诗经·邶风》中留下了一首题为《新台》的讽刺诗后,直至唐高宗李治以其父太宗之妾武媚娘为皇后,唐玄宗李隆基夺其子寿王妃杨玉环为贵妃,诸如此类"胡然无度"的秽行在封建帝王的宫闱中还少吗?诚所谓"中冓之言,不可道也"

(《诗·鄘风·墙有茨》)。曹冠之词，能说它没有一点批判的精神吗？若按封建社会通行的伦理道德标准来考察宋玉二赋，神女既与怀王有私，即成为襄王的庶母，故襄王之梦神女，无所逃其"乱伦"的罪名；唯怀王之梦神女时，神女尚未有"婆家"，又何悖于情理呢？而词人却偏要说"堪笑楚国怀襄"，将老子儿子搅作一锅粥，这分明是"醉翁之意不在酒"，"指着和尚骂贼秃"了。所鞭笞的对象岂止怀王、襄王而已！

平心而论，词人所谓"鄙哉宋玉词赋"云云，仅仅是以其内容为不足道，而对于宋赋的艺术成就，却并不抹杀。这从上片的写景文字中可以清楚地看出。如"巨石巉岩临积水"七字，即是化用《高唐赋》之"登巉岩而下望兮，临大阺之稽（义同'积'）水"。"波浪轰天声怒"六字，亦据该赋"长风至而波起兮"、"碎中怒而特高兮"、"砾磥磥而相摩兮，嶵震天之磕磕"等句意而以简易浅显之辞出之。至如"须臾变化，阳台朝暮云雨"二句，化用得就更明显了。下片批宋，得上片之学宋而愈增其趣，下片议论，得上片之写景而摇曳生姿。——以树为喻，通篇说理则有枝干而无繁叶，不免枯寂，今以景语渐次引出议论，是浓荫下见盘根错节，丰腴、瘦劲相得益彰，于是乃有一片盎然的生机。

[宋] 王质

王质（1127—1189），字景文，号雪山。原籍郓州（今山东东平一带），后徙兴国军（今湖北阳新一带）。博通经、史，善作文。宋高宗绍兴三十年（1160）进士。孝宗朝，历任太学正、敕令所删定官、枢密院编修官。他是力主抗金的爱国士大夫，与张孝祥游，深得器重。抗金名相张浚都督江、淮，虞允文宣抚川、陕，皆辟请他为幕属。终因性格鲠直，好发忠言谠论，为小人、宦官所忌惮，遂奉祠隐居，绝意禄仕。著有《雪山集》《诗总闻》《绍陶录》等。今存词七十余首，见《雪山集》。其词风格清超豪放，是苏轼、张孝祥一路。

八声甘州·读诸葛武侯传

过隆中。桑柘倚斜阳，禾黍战悲风。世若无徐庶，更无庞统，沉了英雄。本计东荆西益，观变取奇功。转尽青天粟，无路能通。

他日杂耕渭上，忽一星飞堕，万事成空。使一曹三马，云雨动蛟龙。看璀璨、出师一表，照乾坤、牛斗气常冲。千年后，锦城相吊，遇草堂翁。

【注释】

诸葛武侯:诸葛亮于蜀后主刘禅时封武乡侯,死后谥忠武侯,故世称"诸葛武侯"。

柘:桑树之属,叶可饲蚕。

徐庶:本名福,少时好任侠击剑,后折节读书。东汉末客居荆州,与诸葛亮特相善。刘备屯新野(今属河南),庶见备,甚得器重,因谓备曰:"诸葛孔明者,卧龙也,将军岂愿见之乎?"备请庶与亮俱来,庶曰:"此人可就见,不可屈致也。将军宜枉驾顾之。"于是备遂亲往访亮,凡三往,乃见。事见《三国志·诸葛亮传》及裴《注》引(晋鱼豢)《魏略》。

庞统:字士元,襄阳人。曾与诸葛亮并为刘备所部军师中郎将。后从备入蜀取西川,中流矢身亡。见《三国志》本传。按诸葛亮之见用于刘备,与庞统无关;相反,庞统之为刘备所器重,还是由于诸葛亮的说项。除徐庶外,举荐诸葛亮的另一人是司马徽。亮传裴注引(晋习凿齿)《襄阳记》云,刘备访世事于徽,徽曰:"儒生俗士,岂识时务?识时务者在乎俊杰。此间自有伏龙、凤雏。"备问为谁,曰:"诸葛孔明、庞士元也。"词人举庞统而不举司马徽,当是误记。

东荆西益:东据荆州,西取益州。荆、益二州,皆汉代十三刺史部之一,前者辖境主要为今湖北、湖南,后者辖境主要为今四川。

转尽青天粟:转,转运。粟,泛指粮食。

忽一星飞堕:传说诸葛亮之死,夜有星赤色而芒角,自东北流向西南,投入其所居之营帐。见本传裴注引《晋阳秋》。

云雨动蛟龙:古人以蛟龙为君主或王霸之象征。蛟龙必待云雨而后动。

璀璨:玉石光彩鲜明貌。

锦城：蜀地以织锦驰名天下，汉时于成都设锦官管理织锦业，后世因号成都为"锦官城"，简称"锦城"。

王质其人博通经史，曾著《朴论》五十篇，言历代君臣治乱之事。此词是他读《三国志·蜀书·诸葛亮传》的感受，不妨看作以文学作品形式写成的一篇《朴论》。

《八声甘州》起处通常为八言、五言两句，至五言句末字叶韵。本篇有所新变，破为"三、五、五"三句，且于三言句添叶一韵。"隆中"，在襄阳（今湖北襄樊的一部分）城西二十里，诸葛亮曾寓居于此。见《三国志》本传南朝宋裴松之《注》引（晋习凿齿）《汉晋春秋》。词人家在今湖北，可能实曾有过隆中访诸葛亮故里的经历。"桑柘"二句对仗，写哲人已萎，但见桑柘偎倚在斜阳里，禾黍颤抖于秋风中。夕阳西下是一日之暮，秋风悲鸣是一岁之暮。由于本篇所歌颂的乃是一位赍志以殁的英雄，故起笔便以这日暮、岁暮之时的萧瑟景象入词，渲染悲剧气氛。

过英雄故里，人虽不可得而见，其事迹则班班然彪炳于史册。故以下即转入正题，追寻斯人一生之出处大节。

"世若"三句，先叙诸葛亮得以登上历史舞台的契机，言当世若无徐庶辈相为汲引，诸葛亮遂不免被埋没。"本计"四句，则高度概括诸葛亮一生的政治、军事活动，自"隆中对策"一直写到"六出祁山"。传载刘备亲访诸葛亮，请其出山时，曾询以天下大计，亮对曰：今曹操已拥百万之众，挟天子而令诸侯，不可与其争锋。 孙权据有江东，已历三世，国险民附，贤能为用，可以之为援而不可图。 惟有夺取荆、益二州，西和诸戎，南抚夷越等少数民族，外结好于孙权，内修政治。 如天下有变，则命一上将率荆州之军直指宛（今河南南阳）、洛（今洛阳），将军（谓刘备）亲率益州之众出于秦川，庶几霸业可成，汉室可兴。"东荆西益，观变取奇功"，这便是诸葛亮本来的战略计划。"赤壁大战"后，刘备得到了荆州；继而又挥师入川，从刘璋手里夺取了益州之地，实现了诸葛亮战略设想的前半部分，形势一度对于蜀汉十分有利。 可惜由于荆州方面军的统帅关羽在外交和军事上一系列的失误，荆州被孙权袭取，致使北伐的通道只剩下川陕一路；而"蜀道之难，难于上青天"（李白《蜀道难》），军粮转运不及，故刘备死后，诸葛亮屡出祁山伐魏，都劳而无功。"转尽青天粟，无路能通"，这种局面实为诸葛亮始料之所不及。 此二句是对上二句的转折，行文中省略了"孰知"二字，亦属诗词中所特有的"对照省略"，应联系上文"本计"二字自行补出。

换头三句，写诸葛亮之死。 此处打破了传统的过片成法，文义紧接上片，使前后阕粘合为一。 因"转粟难通"，于是乃有"杂耕渭上"之举。 蜀汉后主建兴十二年（234）春，诸葛亮最后一次北伐，据武功五丈原（今陕西岐山县南）与魏将司马懿对垒。 魏军坚壁不出，亮即分兵屯田于渭水之滨，和当地居民杂处而耕，为久驻之计。 鉴于他在军事实践中摸索出了这一切实可行的做法，北伐开始有了成功的希望。遗憾的是，"将军一去，大树飘零"（庾信《哀江南赋》），同年秋，诸葛亮不幸病死于军中，一切希望都化作了泡影。

以下二句，继而叙述诸葛亮之死所引出的历史后果。"一曹三马"，"曹"当作"槽"。《晋书·宣帝纪》载曹操曾梦三马同食一槽。自魏齐王曹芳正始以还，司马懿与二子司马师、司马昭相继执掌魏国军政大权，诛杀异己，孤立曹氏。至昭子司马炎时，竟篡魏自立，改国号为"晋"。曹操之梦，果然应验了。此事虽荒诞不经，但后世屡用为故实。二句谓诸葛亮一死，再也无人能够扫平曹魏，复兴汉室，遂使司马氏集团如蛟龙之逢云雨，顺顺当当地发展壮大，灭蜀，篡魏，平吴，建立了统一的晋王朝。

然而尽管斯人"出师未捷身先死"（杜甫《蜀相》诗），英雄却未可以成败论。建兴五年（227），诸葛亮率诸军北驻汉中，将出师北伐，临行曾上疏刘禅，反复劝勉他继承先主遗志，亲贤臣，远小人，并陈述自己对于蜀汉的忠诚及北取中原、复兴汉室的坚定意志。这就是气冲牛斗、光照乾坤的《出师表》，写得忠爱剀切，历来为爱国的志士仁人所推重。斯人也，有斯文在，可以不朽矣！"看璀璨"二句，命意在此。最后，即于千百万敬仰诸葛亮的志士仁人中拈出一位杰出的代表——杜甫，结束全篇。"安史之乱"爆发后，杜甫曾于唐肃宗上元元年（760）避难入蜀，在成都西郊的浣花溪畔营构草堂，前后居住达三年之久，故以"草堂翁"称之。他游成都武侯庙时，饱蘸浓墨，满怀激情地写下了吊诸葛亮的著名诗篇《蜀相》。千古名相，又得千古诗圣为作此千古绝唱，九泉之下，亦当含笑瞑目了。

本篇在宋词中虽然算不得上乘之作，且将诸葛亮与刘备的风云际会归结为纯粹的历史偶然性（全靠徐庶等推荐），并过分夸大其"一身系天下安危"的历史作用（设想如天假斯人以永年，司马氏集团便不得崛起），犹未能摆脱那一切封建时代知识分子所无法摆脱的历史唯心主义的"英雄史观"；但词笔一丝不懈，叙事井井有序，剪裁史料能做到披沙简金，提纲挈领，要言不烦，理性的思考与感情的发挥互为表里，抽象的议论与形象的描绘交相映衬，仍不失为一篇佳构。尤其值得称道者，以自己秋日过隆中造访卧龙故里起兴，以杜甫春日在成都凭吊武侯祠堂作结，时代一宋一唐，季节或秋或春，地点在襄在蜀，人物为我为杜，不无差异，而缅怀诸葛亮其人其事则一也，缅怀其人其事时之心情则一也，首尾呼应，一脉相通。古人传说，江南茅山有洞穴潜行地下，可直达岭南罗浮山，王质此词的章法，即有如此的妙处。

南宋人吟诗赋词，屡及诸葛亮事。如陆游《书愤》诗："《出师》一表真名世，千载谁堪伯仲间！"程珌《水调歌头·登甘露寺多景楼望淮有感》："三拊当时顽石，唤醒隆中一老，细与酹芳尊。"皆是。盖因当时小朝廷苟且偷安，不思北伐以收复为金人所占领的中原失地，遂使爱国的诗人词人们常常怀念这位历史上的北伐英雄。对诸葛亮的歌颂本身就是对那些"忘了中原"的南宋统治集团中人的一种鞭挞。

[宋]京镗

京镗(1138—1200),字仲远,号松坡居士,洪州(今江西南昌一带)人。 宋高宗绍兴二十七年(1157)进士。 孝宗时,历任知星子县(今属江西)、监察御史、右司员外郎中、中书门下省检正诸房公事、权工部侍郎、四川安抚制置使兼知成都府(今成都一带)。 光宗时,任刑部尚书。 宁宗时,拜左丞相。 以年老辞职,卒谥"文穆",改谥"文忠",复改"庄定"。 著有《松坡集》。 今存词四十余首,集名《松坡词》。 中多长调,多次韵、和韵及咏岁时节令之作,词风近于苏轼。

水调歌头

伏蒙都运、都大、判院以某新建驷马楼落成有日,宠赐佳词,为郡邑之光,辄勉继严韵,以谢万分。

百堞龟城北,江势远连空。 杠梁济涉,浑似溪涧饮长虹。 覆以翚飞华宇,载以鱼浮叠石,守护有神龙。 好看发源水,滚滚尽流东。

司马氏,凌云气,盖群公。 当年题柱,从此奏赋动天容。 果驾轺车使蜀,能致诸蛮臣汉,邛筰道仍通。 寄语登桥者,努力继前功。

【注释】

伏蒙：文言谦称，较"承蒙"更为恭敬。都运："都转运使"的简称。宋制，各路设转运使，经管本路财赋，监察各州官吏。兼管数路者为都转运使。都大："都大主管成都府利州等路茶事兼提举四川等路买马监牧公事"的简称，主管以茶与西南少数民族交换马匹诸事宜。判院：宋王栐《燕翼诒谋录》载宋有登闻鼓院、登闻检院（专管接受吏民上书的机构），以朝官判之，判院之名始于此。按此二院为中央机构，设在京城。本篇"判院"之"院"，当别有所指，疑即四川总领所之分差户部粮料院，"判院"则为该院之主管官员，掌发放本管区内诸司、诸军俸禄等事宜。某：作者自谓，犹言"镗"。驷马楼："楼"当是"桥"字形讹。

为郡邑之光：替本郡城增添光彩。

严韵：恭维对方之词整饬不苟。

以谢万分：借以表达自己万分之一的谢意。

百堞：形容城垣雄伟绵长。堞：城头女墙，呈凹凸状。

杠梁：桥身。济涉：徒步过水。

浑似：简直像。溪涧饮长虹："长虹饮溪涧"的倒装。旧题晋陶潜《续搜神记》载有虹化为美丈夫，以金瓶汲水而饮的神话传说。

翚飞：《诗·小雅·斯干》："如翚斯飞。"翚：五彩的山野鸡。

鱼浮：相传高离国王侍婢生子名曰东明，善射。王恐其夺位，欲杀之。东明逃亡，以弓击水，鱼鳖浮而为桥，遂得渡水为扶馀国王。见《艺文类聚·鳞介部·鳖》引（晋鱼豢）《魏略》。

守护有神龙：南朝陈徐孝克《仰同令君摄山栖霞寺山房夜坐六韵》诗："餐迎守护龙。"盖用佛教《孔雀王经》《大云经》中诸龙王护持佛法之说。本篇则以龙为驷马桥的守护神。

凌云气:《史记》本传载司马相如撰《大人赋》进献给汉武帝,帝大悦,"飘飘有凌云之气"。此转以形容相如气概非凡。

动天容:使皇帝动容。动容,即内心有所感动而形诸面部表情。

辀车:轻快的马车。指朝廷使者所乘。

诸蛮:古称南方部族曰"蛮"。臣汉:臣服于汉。

邛:邛都,在今四川西昌东南。筰,筰都,在今四川汉源东南。二者皆汉代西南少数民族国名。

成都城北旧有清远桥,相传即汉代的升仙桥(一作"升迁桥")。 据晋常璩《华阳国志·蜀志·蜀郡州治》,桥有送客观,汉代著名辞赋家司马相如初离蜀赴长安时,曾题辞于此,曰"不乘赤车驷马,不过汝下也"(《太平御览·地部·桥》引《华阳国志》作司马相如题桥柱云云,与单行本稍有不同),意即不做大官誓不还乡。 后来有志竟成,果然以"钦差大臣"的身份乘车返蜀,一时太守以下至郊外迎接,县令背负弓箭为之开道,蜀人以为荣耀(参见《史记·司马相如列传》)。 唐岑参《升仙桥》诗曰:"长桥题柱去,犹是未达时。 及乘驷马车,却从桥上归。 名共东流水,滔滔无尽期。"即咏其事。 此桥南宋时业已破旧,孝宗淳熙十六年(1189)十二月至第二年四月,身为四川安抚制置使、知成都府的京镗将其整修一新,改名"驷马桥",并撰有《驷马桥记》。 见清穆彰阿等《嘉庆重修一统志》。 观本篇小序可知,桥将竣工时,同僚们赋词祝贺,作者遂填此词以相答谢。可惜,原唱今已失传,仅剩下这篇"报李"之作了。

全词紧紧扣住"驷马桥"三字在做文章。

"百堞"二句,先写此桥所在之地、所跨之江。"龟城"即成都的别名。相传战国时秦大臣张仪初筑其城,屡筑屡圮,后见大龟出于江中,巫者教仪按龟行之迹筑城,才得以成功。见宋祝穆《方舆胜览·成都府·郡名》。"江",此指郫江,系长江上游支流之一,经成都北,折向南,与都江会合。郫江气势磅礴,遥接长天,景象已极阔大;又得雄伟绵延之城垣映衬其间,那就更其壮观。而"江"既洋洋乎若此,则"江"上之"桥"的巍峨与伸展不问可知。水涨船高,写"江"正所以写"桥"。

然而"江阔桥更长"的写法,在词人犹觉不足以显现"桥"之气魄,故下文又设喻为夸张。以"长虹"拟"桥",这是夸大;以"溪涧"拟"江",这是夸小。"人定胜天"之旨,就在这"大"与"小"的夸饰性对比中凸显出来。司马相如《子虚赋》中的楚使子虚以云梦泽"方九百里"夸言楚国之大,齐乌有先生则以齐国"吞若云梦者八九,其于胸中曾不蒂芥"抑而胜之。本篇笔法,庶几相近。

细细吟味,"杠梁"二句的精彩之处尚不止于此。如"济涉"字、"饮"字,也都是词眼所在。就事实而言,"江"动而"桥"静,但据实写来,便无诗意。词人采用拟人化的手段,将桥墩比作人腿,写"桥"会得迈开大步涉水过江;又将桥身比作渴虹,写"桥"似在张开大嘴吮吸湍流。——"静"物"动"写,以"动"制"动",整个画面就活起来了。

以上从大处落墨,是对驷马桥的宏观描写。至"覆以"二句,精雕细刻,转入微观。自桥巅而观之,有华丽的飞檐覆盖着,势如翚鸟振翅;自桥底而观之,有层叠的石墩负载着,形如鱼鳖浮游。似这等巧夺天工、美轮美奂的建筑物,合有神灵呵护。相传隋军战舰自成都东下伐陈时,"有神龙数十,腾跃江流,引伐罪之师,向金陵之路,船住则龙止,船行则龙去,四日之内,三军皆睹"(见《隋书·高祖纪》开皇八年伐陈诏),于是词人不假旁搜,顺手牵入词中,更为此桥抹上一道奇光幻彩。桥以"马"名,而词人在具体摹写与渲染时,复又调动"翚""鱼""龙"等动物字面,且与首句"龟城"之"龟"字遥遥相映,亦见匠心。尽管这些飞禽水族均非其实("翚""鱼""龟"分别物化、附属于"华宇""叠石"和"城","龙"则纯出于虚拟),但它们作为一种语言符号,能够引发读者的丰富想象,使人若见翚飞于天,龟行于陆,鱼浮江面,龙潜水底,这就加倍地给"郫江长虹图"增添了勃勃生机。

自《尚书·禹贡》开始,古人即以为长江发源于蜀中的岷山。后世文学家信之不疑,晋郭璞《江赋》曰:"惟岷山之导江,初发源于滥觞。"苏轼为蜀人,其《游金山寺》诗亦云:"我家江水初发源。"词人以浓墨重彩为此桥传神之后,即不无自豪地宣称:新桥落成在望,很快便可登桥观览,欣赏那刚发源不久的江水滚滚东流了！起处由"江"出"桥"，至此又由"桥"入"江"，峰回路转，岭断云连，章法完密地结束了上半首。

上片着重写"桥"，然题面中"驷马"二字尚无着落，故下片即转而赋司马相如事。江势雄伟，桥形壮丽，地灵如此，人杰若何？写江写桥，自不能不及登桥之人，两片之间的过渡，亦可谓"山岩巉绝之际，飞梁而行"（明李腾芳《山居杂著》）了。

换头三言三句，总冒一笔，高度赞扬司马相如的"穷且益坚，不坠青云之志"（王勃《滕王阁序》），谓其登桥上路、出蜀赴京之际，气宇轩昂，压倒了当世的衮衮诸公。以下二句，一则具体点出"题柱"之举，勾锁上文；一则进而叙述斯人入京后牛刀小试，初露锋芒。按《史记》本传载其为天子游猎赋（即《上林赋》）奏上汉武帝，帝大悦，任用其为郎官，"奏赋动天容"云云谓此。至"果驾"三句，登峰造极，备述其雄图大展，衣锦荣归。传载相如为郎官数岁，武帝遣其为使者回乡安抚巴蜀地区，后又出使西南邛、筰等少数民族统治区，致使诸少数民族首领皆请为汉臣，汉与邛、筰间断绝了的道路自此重新畅通。这两次出使，对"公"而言，稳定了西南边陲的政治局势，加强了汉王朝与西南诸少数民族的联系，贡献甚大；对"私"而言，实现了当年欲乘赤车驷马重返成都的豪语壮志，亦高兴非凡。利国利家，立功立名，驰誉乡里，垂勋简册，在封建时代的知识分子来说，人生价值的自我实现,莫此为甚了。 词人虽只是根据史料敷衍成文,但无限神往之情,已洋溢在字里行间。

然而,推崇前贤,目的是激励后进;表彰古之登桥者,正为促使今之登桥者奋起。 于是乃有卒章显志、画龙点睛的最后两句:"寄语登桥者,努力继前功!"词人重修此桥之旨,以"驷马"名桥之旨,并撰制此词之旨,遂尔昭然揭出。 为山九仞,有此一篑封顶,便出云霄之上,可以俯视寻常诸峰了。

就思想内容而论,本篇不可避免地表现出某些封建社会士大夫阶级的局限性,如大汉族主义倾向、对于个人功名利禄的汲汲追求等,这些都不足取;但从另外一个角度来看,词人是将个人奋斗放在顺应历史潮流、客观上符合民族和人民利益的大前提下加以歌颂的,彼时彼地,词中所充溢着的奋发、进取精神,仍然具有积极的意义。 唐宋词里用司马相如事者汗牛充栋,大抵皆着眼于他的文学才华以及他与卓文君的浪漫爱情,而本篇独取其在政治活动中的建树,"仁者见仁,智者见智",逆言之即"见仁者仁,见智者智",如果说他人之词乃词人之词,那么京镗此词则竟是政治实干家之词了!

有宋一代是封建社会文明与文化发展的一个新阶段,其表现形式之一就是州郡长官颇留意于整修古迹、新辟名胜,一旦功成,辄延请名士或亲自挥毫为文以记,故此类散文佳作层出不穷,如范仲淹《岳阳楼记》、欧阳修《丰乐亭记》、苏轼《超然台记》、陆游《铜壶阁记》等皆是。我们说南宋豪放派词人有"以文为词"的倾向,仅仅着眼于他们词中的散文句法是不够的,还应该注意到散文题材对其词作的渗透。即以此词为例,它难道不是一篇协律押韵、入乐可歌的《驷马桥记》吗?

[宋]杨冠卿

杨冠卿(1139—1193后),字梦锡,江陵(今属湖北)人。宋孝宗时,尝举进士。淳熙十年(1183)前后,任江州(今江西九江一带)都统制司掾官。又曾任某地知州,因事被罢官。晚年侨寓临安。他才华清隽,四六文尤为流丽浑雅。著有《客亭类稿》,张孝祥赞其"精深雄健"。今存词三十余首,在《类稿》中。

卜算子·秋晚集杜句吊贾傅

苍生喘未苏,贾笔论孤愤。文采风流今尚存,毫发无遗恨。

凄恻近长沙,地僻秋将尽。长使英雄泪满襟,天意高难问!

【注释】

孤愤:因耿直孤行、不容于世而愤懑。战国时,韩非子曾撰《孤愤》篇。

集句,是古诗词中的一个特殊品种,其做法为截取前人诗文单句,拼集成篇。若按取资范围的大小来分析,或杂糅经、史、子、集,或单用其中一部;或广收上下古今,或只取某一断代;或博撷百家群籍,或专采一人一书——并无固定不变的章程,作者尽可以各取所需。但有一条总的要求:须使文意联属,如自己出。

倘将赋诗填词比作建房造屋,一字一字地写就好像是一砖一瓦地砌,而成句成句地搬用,则俨然是现代化建筑施工,配套单元,整块吊装。如此说来,竟是"自撰"难而"集句"易了?其实正相反。因为现代化建筑中的成套单元,乃是按设计要求定做的,尺寸丝毫不差,而"集句"不啻是从各种规格的一幢幢楼房里去拆"单元",当然费事得多。勉强拼装成形,已属不易,更求其浑然一体,如之何不戛戛乎其难哉!因此,清代贺裳曾说过:集句,佳则仅一斑斓衣,不佳且百补破衲也(清邹祗谟《远志斋词衷》引述)。但是,气盛才高,笔饱学富,从而以写集句诗词擅名的作家,历代仍不乏其人。南宋的杨冠卿就是一个。他这首《卜算子》大气包举,天衣无缝,不愧为集句词中的上乘之作。

杜甫诗博大精深,千汇万状,向为集句者所乐于取资。

本篇即全用杜诗。 按顺序说，八句分别摘自《行次昭陵》《寄岳州贾司马六丈巴州严八使君两阁老五十韵》《丹青引赠曹将军霸》《敬赠郑谏议十韵》《入乔口》《秦州杂诗二十首其十八》《蜀相》《暮春江陵送马大卿公恩命追赴阙下》等八篇，八音和谐，一气呵成。

题曰"秋晚……吊贾傅"。 贾傅，即西汉负一代盛名之政论家、文学家贾谊，洛阳人。 他年少时便精通诸子百家之书，为汉文帝所赏识，二十余岁就被召为博士，一年中越级升迁，官至太中大夫。 文帝一度有意任用他为公卿，但由于周勃、灌婴等元老大臣进谗排斥，乃与他渐渐疏远，终于将他遣往远离政治中心的洞庭湖南去任长沙王太傅。 后改任梁怀王太傅。 怀王骑马摔死，他自伤失职，哭泣岁余，也与世长辞，年仅三十三岁。 事见《史记·屈原贾生列传》和《汉书》本传。 因其两次担任诸王的太傅，故后人尊称"贾傅"。 贾谊在赴任长沙途经湘水时，曾作赋吊屈原，并自抒政治失意之感，辞情凄怨，很能引起后世一切有着类似遭际的文士们的共鸣。 杨冠卿本人也一生坎坷，怀才不遇。 因此，他之所以"吊贾傅"，自有个人对于南宋朝政的一肚皮不满者在，是属借题发挥，不可以闲笔目之。

"苍生喘未苏，贾笔论孤愤。"发端即见出词人鲜明的政治倾向。 按《汉书》本传载贾谊屡上疏陈政事，曰当时事势"可为痛哭者一，可为流涕者二，可为长太息者六"，且尖锐地指出："夫百人作之不能衣一人，欲天下亡寒，胡可得也？

一人耕之，十人聚而食之，欲天下亡饥，不可得也。"当天下百姓在沉重的剥削和压迫下喘息而未能复苏之际，贾谊能够不为阿谀逢迎之辞以粉饰太平，而奋笔直陈民生疾苦，这种敢于正视社会现实的勇气和精神是很可贵的。词人能够把贾谊的这种勇气和精神放在第一位来加以推崇，也颇值得称许。

"文采风流今尚存，毫发无遗恨。"言之无文，行之不远。贾谊的言论、文章之所以能够传诵千古，除了精警的政治见识和充沛的思想激情，还得力于辞采的美赡与风调的高卓。故三四两句即转而盛赞其作品的艺术成就。按贾谊的名作有《吊屈原赋》、《鵩鸟赋》（以上见《史记·屈贾列传》）、《过秦论》（见《史记·秦始皇本纪》）、《陈政事疏》（又名《治安策》，见《汉书》本传）。"今尚存"云云谓此。连司马迁、班固这样的文豪对贾谊都十分崇拜，不惜以大量篇幅将他的作品全文移录入史传，无怪词人要叹为观止，称道贾文中没有一丝一毫的遗憾了。

上片四句二层，分从道德、文章两方面将"贾傅"写足，无限仰慕，已溢出言表；下片乃腾出笔来，围绕一"吊"字组织词句，进而申述其悼念斯人时不能自已的满腔悲愤之情。

"凄恻近长沙，地僻秋将尽。""秋将尽"云云，缴出题面"秋晚"二字，这是作词时的真实节令。当此萧瑟凄凉的暮秋之时，又步步挨近长沙——贾谊当年贬谪所向的僻远之地，怎不使人悲从中来？ 因为集句，我们无法坐实词人作此词时真在湖南道上（如果竟连这一点也丝丝入扣的话，那本篇亦堪称"毫发无遗恨"了），但借助于"想象"这一副诗的翅膀，人们原不妨进入角色，神骛八极。

"长使英雄泪满襟，天意高难问！"上文已点出"凄恻"矣，此处复以"泪满襟"三字为之作具体的渲染；且借"英雄"二字，明示"凄恻"之人亦即自己是何身份，见出惺惺惜惺惺，非失路之英雄不能如此伤悼英雄之失路。 又借"长使"二字，更言为贾傅一洒同情之热泪者不独我也，历代豪杰无不潸然。 男儿有泪不轻弹，只因未到伤心处。 今则不仅弹矣，甚至挥泪如雨，啼襟袖之浪浪，其"伤心处"果何在？ 这就逼出了愤懑苍凉的最后一句。"天"高，故"意"难问。 辞是怨天，意实尤人。 盖"天"亦可用作人间帝王的代名词，如帝王之容颜称"天容""天颜"，帝王之仪表称"天仪""天表"，帝王之视听称"天视""天听"，帝王之口谕称"天语""天宪"。 当然，帝王之心思也就是"天意"了。 贾谊的悲剧，乃至包括词人自己在内的一切同类型的政治失意者的悲剧，悲就悲在最高统治者们好恶无常，不能真正信用忧国忧民、多才多艺的仁人志士啊！ 全篇得此句作结，可谓"图穷而匕首见"了。 在"臣罪当诛兮天王圣明"（韩愈《拘幽操》诗）之声不绝于耳的封建时代，词人能够将怨怼的匕首掷向"天意"，是非常难能可贵的。

老杜之诗，达到了"沉郁顿挫"的极致。 本篇集杜，虽章法平直，不足以当"顿挫"，但"沉郁"二字还是做到了的。

全词八句中，仅"凄恻近长沙"一句原作即与吊贾谊事有关，其上句为"贾生骨已朽"。集句吊古，文中须见古人姓字，方为落实，但这等成句最难寻觅。一般作手，得此明标"贾生"字样之句，当如获至宝，决无轻易放过的道理。然而词人创作态度极其严格，他不屑于捡这个"便宜"，舍之弗取，却另从老杜寄赠友人岳州司马贾某的诗中抠出"贾笔论孤愤"句，居然"楚人之弓楚人得之"，妙合无垠，套用一句大俗话来赞扬它，可真是芝麻掉进针眼里——巧了！

总之，这首集句词辞情俱佳，笔意两至。在戴着镣铐打拳，抬臂举足动辄受掣的情况下，竟如此招招中式，若非词人胸有一股浩气，腹有万卷诗书，手有千钧笔力，焉能办此？

［宋］辛弃疾

辛弃疾（1140—1207），字幼安，号稼轩居士，济南历城（今已废入济南市）人。出生于金人占领区。宋高宗绍兴三十一年（1161），聚众三千，参加耿京所领导的抗金义军，为掌书记。次年，耿京被叛徒张安国等杀害，他以五十骑径趋金营，生擒张安国，并率部众渡淮南归于宋。初为江阴军（今江苏江阴一带）签判。孝宗时，曾通判建康府（今南京），知滁州（今属安徽），提点江西刑狱，知江陵府（今湖北荆州一带）兼湖北安抚使，两知隆兴府（今江西南昌一带）兼江西安抚使，任湖北、湖南转运副使，知潭州（今湖南长沙一带）兼湖南安抚使。宁宗时，曾知绍兴府（今浙江绍兴一带）兼浙东安抚使，知镇江府（今江苏镇江一带）。他是当世难得的文武全才，南归后曾献《美芹十论》《九议》，向朝廷提出一系列抗金北伐、收复中原的大计方略，但都未被采纳。在地方官任上，他勉力整顿经济，储备粮草，组建抗金武装，旨在积蓄力量，以应北伐之需，然而却受到排斥打击，先后数次降职罢官，闲居带湖（在今江西上饶）、瓢泉（在今江西铅山）乡里达二十余年之久。至韩侂胄执政，主持"开禧北伐"，又不能委以重任，仅用他作点缀。由于准备不足，仓促出兵，北伐招致惨败。为此奋斗一生的词人，终于因病赍志以殁，享年六十八岁。辛弃疾胸贮万卷，善诗能文，而尤以词著称。今存词六百二十余首，有

《稼轩词》《稼轩长短句》等多种版本。其中以抗金爱国为主题的作品不胜枚举,是时代的最强音。间有山水田园、言情咏物、说理谈玄的篇什。风格以悲壮雄浑为基调,亦不乏清新隽永、狎昵温柔、诙谐风趣、生动活泼之致。技法上,善于用典隶事,以文为词,毫端驱遣经史子集,信手拈来,涉笔成趣。刘克庄评其词曰:"大声鞺鞳,小声铿鍧,横绝六合,扫空万古,自有苍生以来所无。"(《辛稼轩集序》)

踏莎行·赋稼轩集经句

　　进退存亡,行藏用舍。小人请学樊须稼。衡门之下可栖迟,日之夕矣牛羊下。

　　去卫灵公,遭桓司马。东西南北之人也。长沮桀溺耦而耕,丘何为是栖栖者?

【注释】

丘何为是栖栖者：丘，孔子名。是，此处为副词，义为"像这样"。栖栖，同"恓恓"，忙乱不安貌。者，语气词，无实义。

集句词，前面已选讲过宋代杨冠卿的《卜算子·秋晚集杜句吊贾傅》。辛弃疾此词杂撷经书语句，与杨词专集杜诗者不同。所谓"经"，即儒家所崇奉的经典著作。汉武帝时罢黜百家，独尊儒术，立于学官者有"五经"。至唐代，先后扩大为"九经""十二经"。宋时又增一部，定型为"十三经"，曰《易》《书》《诗》《周礼》《仪礼》《礼记》《左传》《公羊传》《谷梁传》《论语》《孝经》《尔雅》《孟子》。在时人心目中，"经"是至高无上的圣贤之教，"词"则是不登大雅之堂的"小道""末艺"，敛经书文字为"胡夷里巷之曲"，不啻是强挽周公、孔子入赘小户人家做"倒插门女婿"，这如何使得？然而，性格豪放不羁、富有创新精神的辛弃疾，又岂是世俗观念所能牢笼得了的！在他的笔下，经史子集，诗文辞赋，无不可以入词。信手拈来，即臻绝诣；嬉笑怒骂，皆成文章。本篇就是一个典型例证。

题曰"赋稼轩"，"稼轩"乃词人乡村别墅之名。宋洪迈《稼轩记》云，信州郡治（即今江西上饶）之北一里余，有空旷之地，三面附城，前枕澄湖如宝带。辛弃疾第二次出任江南西路安抚使时，在此筑室百间，置菜圃、稻田，以为日后退隐躬耕之所，故凭高作屋下临其田，名为"稼轩"。又

《宋史》本传载辛弃疾尝谓人生在勤，当以力田（努力种田）为先，故命名其居所为"稼轩"。"稼"，义为种植谷物。据邓广铭先生考证，辛弃疾于孝宗淳熙八年（1181）冬十一月自江西安抚使改官浙西提点刑狱公事，旋为谏官攻罢，其后隐居上饶带湖达十年之久，此词或作于赋闲之初（参见邓著《辛稼轩年谱》及《稼轩词编年笺注》）。

就字面义而言，上片是说自己的归隐躬耕合乎圣贤之道，田园生活虽然淡泊，却恬静可喜；下片则是以毕生游说诸侯而一事无成的孔子为反面典型，申说归耕之是、从政之非。

"进退存亡"，语出《易·乾·文言》："知进退存亡而不失其正者，其惟圣人乎！"盖言只有圣人才能懂得并做到该进则进，该退则退，该存则存，该亡则亡，无论是进是退，是存是亡，都合于正道。"行藏用舍"，则是对《论语·述而》篇所载孔子语"用之则行，舍之则藏"云云的概括，意谓倘若受到统治者的信用，就出仕；倘若为统治者所舍弃，就隐居。"小人请学樊须稼"，亦用《论语》。该书《子路》篇载孔门弟子樊须请学稼，孔子曰："吾不如老农。"请学为圃（种菜），孔子曰："吾不如老圃（菜农）。"樊须出，孔子曰："小人哉，樊须也！"以上三句为一层次，词人自谓现在既不为朝廷所用，那么不妨遵循圣人之道，退居田园，权且做他一回"小人"，效法樊须，学稼学圃。

"衡门"二句，改用《诗经》。上句出《陈风·衡门》：

"衡门之下,可以栖迟。""衡门",横木为门,极其简陋,喻贫者所居。"栖迟",犹言栖息、安身。 此系隐居者安贫乐道之辞,词人不仅用其语,且袭其意。 下句则出《王风·君子于役》:"日之夕矣,羊牛下来。"谓太阳落山,牛羊归圈。原文是思妇之词,以日暮羊牛之归反衬征夫之未归,词人却借用来表现田园生活的牧歌情味。 以上为另一层次,紧承上文,进而抒写归耕后的自适其乐。

上片已将题面归耕之意缴足,无以复加,下片乃转写其对立面。 因前文言及"请学稼"之樊须,此处即顺手牵出那反对"学稼"的孔老夫子。

"去卫灵公",又用《论语》。 其《卫灵公》篇载灵公问阵(军队列阵之法)于孔子,孔子答曰:"俎豆(礼仪)之事,则尝闻之矣;军旅之事,未尝学也。"明日遂离卫而去。按《史记·孔子世家》,灵公问阵与孔子去卫,事在"遭桓司马"之后。 唯是书记"遭桓"前三年,孔子亦曾居卫。 灵公与夫人南子同车而出,招摇过市,使孔子乘副车。 孔子以为丑,曰"吾未见好德如好色者也",遂"去卫"。 本篇所指,应系此事。 但《史记》不属于"经",用之与题例不合。 大约词人临文时未暇深考,同是"去卫灵公",遂牵合为一时之事。 我们似不必以文害意。"遭桓司马",见《孟子·万章上》。"桓司马"即桓魋,时为宋国的司马,掌管军事。 孔子不悦于鲁、卫,过宋时"遭宋桓司马将要(拦截)而杀之",不得不改换服装,悄悄出境。"东西南北之人也"

则为《礼记·檀弓上》所载孔子语，是说自己周游列国，干谒诸侯，行踪不定。 以上三句极力渲染孔子一意从政但却四处碰壁的狼狈境况，从而逗出结穴一问："长沮桀溺耦而耕，丘何为是栖栖者？"——像长沮、桀溺二位隐士那样并耜（古代一种耕地翻土的农具）而耕不是很自在吗？ 孔先生您为什么竟如此忙忙碌碌地东奔西走呢？ 这两句亦全用《论语》。上句见《微子》篇："长沮、桀溺耦而耕（两人各持一耜，并肩而耕）。"孔子路过其旁，命弟子子路向他们询问渡口何在。 桀溺对子路说：天下已乱，无人能够改变这种状况。你与其跟从"避人之士"（远离坏人的人，指孔子），不如跟从"避世之士"（远离社会的人，指自己和长沮）。 下句则出《宪问》篇：微生亩谓孔子曰："丘何为是栖栖者与？"合两句而观之，孔子与长沮、桀溺适成鲜明的对照。 合两片而观之，孔子与词人亦适成鲜明的对照。 得孔子"累累若丧家之狗"（《史记·孔子世家》）的形象为反衬，上片所叙词人自己陶陶然、欣欣然的归耕之乐即倍加凸出了。

　　粗粗一读，此词于号称"大成至圣先师"的孔老夫子颇为不敬，在当世腐儒看来，宜以"亵渎六经，狎侮圣人"论罪。 倘若我们果真按照字面义去作这样的理解，不免"皮相"。 其实，本篇好比一张"彩照"的底片，上面全是"负像"和"反色"，必待翻印成正片而后可观。 具体来说，那执着于自己的政治信念、一生为之奔走呼号而其道不行的孔子，实是词人归耕前之自我形象的写照。 讪笑孔子，正所以自嘲也。其中不知有多少对于世路艰难的慨叹,对于君心叵测的愤懑! 而词中所津津乐道的归耕之娱,也统统不过是"苦恼人的笑"而已。尽管词人并不轻视稼穑,但无论如何其平生之志盖在于经纶天下,恢复神州;以"万字平戎策"换取"东家种树书"(《鹧鸪天·有客慨然谈功名因追念少年时事戏作》),乃出于被迫,非所心甘。洪迈云:"使遭事会之来,挈中原还职方氏,彼周公瑾、谢安石事业,侯(称辛弃疾)固饶为之。此志未偿,因自诡放浪林泉,从老农学稼,无亦大不可欤?"(《稼轩记》)可谓深知稼轩者。以"自诡"说读此词,个中三昧,岂不一目了然!

昔人曾以"掉书袋"讥稼轩词,殊不知其"书袋"之中,有赤子心在,非专事"獭祭鱼"者可比。晚清著名词论家况周颐曰:"吾心为主,而书卷其辅也。书卷多,吾言尤易出耳。"(《蕙风词话》)本篇的极致,当于此处求之。

集句词本即难作,而"稼轩俱集经语,尤为不易"(清沈雄《古今词话·集句》)。从集句的角度来分析,此词"东西""长沮"二句天生七字,不劳斧削;"衡门""日之"二句原为四言八字,各删一字,拼为七言,"丘何"句原为八字,删一语尾助词即成七言,亦自然凑泊:一佳也。"衡门""日之"二句,一用原作之本意,一赋原作以新意,虽皆出《诗经》而有因有变,手法并不雷同:二佳也。"东西"句尾为"也"字,"丘何"句尾为"者"字,虚字叶韵,且俱为语气助词,物稀而贵:三佳也。通篇叙事、议论,而"日之"一句景语点缀其间,万绿丛中红一点,动人春色不须多:四佳也。 通篇为陈述句式,而"丘何"句以问作结,钟声已断,余韵袅袅:五佳也。 至于全词杂用五经,如五金熔铸而成器,五色织锦而成文,五音抑扬而成曲,浑然莫镌,佳之佳也,更不待言了。

最高楼

乞归,犬子以田产未置止我,赋此骂之。

吾衰矣。须富贵何时?富贵是危机。暂忘设醴抽身去,未曾得米弃官归。穆先生,陶县令,是吾师。

待葺个园儿名"佚老",更作个亭儿名"亦好",闲饮酒,醉吟诗。千年田换八百主,一人口插几张匙?便休休,更说甚,是和非!

词之初起，本是一种纯粹的音乐文学，但在它的发展过程中，实用功能不断扩大，许多作品已经兼备了应用文的性质。特别是到了南宋，它几乎打进了人们社会交往的各个场合，可以用来谈恋爱，可以用来交朋友，可以用来孝顺父母，可以用来联络亲戚，乃至替人做寿，给人送终，祝人新婚，贺人生子，打阔佬的秋风，拍上官的马屁……真是五花八门，无施不可。然而，写词来教训儿子，我们还是头一回见。如若编它一本"宋词之最"，这也该算一项"纪录"罢？

此词约作于宋光宗绍熙五年（1194），当时词人五十五岁，在知福州兼福建安抚使任。据词及小序可知，词人因官场失意，打算申请退休，但那些不晓事的"犬子"极力反对，（家中田地、房产还未购置齐全，老头子倒想洗手不干了，一旦他老人家呜呼哀哉，叫咱哥儿们喝西北风去？）于是词人便作了这词去怼他们。

"吾衰矣。须富贵何时？富贵是危机。"由于"犬子"们劝阻自己退休的充足理由是官做得还不够大，薪俸级别还不够高，一句话，还不够"富贵"，因此，词人首先抓住"富贵"这两个字来做文章，打开窗户说亮话，张口便道：我老啦，干不动啦，等"富贵"要等到哪一天呢？接下去改用让步性语气，以退为进：就算能挨到"富贵"的那一天又怎样？"富贵"是好耍子的吗？爬得高，跌得重，危险得很哪！

起三句看似肆口而成，其实字字都有来历。

"吾衰矣"出自《论语·述而》:"子曰:'甚矣吾衰也。'"

"须富贵何时"出自《汉书·杨恽传》杨恽报孙会宗书:"人生行乐耳,须富贵何时?"

"富贵是危机"见于《晋书·诸葛长民传》。东晋末年,诸葛长民官至都督豫州扬州之六郡诸军事、豫州刺史,领淮南太守,权倾一时。他贪婪奢侈,多聚珍宝美女,大建府第宅院。然而显赫的富贵并没有给他带来多少安乐,相反,由于时时担心遭到杀身之祸,连觉也睡不安稳,竟至一月中有十几夜做噩梦,惊起跳踉,如与人厮打。他曾叹息说:"贫贱常思富贵,富贵必履危机。"后来果然为掌控东晋军政实际权力的太尉刘裕所杀。词人袭用其语,可见对这样的历史教训感触很深。

那么,怎样才是远祸全身的上上之策呢? 只有急流勇退,及时辞官归隐。于是,下文便拈出一个正面典型来和诸葛长民作对比。

《汉书·楚元王传》记载,汉高祖刘邦之弟刘交封楚王,以穆生、白生、申公等三人为中大夫,礼遇十分恭敬。穆生不喜欢喝酒,刘交开宴时,特地为他"设醴"(摆上度数不太高的甜酒)。后来刘交的孙子刘戊为王,有次忘了为穆生设醴,穆生退而言道:我该走了。醴酒不设,说明王爷已开始怠慢,再不走,就将获罪遭殃。于是,便称病去职。穆生走后,刘戊日渐淫暴,白生、申公劝谏无效,反被罚作苦役,真个应验了穆生的预言。"暂忘设醴抽身去"句,即咏此事。

因说穆生，连类而及，又带出另一位先哲来，那就是在彭泽县令任上不肯为五斗米折腰，弃官而归隐田园的陶渊明："未曾得米弃官归。"揣测词人的作意，请陶渊明到场本是为了应付格律。——此处例须对仗，故不能让"穆先生"落单，一定得给他找位"傧相"；但"陶县令"弃官的动因与"穆先生"又不尽相同，他的拂衣而去，还包含着"安能摧眉折腰事权贵，使我不得开心颜"的成分。于是，他的出场就给词意增添了一项新的内容，其作用又不仅仅是给"穆先生"当陪衬了。

总而言之，词人将这两位高士悬为自己的师范，用意十分显豁："富而可求也，虽执鞭之士，吾亦为之。如不可求，从吾所好。"（孔子语，见《论语·述而》篇。）朝廷对我既不怎么信任，再干下去只怕祸不旋踵而至，还有什么"富贵"可言？更何况，牺牲自己的人格和人的尊严去博取"富贵"，代价也未免太大。这"富贵"求不得，老夫拿定主意要归隐了。

过片后四句，"待葺个园儿名'佚老'，更作个亭儿名'亦好'"云云，承接上文，谈自己退休后的打算：辟它一处花园，建它一座亭阁。闲下来作甚？喝酒。喝醉了作甚？写诗。优哉游哉，岂不快哉！

"闲饮酒，醉吟诗"为短句流水对，只寥寥六字，两组连续性的动态画面，便写尽了理想中的隐居生活情趣，无限神往，都在言外了。

还不可忽过"佚老""亦好"二辞。"老""好"相叶,是辅韵,与"时""机""归""师""诗""匙""非"等主韵共同构成本调的平仄韵错叶格,有声情摇曳之美,此其一。 其二,四字俱有出典。"佚老"见《庄子·大宗师》:"夫大块载我以形,劳我以生,佚我以老,息我以死。"盖谓人生碌碌,只有老来才得安逸("佚",同"逸")。"亦好"语出唐人戎昱《长安秋夕》诗:"远客归去来,在家贫亦好。"即今俗话所谓"金窝银窝,不如自己家的草窝"。 词人欲以"佚老""亦好"命名园、亭,虽不直说颐养天年,安贫乐道,而自珍桑榆,不慕金紫之意,已自曲曲传出,更有韵味深长之妙。

然而,词人自己是安贫了,其奈"犬子"不"安"何? 不可不给以当头棒喝。 于是又折回词笔来训儿子:

"千年田换八百主"——多置田产,又有何用? 适足害你们弟兄几个成为"败家子"而已!

"一人口插几张匙"——一个人有几张嘴,插得下许多调羹? 家有薄田几亩,还不够你们粗茶淡饭吗?

"便休休,更说甚,是和非"——吓! 给我住嘴吧,别再说三道四了!

如果说上文还带有若干书卷气,不够家常的话,那么最后这一段真可谓口角生风,活脱脱是老子骂儿子的现场录音,写神了,写绝了!

值得一提的是,"千年"二句虽用俚语,却仍有宋人载籍可以参证。

"千年田换八百主",见北宋释道原《景德传灯录》卷十一载五代时韶州灵树院如敏禅师语。僧问:"如何是和尚家风?"师云:"千年田八百主。"僧云:"如何是千年田八百主?"师云:"郎当屋舍勿(没)人修。"这类话头,再早些还可追溯到唐代王梵志诗:"年老造新舍,鬼来拍手笑。身得暂时坐,死后他人卖。千年换百主,各自循环改。前死后人坐,本主何相(厢)在?"

"一人口插几张匙",范成大《石湖居士诗集》卷二六《丙午新正书怀》十首其四(穷巷闲门本阒然)曰:"口不两匙休足谷。"自注:"吴谚曰:'一口不能着两匙。'"

用俗语隐栝入律,且对仗工稳,尤为难得。词人伎俩,真不可测!

这首词,既具备历史的思辨,又富有人生的哲理;既充满着书斋睿智,又洋溢着生活气息;亦庄亦谐,亦雅亦俚;庄而不病于迂腐,谐而不阑入油滑;雅是通俗的雅,俚是规范的俚:在在显示出词人胸襟之大,见识之高,性格之爽,学养之深,在在显示出词人具有驾驭各种不同类型语言艺术的非凡能力。

辛弃疾尤善用典和化用前人成句,本篇又是一个突出的范例。"吾衰"句用《论语》,是经。"须富"句、"暂忘"句用《汉书》,"富贵"句用《晋书》,是史。"佚老"用《庄子》,是子。"亦好"用唐诗,是集。——一首之中,四部都用遍了。就时代言,从春秋、战国、汉、晋、唐、五代一直用到宋。就文体言,自诗、文一直用到和尚语录、民间谣谚。就用法言,或整用成句,或提炼文意,或增减字面,或翻换言语。词人于此道,真达到了炉火纯青、出神入化的地步!

有宋一代,封建帝王用较优厚的经济待遇来笼络文武官员,换取他们的忠勤服务。因此,官僚地主置田庄,营第宅,蓄家妓,奢靡之风盛极一时。而当时城市商业经济的发达,色情业的畸形繁荣,又大大刺激了纨绔子弟们的消费欲望,把他们的胃口吊得很高。红烛呼卢,千缗买笑,在"销金锅"里荡尽了祖产的不肖子孙滔滔皆是。"君子之泽"往往二世、三世而斩,不待五世了。

北宋沈括《梦溪笔谈》卷九《人事》记载了一个发人深省的故事:将军郭进新建府第落成,大开筵席,不但请木工瓦匠与宴,而且让他们坐在自家子弟们的上首。有人问道:公子们怎好与匠人为伍呢?郭进指着工匠们说:这是造房子的。又指着子弟们说:这是卖房子的,当然应该坐在下风。郭进死后不久,府第果然落入他人之手。

郭进者流,看问题不可谓不透彻,做事情不可谓不通达。然而有先见之明如此,又何必建府第?既建之矣,又为何不能对子弟们严加管教,使之成器?相比之下,词人能够不措意于营置田产,且当"犬子"们嘟嘟嚷嚷时乃能赋词骂之,在家庭教育方面,他可比郭进们高明多了。这在封建时代固然难能可贵,即使对于今天的人们来说,恐怕也有一定的教育意义吧?

卜算子·漫 兴

千古李将军,夺得胡儿马。李蔡为人在下中,却是封侯者。

芸草去陈根,笕竹添新瓦。万一朝家举力田,舍我其谁也?

据邓广铭先生《稼轩词编年笺注》考证，此词约作于宋光宗绍熙五年（1194）至宁宗嘉泰二年（1202）间，其时辛弃疾因遭谏官攻击，被罢去了知福州兼福建安抚使的差遣，隐居在江西铅山县期思渡附近的瓢泉别墅。

题曰"漫兴"，是罢官归田园居后的自我解嘲之作，看似漫不经心，肆口而成，实则胸中有郁积，腹中有学养，一触即发，一发便妙，不可以寻常率笔目之。

全词通篇都是在发政治牢骚，但上下两片的表现形式互不相同。

上片用典，全从《史记·李将军列传》化出，借古人之酒杯，浇自己之块垒。

"千古李将军，夺得胡儿马。"西汉名将李广四十余年中与匈奴大小七十余战，英名远播，被匈奴人称为"飞将军"。小令篇幅有限，不可能悉数罗列这位英雄的传奇故事，因此词人只剪取了史传中最精彩的一个断片：汉武帝元光六年（前129），李广以卫尉为将军，出雁门击匈奴。匈奴兵多，广军败被擒。匈奴人见广伤病，遂于两马间设绳网，使广卧网中。行十余里，广佯死，窥见其旁有一胡儿（匈奴少年）骑的是快马，乃腾跃而上，推堕胡儿，取其弓，鞭马南驰数十里归汉。匈奴数百骑追之，广引弓射杀追骑若干，终于脱险。斯人于败军之际尚且神勇如此，当其大捷之时，英武又将如何？司马迁将此事写入史传，可谓善传英雄之神。词人独取此事入词，也称得上会抢特写镜头。

"李蔡为人在下中，却是封侯者。"《史记》叙李广事，曾以其堂弟李蔡作为反衬。词人即不假外求，一并拈来。蔡起初与广俱事汉文帝。景帝时，蔡积功劳官至二千石（郡守）。武帝时，官至代国相。元朔五年（前124）为轻车将军，从大将军卫青击匈奴右贤王，有功封乐安侯。元狩二年（前121）为丞相。他人材平庸，属于下等里的中等，名声远不及广，但却封列侯，位至三公。词人这里特别强调李蔡的"为人在下中""却是封侯者"，一"却"字尤当重读并仔细玩味，上文略去了的重要内容——李广为人在上上，却终生不得封侯，全由此一字反跌出来，笔墨何等经济！

四句只推出李广、李蔡两个人物，无须辞费，"蝉翼为重，千钧为轻；黄钟毁弃，瓦釜雷鸣"（《楚辞·卜居》）的慨叹已然溢出言表。按词人年轻时投身于耿京所领导的北方抗金义军，在耿京遇害、义军瓦解的危难之际，他亲率数十骑突入驻扎着五万金兵的大营，生擒叛徒张安国，渡淮南归，献俘行在，其勇武本不在李广之下；南归后又献《十论》《九议》，屡陈北伐中原的方针大计，表现出管仲、乐毅、诸葛武侯之才，其韬略更非李广之所能及。然而，"古来材大难为用"（杜甫《古柏行》），如此文武双全的将相之具，竟备受嫌猜，迭遭贬黜，时被投闲置散。这怎不令人寒心！因此，词中的李广，实是词人的自我写照；为李广鸣不平只是表面文章，真正的矛头是冲着那妍媸不分的南宋统治集团来的。

下片写实，就目前的田园生活抒发感慨，一肚皮不合时宜，都托之于诙谐。

"芸草去陈根，笕竹添新瓦。"二句对仗，工整清新。上下文皆散句，于此安排一联俪句，其精彩如宝带在腰。"芸"，通"耘"。"笕"，本义是屋檐上承接雨水的竹槽，此处用作动词，谓截断竹管，剖作屋瓦。既根除园中杂草，又葺理乡间住宅，词人似乎准备长期在此经营农庄，做"粮食生产专业户"了。于是乃逗出结二句："万一朝家举力田，舍我其谁也？""朝家"，即"朝廷"。"力田"，古代乡官名，掌管农事。两汉时行推荐制，凡努力耕作、成绩显著者，可由地方官推举担任"力田"之职。二句是说：有朝一日恢复汉代官制，选举"力田"，看来是非我莫属了！话说得极风趣，不愧幽默大师，然而明眼人一望即知，这是含着泪的笑，其骨子里正不知有多少辛酸苦辣。"舍我"句本出《孟子·公孙丑下》。孟子曰："如欲平治天下，当今之世，舍我其谁也？"虽大言不惭，却充满着高度的政治自信心和历史责任感，何其壮也！到得词人手中，一经抽换前提，自负也就变成了自嘲。尽管词人曾说过"人生在勤，当以力田为先"（见《宋史·辛弃疾传》）的话，并不以稼穑为耻，但他平生之志，毕竟还在做一番轰轰烈烈的大事业，旌旗万夫，挥师北伐，"了却君王天下事，赢得生前身后名"（《破阵子·为陈同父赋壮词以寄》）啊！岂仅仅满足于做一"农业劳动模范"呢？读到这最后两句，我们真不禁要替词人发出

"骥垂两耳兮服盐车"（汉贾谊《吊屈原赋》）的叹息了。南宋萎靡不振，始困于金，终亡于元，非时无英雄能挽狂澜于既倒，实皆埋没蒿莱之中，不能尽骋其长才。千载下每思及此，辄令人扼腕。唯一切封建王朝，莫不有此，盛衰异时，程度不同而已。稼轩此词的认识价值，就在这一方面。

本篇上片使事，就技法而言为曲笔，但从语意上来看则是正面文章；下片直寻，就技法而言为正笔，但从语意上来看却是在说反话。一为"曲中直"，一为"直中曲"，对映成趣，相得益彰。又上片"李蔡为人在下中"、下片"舍我其谁也"，皆整用古文成句（前句，《史记》原文是"蔡为人在下中"，词人仅补出一原文承前省略了的"李"字），一出于史，一出于经，都恰到好处。后句与"万一朝家举力田"这样的荒诞语相搭配，尤谑而妙不可言。格律派词论家视"经、史中生硬字面"为词中大忌（见宋沈义父《乐府指迷·清真词所以冠绝》），殊不知艺术中自有辩证法在，腐朽可化神奇，只要用得其所，经、史中文句不但可以入词，甚且可以作到全词即赖此生辉。本篇就是一个雄辩的例证。

此前，词人隐居江西上饶带湖之时，就曾作过一篇与此内容大致相同的《八声甘州·夜读〈李广传〉》。该词为长调，末云："汉开边、功名万里，甚当时健者也曾闲？纱窗外，斜风细雨，一阵轻寒。"风格颇见苍凉。本篇则为小令，心境之悲愤不殊，却呈现出旷达乃至玩世不恭的外观。

这充分说明，艺术大匠在构思和创作同题材的作品时，非特耻于蹈袭前人，并且不屑重复自己，无怪乎他们的笔下总是充满着五光十色。

西江月·夜行黄沙道中

　　明月别枝惊鹊,清风半夜鸣蝉。稻花香里说丰年。听取蛙声一片。

　　七八个星天外,两三点雨山前。旧时茅店社林边。路转溪桥忽见。

南宋孝宗淳熙八年（1181）至光宗绍熙三年（1192），词人罢官闲居信州上饶（今属江西）凡十余年，时当42—52岁。这首小词即作于此期间。"黄沙"即黄沙岭，在上饶西。

"明月别枝惊鹊"，苏轼《杭州牡丹开时仆犹在常润周令作诗见寄次其韵复次一首送赴阙》诗其二曰："月明惊鹊未安枝。"可参看。别枝，树木主干外斜生的枝条。

"听取"，是"试听取"的语气，即"请听"。

"七八个星天外，两三点雨山前"，化用唐卢延让《松寺》诗："两三条电欲为雨，七八个星犹在天。"

"旧时茅店社林边，路转溪桥忽见"，是说过了溪水上的小桥，转了个弯，社林边旧有的那个小客店忽然在望了。"茅店"，茅草盖顶的乡村旅店。"社林"，土神祠庙所属的树林。"见"，同"现"，出现。作看见之"见"解，也可通。

本篇按此词调的习惯做法，上下阕前半用对仗，后半用散句。全篇用一部韵平仄通押，韵脚是"蝉"（平）、"年"（平）、"片"（仄）、"前"（平）、"边"（平）、"见"（仄）。

读着这首轻快活泼的小词，我们仿佛被作者带到了朦胧月色中的旷野，只觉清风习习，迎面拂来。上下阕前二句写鹊影蝉声、星光雨滴，固然盈手如掬，倾耳可闻；而两阕的后半部分，诗趣苞含，更耐人寻味。稻花香里，酝酿着丰收，词人为之欣喜，却不露声色，转借一片欢快的蛙语代为诉说，你看妙也不妙？趱行入夜，人困马乏，自然很想找个地方落脚歇宿。此意如照实述说，不免有损前文闲适、愉悦的氛围。词人聪明地选择了昔日曾经住过的乡村小客店忽然出现在眼前的那一瞬间，仍从欣喜一面着笔，这就保持了全词情调的统一和谐。且这欣喜也不是直截了当地诉诸读者，而是通过"旧时""忽见"之类寻常字眼，使那"茅店"显得既熟悉又陌生，使它的出现既在情理之中又在意想之外。如此则虽然平平道来，不加任何摄有感情色彩的词语，但词人那份惊喜的神态，却呼之欲出，宛然若见。

　　祖国的大好河山，不仅仅在风景名胜。即便是再寻常也不过的乡村、原野，只要有月亮，有星星，有蝉唱，有蛙鼓，有劳动，有丰收，就是生活，就是惊喜。美，原来可以那么朴实，那么简单，那么纯净！

沁园春·灵山齐庵赋时筑偃湖未成

叠嶂西驰,万马回旋,众山欲东。正惊湍直下,跳珠倒溅;小桥横截,缺月初弓。老合投闲,天教多事,检校长身十万松。吾庐小,在龙蛇影外,风雨声中。

争先见面重重。看爽气朝来三数峰。似谢家子弟,衣冠磊落;相如庭户,车骑雍容。我觉其间,雄深雅健,如对文章太史公。新堤路,问偃湖何日,烟水濛濛。

此词约作于宁宗庆元二年（1196）前后，当时词人56岁左右，罢官闲居今江西上饶。 灵山，在上饶西北。 齐庵，灵山中的一处胜境。 偃湖，当时山中正在修筑的一个水库。

"叠嶂"三句，形容巍峨群山如万马狂奔，先一路向西，最后又折转过来，要向东反扑。 东，用作动词，向东行进。

"正惊湍"四句，谓湍急的涧水从高处直泻而下，冲击着山石，水花如珍珠弹跳溅起；小桥拦腰横截涧上，侧影弯似初弦的月亮。 弓，用作动词，指呈现为弓状的弧形。

"老合"三句，是说我老了，合该被朝廷罢官，置于闲散；可老天爷偏让我多事，来管这片松林。 牢骚语，却出之以幽默。

"吾庐"二句，有取于宋石延年《古松》诗"影摇千尺龙蛇动，声撼半天风雨寒"。 松树枝干夭矫，树皮斑驳块裂如鳞片，形似龙蛇；松涛听起来像风雨交加，故以为喻。 吾庐，我的小屋，指其山中别墅。

"争先"二句，谓晨起看山，云雾开处，群峰争先恐后地露面，清爽之气向人扑来。《世说新语·简傲》篇载，东晋时，王徽之在车骑将军桓冲手下当参军（将军的幕僚），桓冲对他说，打算关照他，让他升官。 他却不答理，眼睛望着高处说："西山朝来，致有爽气。"辛词即从王徽之语化出。

以下七句，密集借用各种人文典故来赞美群峰。 谢家是东晋及南朝首屈一指的名门望族。 谢家的青年男子，多风流倜傥，仪表出众（磊落，指形象俊伟）。 相如，汉代著名文学家司马相如。《史记·司马相如列传》载其客游临邛（今四川邛崃），"从车骑，雍容闲雅甚都"（有车马随从，气度从容大方，人也标致丰美）。 对，面对。 太史公，指汉代著名史学家司马迁。 他曾任太史公（主管记载史事、编纂史书的官员）。 唐代韩愈赞美柳宗元的文章"雄深雅健，似司马子长"（司马迁字子长），见《新唐书·柳宗元传》。

"新堤路"三句，谓走在新堤上，很关心偃湖蓄水工程何时才能竣工，好让山间平添一番烟水濛濛的新景致。

本篇是辛弃疾山水词中的精品。 起三句用奔腾旋折的万马来状写群山磅礴回转的气势，化静为动，先声夺人。 下片采取博喻手法，叠用谢家子弟、相如车骑、太史公文章等一连串比拟句为姿态横生的林峦传神写照，使得自然景观也染上了人文色彩。 历来的文学作品多以山喻人，辛词反过来以人喻山，便有"熟悉的陌生感"这样一种美学效果。 全篇重在写山，于水着墨不多，仅上片中、下片末两处稍作点缀。但一为溪涧，一为湖泊；一出于纪实，一出于虚想；一以险急跳荡见奇，一以平缓潋滟称胜：亦相映成趣。 模山范水之外，作者也没有忘记写人。"检校长身十万松"七字，见出词人的将军本色。 即便是解甲归田了，看到魁梧密集的长松茂林，他仍情不自禁地联想而及自己往日统帅过的精兵悍将。然而如今所能管领的，只有这无知的林木了。 戏谑的言语背后，又潜藏着一片悲凉。 可见他英雄失路的愤懑不平，并未能消释在山光水色之中。 这是他的山水词与忘怀世事的高人逸士的山水诗词在"质"上的根本区别。

[宋] 程珌

程珌（1164—1242），字怀古，号洺水遗民，徽州休宁（今属安徽）人。十岁时作《咏冰》诗，有"莫言此物浑无用，曾向滹沱渡汉兵"之句，出语惊人。宋光宗绍熙四年（1193）进士，主考官见其文，称之为"天下奇才"。历事光宗、宁宗、理宗三朝，在京累官至翰林学士、知制诰，在外差遣终于知福州（今属福建）兼福建安抚使。立朝以经时济世自任，尝上疏论备边、蠲税，拳拳于国计民瘼。著有《洺水集》。今存词四十首，集名《洺水词》，作风出入于苏轼、辛弃疾之间。

沁园春·读《史记》有感

试课阳坡，春后添栽，多少杉松。正桃坞昼浓，云溪风软，从容延叩，太史丞公：底事越人，见垣一壁，比过秦关遽失瞳？江神吏，灵能脱罟，不发卫平蒙？

休言唐举无功，更休笑丘轲自陋穷。算汨罗醒处，元来醉里；真敫假孟，毕竟谁封？太史亡言，床头酿熟，人在晴岚烟霭中。新堤路，喜樛枝鳞角，夭矫苍龙。

【注释】

课：核检。

延叩：延请、叩问。

太史丞公：按《汉书·百官公卿表》，史官有太史令、太史丞。司马迁曾任太史令，而非丞。此处当系词人误记，或为调声律而故改。

底事：为何。

见垣一壁：垣，墙。一壁，另一方，另一面。

比过秦关遽失瞳：比，及至。秦关，指函谷关，是自东方入秦的必由之路。遽，立即。失瞳，眼目失灵。

江神吏：据《史记》文义，"吏"当是"使"字形讹。

罟：渔网。

发蒙：启发蒙昧。按《史记·龟策列传》非司马迁原著，实为汉褚少孙补述。词人未必不知，其所以叩问司马迁，或是为了行文的需要，读者似不必以文害意。

阢穷：困厄不逢于时。

算汨罗醒处：算，盘算来。汨罗，汨罗江，为湘江支流，在今湖南东北部，屈原自沉于此。这里用以指代屈原。处，时。

元来：原来。

谁封：封谁。

亡：无。

床头酿熟：床，糟床，榨酒器具。酿，酿造中的酒。辛弃疾《清平乐·检校山园书所见》："白酒床头初熟。"

岚：山林中的雾气。

樛枝：弯曲绞结的树枝。

天矫苍龙：陆游《双松》诗："东冈矢矫两苍龙。"

读《史记》有感——这标题真是大得吓人！虾蟆吃天，且看他如何下口："试课阳坡，春后添栽，多少杉松。"——谁也想不到，本篇竟会是这样一个开头：词人优哉游哉，踱到自家庄园的南山坡上来核检开春后新栽树木的棵数了。此情此景，实即辛弃疾同调词《灵山齐庵赋》中之所谓"老合投闲，天教多事，检校长身十万松"，见出作者此时也已告老还乡。但这和读《史记》有什么关系？让我们耐着性子再往下看：

"正桃坞昼浓，云溪风软，从容延叩，太史丞公。"——啊，原来在这之前词人确曾研读《史记》来着，不但读了，而且还有许多感想，这不，他乘着春光明媚，东风和软，悠到桃花坞前、白云溪畔，找司马迁"请教"来了。且慢！找司马迁？司马迁早死了八百辈子了，挨得着吗？当然挨得着。这就叫文学艺术。君不见今人创作之荒诞川剧《潘金莲》乎？想那托尔斯泰笔下的安娜·卡列尼娜，尚能从遥远的俄罗斯飞到我山东阳谷县来，为她的异国姊妹、武大家的媳妇儿打抱不平；这程怀古先生不过要见见本国的先贤司马太史，既无须办护照，更不必跑签证，又有何不可？一笑。其实在这首词中，词人只不过把眼前的深邃山林看作司马迁罢了。同上引辛弃疾词就有"争先见面重重，看爽气朝来三数峰。……我觉其间，雄深雅健，如对文章太史公"的形象比喻,程词仍由此生发而出。

词人究竟向司马迁叩问了些什么呢?

其一:"底事越人,见垣一壁,比过秦关遽失瞳?"——《史记·扁鹊仓公列传》载春秋时名医秦越人服了神人长桑君给的灵丹妙药,从此能"视见垣一方人",即隔墙见人。靠着这双神眼,为人看病,尽见五脏症结之所在。后入秦都咸阳,秦太医令李醯自知医术不如,遂使人刺杀之。对此,词人质疑道:越人既能洞察他人肺腑,为什么看不出李醯有谋杀他的用心?难道说他的X光透视眼一入秦国便不灵了吗?

其二:"江神吏,灵能脱罟,不发卫平蒙?"——《史记·龟策列传》载长江神龟出使黄河,中途被宋国的渔人用网捕获。龟乃托梦给宋元王,向他求救。王遣使者自渔人处求得此龟,正要放生,宋博士卫平却说此龟乃天下之宝,不可轻易放过。于是元王便剥龟甲为占卜之具。这个故事,词人认为也难以置信:龟为江神使者,其神异乃能托梦给元王,从而逃脱渔人之网,却为何不能令卫平开窍,使自己免遭杀身之祸?

如此叩问,真是闻所未闻!这哪是什么"请教"?套用一句大白话,诚所谓"一根筷子吃藕——专挑眼儿"。《史记》能够这样去读吗?其实,以上二问,不过是词人抖出的两段"包袱",无非是"近来始觉古人书,信着全无是处"(辛弃疾《西江月·遣兴》)的意思,实质性问题还在下片。

"休言唐举无功,更休笑丘轲自阨穷。"——战国时,燕国人蔡泽四处干谒诸侯,皆不见用,遂请唐举相面。唐举见其形象奇丑而戏笑之。但蔡泽自信必能富贵,并不因此而沮丧,乃继续游说不已,后终得秦昭王赏识,拜为丞相。事见《史记·范雎蔡泽列传》。与蔡泽相比,孔丘、孟轲的运气要糟得多,他们周游列国,竭力宣传自己的政治主张,却一事无成,只好退而著书。见《史记》中的《孔子世家》及《孟子荀卿列传》。读了上述几篇人物传记,词人的感想是:不要因为蔡泽的富贵而去评说唐举的相面术没有功效,更不要由于孔、孟的困穷而去笑话他们缺乏能耐。一言以蔽之,政治上的显达也罢,沉沦也罢,都不值得关注。此话怎讲?待我们读了下面几句再说。

"算汨罗醒处,元来醉里;真敖假孟,毕竟谁封?"——《史记·屈原贾生列传》载屈原忠于楚国,直言极谏,先后遭到怀王、顷襄王的放逐。他披发行吟于洞庭湖畔,颜色憔悴,形容枯槁,有渔父问其何故至此,他答道:"举世混浊而我独清,众人皆醉而我独醒,是以见放。"又《滑稽列传》载春秋时楚国贤相孙叔敖为官廉洁,死后家无余财,其子只好靠背柴度日,于是滑稽演员优孟便装扮成孙叔敖模样,往见楚庄王。王大惊,以为孙叔敖复生,欲以为相。优孟诈言回家与妻子商议,三日后答复庄王说:妇言楚相不足为。孙叔敖为楚相,尽忠为廉以治楚国,使楚王得以称霸诸侯,但他死后,儿子却没有立锥之地。与其做孙叔敖,还不如自杀呢。庄王闻言大惭,遂赐孙叔敖之子封地四百户。四句语意紧承上文,略谓:细细想来,屈原自以为清醒,其实这正说明他的沉醉,因为他还没有看破红尘,还执着于政治啊!从政有什么意思?君王们向来妍媸不分。请看,真孙叔敖和假孙叔敖,楚王到底封的是谁吧!读到这里,我们总算恍然大悟了:词人并非真的在和司马迁抬杠,正相反,他是把司马迁看作同调,在向那牢骚满腹的太史公倾吐自己的满腹牢骚呢。读其《洺水词》中《水调歌头·登甘露寺多景楼望淮有感》诸篇,可知词人是抗金主战的爱国之士;观《洺水集》里论备边、蠲税诸疏,又可知其拳拳于国计民瘼,是立朝以经时济世自任的名臣;及览《宋史》本传,更可知他晚年因受奸相史弥远的猜忌,无法施展自己的政治才干,因此屡请退休养老。知人论世,我们不难理解词人读《史记》时何以会有这样的感慨。

作者的问题业已提尽,牢骚也都发完,现在该轮到司马迁作答了。可是——"太史亡言,床头酿熟,人在晴岚烟霭中。"——那太史公竟然不赞一辞!是被词人问得哑口无言,还是对词人的"高论"表示默许?或者,两方面兼而有之?这些都不必深究,反正词人想说的话俱已说出,可以从精神苦闷中自我解脱了。家酿新成,正堪痛饮;山林晴好,不妨优游。于是作者勒回野马般的思绪,依旧去检阅自家的杉松。

"新堤路,喜樛枝鳞角,夭矫苍龙。"——看,那新堤路上枝干弯曲绞结的松木，树皮如鱼鳞，丫杈似虬角，形状像夭矫的苍龙，多么可爱！词人终于在人与大自然的和谐中暂时平息了对于世事的不平之鸣。

这首词，以记叙文的笔法写议论文的题材，把易流于呆板的内容写得极其活泼；以旷达的笔调写愤懑的心胸，把易失之浅露的情怀写得十分深敛。笔力遒劲，笔势飞舞，笔锋犀利，笔墨停匀。以叙事起，以绘景结，缓缓步入，徐徐引去，而中间说理，过片不变，反复论难，纵横捭阖，结构奇特，章法别致，波澜迭起，妙趣横生，确能使人耳目一新。《四库全书总目提要·洺水集》谓程珌"诗词皆不甚擅长"，就总体而论是公允的，但三流作家有时也能写出一两篇质量较高的作品来，操选政者宜披沙简金，勿使有遗珠之憾。

[宋] 刘克庄

刘克庄（1187—1269），字潜夫，号后村居士，兴化军莆田（今属福建）人。年少时日诵万言，作文不起草，援笔立就。以门荫入仕。历事宋宁宗、理宗两朝，官至权工部尚书兼侍读。卒年八十三岁，谥"文定"。他一生忠直，爱国忧民，但屡遭权臣排挤，多次被罢官。学问充积，文名卓著，有《后村先生大全集》。今存词一百三十余首，有《后村诗余》《后村别调》等不同名目版本。所作多议论国家大事，反映社会现实，鼓吹抗金抗蒙，关心人民疾苦。词风豪迈奔逸，刚健疏朗，壮语足以立懦，雄力足以排奡。但粗犷有余，精练不足，未能如稼轩词之浑化。他和刘过、刘辰翁并称"三刘"，是南宋后期重要的爱国词人。

木兰花慢·渔父词

海滨蓑笠叟，驼背曲，鹤形臞。定不是凡人，古来贤哲，多隐于渔。任公子，龙伯氏，思量来岛大上钩鱼。又说巨鳌吞饵，牵翻员峤方壶。

磻溪老子雪眉须，肘后有丹书。被西伯载归，营丘茅土，牧野檀车。世间久无是事，问苔矶痴坐待谁欤？只怕先生渴睡，钓竿拂着珊瑚。

【注释】

茅土：古帝王社祭（祭土地神）之坛以五色土筑成，东方青，南方赤，西方白，北方黑，中央黄。分封诸侯时，即以茅草包裹与所封之地方位相对应的色土而授之。

牧野檀车：《诗·大雅·大明》叙武王伐纣事有"牧野洋洋，檀车煌煌"句。檀车，檀木之车，谓周军之战车。檀，坚木也。按时间顺序，此句当在"营丘茅土"句前，为叶韵故倒置。

"渔父"之咏，篇什多矣，古往今来，何可胜数。其中最著名、最有代表性的作品，笔者私意以为当推唐人张志和的《渔父》（西塞山前白鹭飞）与柳宗元的《江雪》（千山鸟飞绝）。"青箬笠，绿蓑衣，斜风细雨不须归"，此道家之辞也。其声情舒缓平和，如行云流水，表现了作者的超尘绝俗，与世无争。"孤舟蓑笠翁，独钓寒江雪"，此儒家之辞也。其声情拗怒激越，如敲金击石，表现了作者的愤世嫉俗，与时抗争。然而"出世"也罢，"入世"也罢，他们笔下的"渔父"都是自我形象与人格的写照。这一点并无二致。

刘克庄此词也咏"渔父"，但却不是给自己画像。他只是借题发挥，以漫画式的笔法，小品文式的笔调，对社会现实进行政治讽刺。与张词、柳诗相较，别是一番风趣。无以名之，姑称其为"滑稽家之辞"罢。

起句"海滨蓑笠叟"五字，出地出人，有熟有新。历来诗词所咏"渔父"或钓于溪，或钓于潭，或钓于湖泽，或钓于江河，钓于海者实不多见：此其新处。（因钓于海，后面乃生出许多热闹文字来。）蓑衣笠帽，"渔父"最基本之"工作服"，前人凡咏"渔父"，例多配套"发放"，本篇亦不加"克扣"：此其熟处。"驼背曲，鹤形臞"二句承上，以三字短联具体刻画"渔父"形象，其背既曲如驼，其躯又瘦似鹤。借助一禽一兽，活现出一干瘪老儿，颇有调侃的意味。不待挤眉弄眼，只这一副尊容，读者先就要忍俊不禁。然笑未落音，忽听词人又郑重其事地宣布道："定不是凡人，——古来贤哲，多隐于渔！"事后追想，那"定不是"云云，煞有介事，"此地无银"，仍是谑浪口吻；而当时乍读，犹不免叫一声"惭愧"：啊呀，却原来"圣人不可以貌相，海水不可以斗量"，失敬，失敬！但不知这公公端的有何神通，怎见得他"定不是凡人"也？欲获其详，且看下文："任公子，龙伯氏，思量来岛大上钩鱼。又说巨鳌吞饵，牵翻员峤方壶。"任公子何许人也？先秦寓言中之钓于海者也。据说他特制一竿大钩长绳，以五十头牛为饵，踞坐会稽山顶，投竿东海水中，钓得大鱼，切片晒干，令那浙江以东、苍梧（山名，即九疑山，在今湖南宁远县境）以北广大地区的居民吃倒了胃口。见《庄子·外物》。龙伯氏又何许人也？亦古代神话中之钓于海者也。相传渤海之东不知其几亿万里外有五座神山，曰岱舆、员峤、方壶、瀛洲、蓬莱，浮于海面，随潮水动荡不已。天帝恐其漂往西极，使岛上群仙流离失所，乃命十五头巨鳌轮番负载之。不料龙伯国有巨人一钩连钓六鳌而去，以致岱舆、员峤二山竟沉入海底。见《列子·汤问》。常言道："没有金刚钻，敢揽瓷器活？"这老儿若非任公子、龙伯氏一流人物，又岂敢到海边来看中了如海岛大的鱼想让它上钩？——以此知其"定不是凡人"也。好个既黠且慧的词人，读者须又吃他耍了！虽则吃他耍了，却不得不佩服他那一支神笔，忽控忽纵，似庄似谑，能令公怒，能令公喜，一段游戏文字，竟写得如此波诡云谲！

换头以后，词人才开始规规矩矩作正面文章。上片已揭出"古之贤哲，多隐于渔"的命题，而历史上第一个以渔隐名世的贤哲，非西周那位"直钩钓国"（唐罗隐《题磻溪垂钓图》诗中语）的姜太公莫属，故拈出他来作为典型。"磻溪老子雪眉须，肘后有丹书。"磻溪，在今陕西宝鸡市东南，源出南山兹谷，北流入渭水，相传太公当年即垂钓于此。肘后，犹言随身。古人随身携带书籍，每悬于肘后，故云。丹书，即古史传说中之"天书"，字色赤红，故名。《大戴礼记·武王践阼》载周武王问太公曰："黄帝、颛顼（皆古史所谓上古圣君）之道存乎？"太公答："在丹书。"三日后，奉书而入。二句言太公垂钓磻溪之时，年虽老迈，须眉皆白，却熟谙上古帝王之道，有王佐之术。"被西伯载归，营丘茅土，牧野檀车。"西伯，即周文王。文王出猎，偶遇太公垂钓于渭北，交谈之下，大为敬服，遂"载与俱归"（请他上车一同回京），立为国师。文王死后，太公辅佐武王，誓师牧野（在今河南淇县西南），讨伐纣王，灭商建周，以开国之功封于营丘(在今山东淄博市北)。见《史记·齐太公世家》。三句一句一意,高度概括了太公一生之出处大节:遭遇文王、伐纣、受封。按太公负不世之才,立非常之勋,位极人臣,名垂青史,其事迹代表着旧时代知识分子个人价值最完满的实现;这实现固有赖于个人的主观努力,但也离不开文王对他的赏识与重用。"若使当时身不遇,老了英雄!"(王安石《浪淘沙令》)即此之谓也。因而,作为一个历史人物的典型形象,在姜太公的身上,积淀了千百年来绝大多数士子们主客观双向之梦想与追求,有鉴于此,我们不难领悟到,词人所虚构的这一海滨钓叟,无非是当代乃至前世不知多少代以来一切渴望与期待见用于封建帝王之寒士们的化身。这班人个个幻想有朝一日风云际会,鲲化为鹏,抟扶摇而上者九万里,可是哪有许多周文王去让他们遇着?故词人于称述文王、太公君臣遇合之佳话后,一笔拍转,当头棒喝道:"世间久无是事,问苔矶痴坐待谁欤?只怕先生渴睡,钓竿拂着珊瑚!"似这等好事,世上已很久不曾有过了,请问先生还呆坐在长满苔藓的石矶上等候谁呢?只怕等到瞌睡虫上来,连手中渔竿也拿不稳了,看扫着海里的珊瑚礁罢!写着写着,上片之幽默又卷土重来了。尤其末句,用杜甫《送孔巢父谢病归游江东兼呈李白》诗:"诗卷长留天地间,钓竿欲拂珊瑚树。"杜诗原句本是赞美孔氏之神仙风致,词人却挪作调笑之资,死蛇活弄,与上片"任公子、龙伯氏"云云之戏用《庄子》《列子》,真有异曲同工之妙。然而,上片之幽默尚止于插科打诨，博读者一粲；此处却蕴含着深刻的思想内容，使人反省，这就在更高的层次上显示出了词人精湛的讽刺艺术。

本篇的命意，由于作者以"渔父词"题篇，词中又从头到尾都是在嘲弄一位妄想做姜太公第二的海滨钓叟，粗读之下，很容易使人得出其讽刺对象即为此渔翁所代表之某一类人（亦即上文所言之渴望与期待见用于封建帝王之寒士）的结论。这，不能不说是一种错觉。《史记·滑稽列传》中有一则故事：汉武帝之乳母因受牵连而得罪，将流放边疆。武帝所宠之倡优郭舍人教她于辞别武帝之际频频回首，作有所企盼之态。及至乳母如言照办，郭舍人乃在旁厉声骂道："咄！老婆子！还不快走？陛下已长大了，难道离了奶妈便不能活吗？还回头看什么！"你道郭舍人之骂，骂乳母耶？骂武帝耶？后村此词，正当如此读之。全篇之中，只"世间久无是事"一句为要害所在。以上"磻溪老子"云云，盖为此句蓄势；以下"问苔矶"云云，盖为此句分洪：都是围绕着它来组织词句的。或者竟可以说，倘若不是为了写出这六个字，便不会有这样一首绝妙好词了。它的矛头，分明是冲着当代乃至前世不知多少代以来一切高高在上、不思求贤的封建统治者们来的啊！

以积极浪漫主义的形式表现批判现实主义的内容，滑稽家之辞不同于寻常打油之辞，于是乎知。

摸鱼儿·海　棠

　　甚春来、冷烟凄雨，朝朝迟了芳信。蓦然作暖晴三日，又觉万姝娇困。霜点鬓。潘令老，年年不带看花分。才情减尽。怅玉局飞仙，石湖绝笔，孤负这风韵。

　　倾城色，懊恼佳人薄命。墙头岑寂谁问？东风日暮无聊赖，吹得胭脂成粉。君细认。花共酒，古来二事天尤吝。年光去迅。漫绿叶成阴，青苔满地，做得异时恨。

【注释】

年年不带看花分：别本作"不成也没看花分"。分，缘分。

老天爷像是有意和爱花的词人作对，入春以来气候反常，低温阴雨，连绵不断，已经过了花期，海棠还迟迟未开。好不容易天放晴了，蓓蕾初吐，偏又暴暖三日，娇嫩的花儿被晒得耷拉下脑袋，仿佛慵懒欲睡的小美人。词人两鬓已开始萌生出星星白发，犹如霜华点缀。他疑惑该不是由于自己日渐衰老，因而不再与花儿有缘了吧？人当老去，才思锐减，情怀也不复如昔年之健，恨无五色彩笔以歌咏海棠的丰神标格，愧对名花啊！

更使词人感到懊恼的是，海棠花也和那些命如纸薄的红颜丽姝一样，空有倾国倾城的容貌，却遇不着爱赏、卫护她们的人。你看，她们寂寞地从院墙背后探出头来，秀靥半露，可是又见谁来关怀和照拂她们呢？只有那东风于夕阳西下之时，百无聊赖之际，一味以摧花为事，吹去了她们脸上的胭脂，使她们的脸色一天天变得憔悴泛白。词人感慨万端地提请读者细心体认：名葩易萎，佳酿难熟，古往今来，这两样物事是天公最为吝啬、断不肯轻付与人的！光阴的脚步匆匆遽遽，眼看着夏天就要来临。到那时，树上固然是绿叶繁茂，再见不着海棠花的倩影；就连地上也将铺满苍苔，缤纷的落英亦且无迹可寻。绵绵此恨，还不知怎样消遣哩！

综观全词，真正扣合海棠特征的笔墨实仅有"胭脂成粉"一句：盖海棠含苞待放之时为深红色，等到花瓣舒展开来，便渐渐褪淡而至于粉红了。然而这恰是此词的长处。正因为词人咏物而不粘着于此物，所以才能够腾挪出笔来，淋漓尽致地抒发自己那一腔炽热的爱花、惜花之情，以情动人。具体地说，起首"甚春来、冷烟凄雨"一问，就有对于那"做冷欺花"（史达祖《绮罗香·咏春雨》词句）的造物主无限嗔怪之意。次句"朝朝迟了芳信"，下"朝朝"二字，更活画出花期既误之后，词人天天翘首跂足，不胜其掐指计日之焦虑的心情。以上二句，是词人爱花惜花于海棠未花之先也。继云"蓦然作暖晴三日，又觉万姝娇困"，对于初坼之花的疼惜，一如对于扶床弱步之小囡。继云"倾城色，懊恼佳人薄命。墙头岑寂谁问"，对于盛开之花的爱怜，俨然像是在为及笄未嫁的邻娃而叹息。继云"东风日暮无聊赖，吹得胭脂成粉"，对于行将凋零之花的伤感，则不啻是向韶华即逝的空闺少妇一掬同情之泪了：分三阶段写来，总是爱花惜花于海棠已花之时也。最后以"漫绿叶成阴，青苔满地，做得异时恨"作结，悬想未来，情深一往，是仍将爱花惜花于海棠无花之后也。全篇凡三层五步，循序渐进，脉络井然，一笔不懈，立体地、丰满地写尽了作者对于海棠花的钟爱深惜。吟味再三，我们这才省悟过来，前之所谓"才情减尽"云云，不过是词人的谦辞而已，他实在不曾"孤负"海棠仙子的"风韵"呢！

刘克庄是南宋后期的爱国志士，他遗世独立，耿介不群，因而颇不为当政者所喜，数遭弹劾，屡官屡罢。政治生涯中的阴晴冷暖，身所一一亲历，而于风雨如晦之时、岑寂落拓之境，经受尤多。明乎此，则其笔下的海棠何以不逢天幸、不遇真赏，便不难索解了。"似花还似非花"（苏轼《水龙吟·次韵章质夫杨花词》），她是海棠，又不纯然是海棠，嫣红腻粉中，隐隐有词人之精魂在焉，说她是作者人格化了的海棠，也许更确切吧？

词中用了好几个典故。"潘令"即晋代的文学家潘岳，曾任河阳县、怀县的县令，故称。其《秋兴赋·序》中尝谓"余春秋三十有二，始见二毛"，《赋》的正文里也有"斑鬓髟以承弁兮，素发飒以垂领"的句子，于是后世的骚人墨客屡用此事自叹衰老，至成为熟套。熟套往往使读者生厌，本来是很难讨好的，然而潘岳其人不仅以"叹老"著称，还有"爱花"的令誉，其为河阳令时，广植桃李，人称"河阳一县花"（见白居易《白氏六帖事类集》），此词既属咏花，故作者自比潘令，便有"一客不烦二主"之妙。"玉局"谓苏轼，其晚年曾提举玉局观（挂名为该道教宫观的主管官，领干薪而已）。"石湖"则是范成大的自号。这两位本朝的文豪都酷爱海棠并为她题写过脍炙人口的诗篇，如苏氏之"东风袅袅泛崇光，香雾空濛月转廊。只恐夜深花睡去，故烧高烛照红妆"（《海棠》），范氏之"低花妨帽小携筇，深浅胭脂一万重。不用高烧银烛照，暖云烘日正春浓"（《闻石湖海棠盛开亟携家过之三绝》其三），等等。咏海棠而拈出苏、范二公，较前泛用潘岳事，更为亲切、贴题。"飞仙""绝笔"云云，互文见义，总是怅恨二公仙逝，不能再奋笔为海棠传神之意。 然而词人虽自认才情不逮前贤，却终不肯搁笔自已，其于海棠之拳拳眷恋绝不在东坡、石湖之下，岂不尽见乎？合观之，一片之中，虽三见古人，但各派各的用场，"潘令"是自况，"玉局"、"石湖"是反衬，用事命笔，错落有致，读者只觉其渊雅，丝毫也不感到饾饤。 这亦是本篇的成功之处。 至于"霜点鬓"句系由李贺《还自会稽歌》"吴霜点归鬓"句浓缩而成，"东风……吹得胭脂成粉"及"绿叶成阴"云云系从杜牧《叹花》诗"狂风落尽深红色，绿树成阴子满枝"句意化出，又见出作者融铸前人诗尤其是唐诗入词的艺术功力。

[宋]赵以夫

赵以夫(1189—1256),字用父,号虚斋,福州长乐(今属福建)人。出身于赵宋皇族。宋宁宗嘉定十年(1217)进士。历事宁宗、理宗两朝,曾知邵武军(今福建邵武一带)、漳州(今属福建),皆有治绩。后历官枢密都承旨、同知枢密院事、侍读,与修国史。能词,有《虚斋乐府》。

扬州慢

琼花,唯扬州后土殿前一本。比聚八仙大率相类,而不同者有三:琼花大而瓣厚,其色淡黄,聚八仙花小而瓣薄,其色微青,不同者一也。琼花叶柔而莹泽,聚八仙叶粗而有芒,不同者二也。琼花蕊与花平,不结子而香,聚八仙蕊低于花,结子而不香,不同者三也。友人折赠数枝,云移根自鄱阳之洪氏。赋而感之。其调曰《扬州慢》。

十里春风,二分明月,蕊仙飞下琼楼。看冰花翦翦,拥碎玉成毬。想长日、云阶伫立,太真肌骨,飞燕风流。敛群芳、清丽精神,都付扬州。

雨窗数朵,梦惊回、天际香浮。似阆苑花神,怜人冷落,骑鹤来游。为问竹西风景,长空淡、烟水悠悠。又黄昏,羌管孤城,吹起新愁。

【注释】

琼花:古琼花今已绝迹。据文献记载推测,当系聚八仙之特异变种。

后土殿:后土祠之正殿。按祠始建于汉,祀地神后土,今扬州城东琼花观是其遗址。

聚八仙:一说即今之绣球花。一说花如茉莉,八朵为一簇,故名。

鄱阳之洪氏:南宋前期,鄱阳(今江西波阳)洪皓及其子洪适、洪遵、洪迈均为名宦。洪适曾总领淮东军马钱粮,扬州即淮东首府,故其有分株移植琼花之可能。此所谓洪氏,或即洪适后人。

蕊仙:道教传说天上上清宫有蕊珠宫,为仙人所居。

翦翦:整齐貌。

云阶:云阶月地,本谓天上宫阙庭阶,此指后土殿前石阶。

阆苑:神话传说中有阆风之苑,为神仙所居之苑园。

骑鹤来游:南朝梁殷芸《小说》:"有客相从,各言所志。或愿为扬州刺史,或愿多赀财,或愿骑鹤上升。其一人曰:'腰缠十万贯,骑鹤上扬州。'欲兼三者。"故后人诗词咏及扬州,每用"骑鹤"字面。此言花神自扬州骑鹤来,是活用,不必以原典拘之。

赵以夫咏花词多追求调名与主题相配合,如《金盏子》咏水仙,《天香》咏牡丹,《芙蓉月》咏木芙蓉,《秋蕊香》咏木樨(桂花),《惜黄花》咏菊,《双瑞莲》咏并蒂莲,等等。

关于此词的写作缘起,作者在小序里交代得很简单:"友人折赠(琼花)数枝……赋而感之。"平平淡淡,如此而已。不过,细心的读者应该注意到,词人说的不是"感而赋之",而是"赋而感之"! 也就是说,他最初的创作意图只是赋花,不料写着写着却生出许多感慨,索性撇开原题,竟以抒发感慨为主了。 不信吗? 那就让我们披文入情,结合对章句的串解来追踪考察一下这个变化的轨迹吧。

很明显,上片自始至终都是以第三人称咏琼花,即所谓"赋"。 看,词人将花儿拟作天上的仙女,写她告别了琼楼瑶阙,飘然降临人间;写她那洁白的花朵犹如冰花、碎玉,簇拥成球;想象她成天伫立在石阶畔,既有杨贵妃那样丰满的体态,又有赵飞燕那样绰约的风姿;赞美她摄取了世间一切草木之花的丽质清气,集于一身。 所有这些藻饰性描绘之中,似以"冰花翦翦,拥碎玉成毯"九字为最佳,笔墨省净,而形象逼真。 其次则"敛群芳、清丽精神"七字,也堪称新警。 若"蕊仙飞下琼楼"云云,虽然浪漫,无奈咏花词里类似的比喻甚多,不免落套。 至于"太真肌骨,飞燕风流"二句,呆作两譬,本身即不高明,何况这般"美人挂历"在词中泛滥成灾,一看就令人倒胃口。 量长校短,如果就照这么个水平写下去,断不会有太大的鉴赏价值。 然而换头后词人却顿入佳境,越写越妙,竟在后半篇内将作品的质量整整提高了一个等级。 其契机何在呢?

这就得从所咏之花的特殊性说起了。 宋人周密《齐东野语》卷十七云:"扬州后土祠琼花,天下无二本。 ……仁宗庆历中,尝分植禁苑,明年辄枯,遂复载还祠中,敷荣如故。 淳熙中,寿皇(孝宗)亦尝移植南内,逾年,憔悴无花,仍送还之。 其后,宦者陈源命园丁取孙枝移接聚八仙根上,遂活,然其香色则大减矣。"百花之中,像琼花这样"受命不迁""深固难徙"(屈原《橘颂》)的,再也找不出第二个来,琼花的名字,永远与扬州共其辉光! 因此,历来咏琼花者,不能不咏及扬州。 本篇也不例外。 首先所选用的词调就是《扬州慢》;其次则整个上片的背景亦是扬州。 歇拍"敛群芳、清丽精神,都付扬州"云云自不必说了;起处"十里春风,二分明月,蕊仙飞下琼楼"三句,又何尝不是紧扣调名题意,一笔双绾琼花、扬州?(杜牧《赠别》诗:"春风十里扬州路。"徐凝《忆扬州》诗:"天下三分明月夜,二分无赖是扬州。"本篇起八字即截取其中隽语,拼为一联,暗点其地。 对仗浑成,天然凑泊,极为难得。)众所周知,自隋炀帝开大运河以来,由唐至北宋,扬州都是全国最繁华的商业城市之一,又以人文荟萃而为世所羡称。 可是,金人占领北中国后,于宋高宗建炎三年(1129)、绍兴三十一年(1161)两次大举南侵,扬州都首当其冲,兵燹之酷,竟使积累达数百年之久的富庶与文明荡然无存! 罢兵了,休战了,在南宋小朝廷用屈辱换来的相对和平时期,扬州是否有条件稍稍恢复往日之经济、文化名城的旖旎风情呢? 否! 因为宋金双方以淮河中流划界的缘故,它已经成了边关,只能以军事要塞的严肃面貌出现在人们眼前。 这是多么巨大的变化啊! 作为时代的一个缩影,扬州的盛衰怎能不唤起南宋士大夫们忧国伤时的沉痛之感呢? 尽管词人之所以选用《扬州慢》的词调且兴高采烈地写下"十里春风,二分明月"的佳句，原不过是为了使他这篇"琼花赋"的题目和词牌能够做到珠联璧合，文辞能够做到渊雅华赡，并不曾注意这曲子是姜夔过扬州时自度了来抒发"黍离之悲"的，而春风明月的那个扬州早已"黄鹤一去不复返"（唐崔颢《黄鹤楼》诗）；但形式可以反作用于内容，姜夔原作强大的艺术感染力足以把词人的思绪牵往"芜城"，"扬州"二字的反复出现终会使词人感受到它所负荷的历史重量。果然，他从历史之扬州的"盛"中反观出了现实之扬州的"衰"，不禁慷慨生哀，于是掉转词笔，改用第一人称，愣将半篇未写完的"琼花赋"续成了一首"哀扬州赋"。这下片，便是词序之所谓"感"了。

然则如此岂不断了文气？词人不是笨伯，他自有办法。上片所赋，乃想象中的琼花，扬州后土祠中的琼花，昔日的琼花；眼前现放着友人折赠的数枝琼花还没有派用场，何不借她起兴？于是乎乃有"雨窗数朵，梦惊回、天际香浮"（此二句甚峭，按文义只是"雨窗梦惊回，数朵香浮天际"）。谓碎雨敲窗，将我从午梦中惊醒，只见窗前花瓶里插着几枝琼花，清香四溢，飘浮在天空。（顺手找补出上片漏写了的花香，慧！）这花是哪儿来的？直说友人所赠，话虽老实，却无诗意，且下面文章难作，故而浪漫其辞："似阆苑花神，怜人冷落，骑鹤来游。"（"阆苑花神"与上片"琼楼"、"蕊仙"犯复，不好。）啊，像是琼花之神同情我的孤独，特从扬州骑着仙鹤来鄙地一游。"花神"既从扬州来，何不向她打听打听扬州的近况呢？于是逗出下文之"为问竹西风景"。杜牧《题扬州禅智寺》诗："谁知竹西路，歌吹是扬州。"问"竹西风景"，不啻是问："扬州歌吹，今尚在否"？拙手至此，必为花神代设一辞作答。然而果真答了，便呆。好个词人，蓦地一笔宕开，顾左右而言他道："长空淡、烟水悠悠。"七字虽不着边际，却委实下得精彩。大有"多少事、欲说还休"（李清照《凤凰台上忆吹箫》）之慨，诵之令人回肠荡气，只觉无限落寞惆怅都在言外。以下剑及履及，顺势明点出此种情绪并揭橥其所从来，放笔为全篇收束："又黄昏，羌管孤城，吹起新愁。"（此三句亦甚峭，按文义只是"孤城又黄昏，羌管吹起新愁。"）"羌管孤城"四字，很容易使人联想到范仲淹《渔家傲》词里的"长烟落日孤城闭"、"羌管悠悠霜满地"。据此，则作者当时所居，是否也属边城呢？粗粗看过，三句只是直书此时此地之环境与心境，似可一览无余；及至沉吟久之，入三昧出三昧，方知它熔此时此地、彼时此地、此时彼地、彼时彼地于一炉，味极深厚。试想，"黄昏"而曰"又"，"愁"而曰"新"，则昨日、前天、上月甚至去年……不知有多少个"已是黄昏独自愁"（陆游《卜算子》咏梅词句）包含其中，非"此时"与"彼时"相同画面的多重叠印而何？此盖就纵向而言，若作横向观察，我们又可以看出，它还是"此地"与"彼地"相似图景的双影合成。细细体认，那另外的一幅照片岂不就是姜夔《扬州慢》词之"渐黄昏，清角吹寒，都在空城"？不言扬州，而扬州自见。上文悬在半空中的"竹西风景"一问,跳过悠悠烟水之隔,有意无意地在这里采用融化前人词境、调动读者联想的隐蔽方式,作了非答似答之答:昔日扬州歌吹,今已不复可闻。所得闻者,唯羌管戍角薄暮哀吟而已。吁,不亦悲夫!黄河九曲,终注于海。几经腾挪跌宕,词人因赋琼花而哀扬州而蒿目时艰的一腔沉郁苍凉之气,毕竟吐将出来了也。"气盛,则言之长短与声之高下者皆宜"(韩愈《答李翊书》)。你看他一旦有感而发,即文思泉涌,不择地而出,与山石曲折,随物赋形,遂使下片全幅浩瀚流传,无往而非佳;较以上片为文造情、趁题赋花时之思枯笔滞、凑衬敷衍、有句无篇,真不可同日而语了。

  词人爱花成癖,一生写了许多咏花词。今存《虚斋乐府》六十八首,咏花之作就有二十四首,竟超过了三分之一。但每每捃扯典故,着意描摩,贴题虽紧,格调却不甚高。唯独这首琼花词,因后半走题而遂臻绝诣,蚌病成珠,其此之谓欤?

[宋]哀长吉

哀长吉,字叔巽,又字寿之,号委顺翁,建宁府崇安(今属福建)人。宋宁宗嘉定十三年(1220)进士。曾任邵武(今属福建)主簿等职。后归隐武夷山。有《鸡肋集》。今存词六首,均见元刘应李辑《新编事文类聚翰墨大全》。

水调歌头·贺人新娶集曲名

紫陌风光好,绣阁绮罗香。相将人月圆夜,早庆贺新郎。先自少年心意,为惜殢人娇态,久俟愿成双。此夕于飞乐,共学燕归梁。

索酒子,迎仙客,醉红妆。诉衷情处,些儿好语意难忘。但愿千秋岁里,结取万年欢会,恩爱应天长。行喜长春宅,兰玉满庭芳。

【注释】

𢠢:纠缠。

俟:等待。

索酒子:唐杜甫《少年行》:"指点银瓶索酒尝。"宋曹勋《松隐乐府》有《索酒》一调,疑亦名《索酒子》。"子"为常见曲名后缀,词中此类甚多,如《渔歌子》《南柯子》《捣练子》等。在本篇中,"子"字不为义。

些儿:本义为"不多一点"。

行:行将。表示不久将来的时态。

此词是祝贺他人娶媳妇的应酬之作,格虽不高,但喜气洋溢,自有一股浓郁的生活情味。想来新人合卺之夕,当其亲朋云集、宾客满堂、举盏浮白、语笑喧哗之际,丝竹并起,歌者执檀板引吭唱此一曲,定然平添出许多的热闹。

"紫陌"二句,以"迎亲"开场。妙在并不说破,只是平列两幅场景,让读者自己去玩味。京城的大道上,风光正好;姑娘的闺阁中,罗衣飘香。——至于男家前往迎亲的一干人等如何吹吹打打,招摇而市过之;新嫁娘如何羞怯而兴奋地换上精美的嫁衣,等待着香车或花轿(南宋时谓之"迎花檐子",见吴自牧《梦粱录》卷二十《嫁娶》条)的到来,种种细节,都在言外,不语而语之。

"相将"二句,拍到自身,缴出词人以宾客身份"贺人新娶"的题意。"相将"犹言"相共"。"人月圆夜",点明这是正月十五元宵节夜。北宋王诜有《人月圆·元夜》词(宋吴曾《能改斋漫录》卷十六谓李持正作），曰："年年此夜，华灯盛照，人月圆时。"此夕天边月圆，地上人双，真是"吉日兮辰良"（《楚辞·九歌·东皇太一》），愈加可庆可贺。

"先自少年心意，为惜瀰人娇态，久俟愿成双"三句，承上"新郎"二字，转入所贺对象之正面。由"新娘"而"宾客"而"新郎"，移步换形，三方兼顾，用意十分周至。然逐层笔法又各不相同，叙新娘时于空际传神，述宾客则就实处敷色，至此言新郎，又取逆挽之势，着意找补出他早就存有青年男子对于爱情的憧憬与渴望，因为爱怜少女那亲昵缠人的娇姿媚态，对于这"树上的鸟儿成双对"的好日子企盼得很久了。佳节而结良缘，已是喜上加喜；偏此良缘又属当事人不胜跂足翘首而待者，那就更美更甜。于是水到渠成，跌出"此夕于飞乐，共学燕归梁"二句来，折回目前，绾合男女双方。《诗·邶风·燕燕》云："燕燕于飞，差池其羽。"此处借用其语，以双燕比翼齐飞，同归画梁，入巢相并，喻示这一对新人之婚姻的幸福美满。词中咏及双燕，每用以反衬恋人之孤独，如后蜀欧阳炯《献衷心》："恨不如双燕，飞舞帘栊。"南唐冯延巳《采桑子》："林间戏蝶帘间燕，各自双双。"（与"花前失却游春侣，独自寻芳"对比。）宋晏殊《蝶恋花》："罗幕轻寒，燕子双飞去。"（与"独上高楼，望尽天涯路"对比。）本篇可谓反其道而行之了。哀乐相形，其哀尤甚；乐乐同比，则其乐倍增——两种写法，各有各的妙用。

换头后五句，仍然扣紧新郎新娘，但随韵脚又分为两层。"索酒子"三句写新人行交拜礼毕饮"交杯酒"。合宋人孟元老《东京梦华录》及吴自牧《梦粱录》二著中有关记载而观之，其仪式盖由主持婚礼者命妓女执双杯，以彩缎同心结绾住盏底，而后男女双方互饮一盏，饮罢掷盏于床下，如两杯一仰一合，则为大吉大利。（或以盏一仰一覆，安放在床下，人为地造取大吉利。）此三句分属三方。"索酒"者，主持婚礼之人也。"迎仙客"之所谓"仙客"，指新郎。南朝宋刘义庆《幽明录》载汉代刘晨、阮肇入天台山，遇二仙女留为夫婿。此或用其事。"醉红妆"之应属新娘，一目了然，不必赘言了。"诉衷情处，些儿好语意难忘"二句，则按婚礼的顺序，叙小两口入洞房后，卿卿我我，倾诉心中互相爱慕之情，那些个海誓山盟，甜言蜜语，铭记于心，终生难忘。如果说新人交卺是在众目睽睽之下进行的，以之入词，可谓实录的话，那么枕边絮语就非第三者所得而闻的了，因此后两句纯属悬揣之辞。但由于词人所写的是人之常情，符合生活的真实，故显得温馨、亲切，恰到好处。

　　行文至此，新人那一方面已无可再叙，遂及时将词笔拖转回来，代表众亲朋诸宾客表达衷心的祝福。祝辞亦分两层：

　　"但愿"三句，祝新郎新娘夫妻恩爱，地久天长。这是主意。附带言及"千秋岁""万年欢会"，兼祝小两口寿比南山，且形影相随，无离别之苦。三句中一句一意，并非叠床架屋,简单地堆砌吉祥休美的辞藻而已。

"行喜长春宅,兰玉满庭芳"二句,则是预言此人家春风长驻,将早生多生贵子了。"兰玉"句用典,《世说新语·言语》载东晋名臣谢安问子侄们道:"为什么人们都希望自家的子弟们好?"其侄谢玄答曰:"譬如芝兰玉树,欲使其生于阶庭耳。"(大意谓:这就好比人人都希望芝兰玉树那样的香花名木生长在自家的院子里、台阶边。)封建社会重男轻女,且不讲计划生育,贺人娶妇而以祝愿其"多子多福"作结,在当时是应有之义,极为得体。逢着这般识趣讨喜、善于迎合人意的宾客,主人必然心花怒放,眼笑眉开,"喜糖"双份发给,自不待言了。

这首词,对婚礼的正面描写与侧面烘托互相穿插;对此良缘的前因有追述,后果有展望;对新郎新娘的情态或分写,或合叙:写得既花团锦簇又有条而不紊。更贯串着自己暨宾客们的欢快情绪和良好祝愿,虽然谈不上什么深刻的社会内容和思想意义,但至少它是以平等的人格去赞美生活中的美,而不同于那些为达官贵人乃至其老太爷、老太太或夫人们祝寿之类的应酬之作——那些作品多半充满着阿谀奉承甚至溜须拍马之辞,因而庸俗不堪。

尤其值得一提的是,本篇标明体例为"集曲名",这在词中独具一格。词之全称为"曲子词","曲名"即其所配合的燕乐曲调之名,亦即今之所谓"词牌"。"集曲名"也者,盖谓通篇由许多"词牌"拼集而成。具体说来,此词每句之中，都暗藏着一个"词牌"，它们依次是《风光好》《绮罗香》《人月圆》《贺新郎》《少年心》《婬人娇》《愿成双》《于飞乐》《燕归梁》《索酒》《迎仙客》《醉红妆》《诉衷情》《意难忘》《千秋岁》《万年欢》《应天长》《长春》《满庭芳》，凡十九支。其中十八支曲今均有宋人作品流传，仅《愿成双》一调未见作者，当是散佚了（在元散曲中还有用此调的作品，属黄钟宫），幸亏有此词在，尚可补充有关词乐文献之不足。同类作品还有元刊本无名氏辑《新编通用启劄截江网》卷六所载宋陈梦协《渡江云·寿妇人集曲名》等，陈词嵌用"词牌"多达二十三个，论技巧与本篇有异曲同工之妙，但格调逊之。"夔一足"矣，陈词我们就不再向读者详细介绍了。

[宋]吴文英

吴文英(约1200—约1260),字君特,号梦窗,庆元府鄞县(今属浙江)人。一生辗转流寓于平江、临安、绍兴等地,客游达官贵人之门。曾在浙西提举常平司、浙东安抚使司为幕僚,以布衣终身。他精通音律,能自度曲。论作词之法,主张音律欲协,下字欲雅,用字不可太露,发意不可太高。今存词近三百四十首,有《梦窗词甲乙丙丁稿》。

夜合花·自鹤江入京泊葑门外有感

柳暝河桥,莺晴台苑,短策频惹春香。当时夜泊,温柔便入深乡。词韵窄,酒杯长。剪蜡花,壶箭催忙。共追游处,凌波翠陌,连棹横塘。

十年一梦凄凉。似西湖燕去,吴馆巢荒。重来万感,依前唤酒银罍。溪雨急,岸花狂。趁残鸦、飞过苍茫。故人楼上,凭谁指与,芳草斜阳?

【注释】

鹤江：即白鹤江，为松江之一段。在今上海青浦县北。古称白鹤汇，北宋时自其北开为直江，泻太湖之水东注于海。

葑门：苏州（当时称平江府）东南门。

短策：策，马鞭。

词韵窄：指填词时所选用的韵部字少且僻，难于取押。

壶箭：古代计时器为铜壶滴漏，一般以两至四只铜质贮水壶上下叠置，上壶底有小孔以漏水入下壶，最下一只壶内装有一直立浮标，上刻时辰，水逐渐加满，浮标亦随之升高，故观标即可知时辰。浮标多作立箭形状。

连樟：犹言联舟。樟，船桨，此代指船。

吴馆：据宋范成大《吴郡志》卷九，苏州有古馆八处。此处借指伊人所居之秦楼楚馆。

银罂：罂，盛酒器，小口大腹，即酒坛子。按此处系用方音叶韵。

凭：向、对。说见近人王瑛《诗词曲语辞例释》。

与辛稼轩、姜白石分鼎南宋词坛三足的吴梦窗，以爱情词著称，这首《夜合花》便是他的代表作之一。

据夏承焘先生《吴梦窗系年》考证，词人约于理宗绍定五年（1232）至淳祐五年（1245）寓居苏州达十余年之久，其间曾纳一妾，后不知何故而遣去云。笔者愚见，言词人在苏州有过一段风流韵事，大抵属实；至于伊人是否为妾并遭遣，恐怕还难以遽定。梦窗词中追忆此段苏州恋情的篇什甚多，而无不哀感顽艳，一往情深，如若伊人果真从词人为妾，揆之情理，似不应有中途割舍之举。也许此姬本是青楼中人，与词人相爱而同居，至词人离苏他往，这才不得不忍痛分襟的吧？

本篇即为若干年后，词人自鹤江赴临安，舟次苏州时有怀此姬之作。

上片整幅都是回溯昔年苏州之旧游。"当时"二字，束上带下，全阕十二句，均以此为轴心辐辏而成。或以为起处三句写此番重来，弃舟上岸，信马闲行，自第四句"当时"以下方转入回忆，恐非是。首先，"短策频惹春香"的那个"频"字，已挑明所叙之春游乃某一时期内的经常性活动，不像是旅途小泊、偶一为之的口吻；其次，三句写景纪游，情调开朗，也不符合感旧怀人的心境。因此，它们只能是"昔"而不可能是"今"。这种置时间提示辞于中段的特殊章法，我们还可以举秦观《望海潮》（梅英疏淡）的上片为例。"金谷俊游，铜驼巷陌，新晴细履平沙。长记误随车。正絮翻蝶舞，芳思交加。柳下桃蹊，乱分春色到人家。""金谷"三句，亦位越"长记"字面之前而事在"长记"的范围之中。二词机杼正同，不妨互相参看。

词人心底所珍藏着的苏州，永远与春天同在。回忆就从这里开始。"柳暝河桥，莺晴台苑"，发端一联，以凝练之笔勾画出苏州的春天。苏州是著名的水乡，"绿浪东西南北水，红栏三百九十桥"（白居易《正月三日闲行》诗），河桥之盛，甲于江南；又是历史悠久的古城，城西三十里有春秋时吴王夫差之姑苏台，城西南七十里有西汉时吴王刘濞之长洲苑，园林胜迹，世所羡称。拈出"河桥""台苑"，郭外城中，名胜已可概见；更冠以"柳暝""莺晴"，则朝闻夕睹，无非春意盎然。粗心人读之，见八字皆名辞，或不免嫌他质实堆垛；殊不知一"暝"一"晴"，此处须作动辞看，两字如围棋之所谓"眼"，做活了一段文章。"暝"者黄昏，"晴"者丽日。黄昏河桥，得柳烟掩映，即增一重暮霭；丽日台苑，得娇莺宛啭，倍觉明媚异常。这境界的优美，有声有色的电影画面尚可以摹拟。今乃言"柳条儿遮暮了河桥，黄莺儿唱晴了台苑"，其独特的美学效果，就不是其他任何一种艺术样式所能达到的了。如此落笔，出手便自精彩非凡！

二句出时矣，出地矣，紧跟着就出人出事，交代自己往日曾多次周游苏城诸名胜，"短策频惹春香"。此句文义，活剥一则成语，只是"走马看花"四字。却不言"花"，以芬芳之气息当之；亦不言"看"，以挥鞭之动作当之。含蓄道来，相对于上文之率直，不失为一种调剂，总见得笔法变换，流动不居。而花香又与前两句之树色、鸟语相映成趣，于视觉形象、听觉形象之外，补出一嗅觉形象，益发使春天的勃勃生机显得立体可感，亦堪称文思细密，微入毫芒。

春天的苏州是可爱的。萌生于春天之苏州的爱情那就更加美好。在词人生活的中世纪，携妓游春乃习以为常之文人雅事，而带有苏州地方特色的表现形式，则是唐杜荀鹤《送人游吴》诗之所谓"春船载绮罗"。似乎就在昔年某次这样的春游中,词人和他所爱的姑娘邂逅定情了:"当时夜泊,温柔便入深乡。"旧题汉伶玄撰《赵飞燕外传》载汉成帝得美人赵合德,欢爱之极,喜不自胜,称此境地为"温柔乡",且曰:"吾老是乡矣! 不能效武皇帝求白云乡(求仙)也!"词中即用此典,点出自己的艳遇。 按文义本是"便深入温柔乡",其所以颠倒语序,将"温柔"字提前,"深"字挪后,殆为调谐音律,也是没有办法的办法。 不料如此折腾,无形中却使"温柔"这一富有感情色彩的词语得到了强调,句法亦峭拔振起,避免了平叙疲软之弊,真可谓蚌病成珠。 二句由上文之泛写一春之乐转入特写一宵之欢,时间由朝、暮翻成夜晚,场景由陆上迁往舟中,移步换形,将读者带进了另一个洞天。

接下去便叙述画舫之内,温柔乡里,彩笔填词,金觥对酌的儿女情事:"词韵窄,酒杯长。"韵窄,知佳作难成,费时须久;杯长,见饮兴正浓,不肯即休。"窄""长"二字,义若相反,却在表现才子佳人缠绵歌酒、流连永夜这一点上携手合作了。 此类笔法,似从杜甫《夜宴左氏庄》"检书烧烛短,看剑引杯长"那里学来。"烛短""杯长",总是夜已深而人不寐,一重意思正反两下里说,故妙。 梦窗词与之异曲而同工。

然而两情相洽,欢娱苦短,纵然通宵厮伴,作长夜之饮,也还是嫌时间过得太快。 于是有"剪蜡花,壶箭催忙"的叹息。 光阴本无形态,推移何由见得? 借助绛蜡消融,烛炧拳结成花,致使光影黯淡,亟须频剪的形象描绘,这就具体地写出了一个抽象的过程。壶漏自有定时,焉能匆忙相催?借助铜壶中浮于水面指示时辰的立箭,引发人们产生"光阴似箭"的联想,一"箭"双雕,这就不但人化了客体(计时的铜壶滴漏),而且物化了感觉(对于时间速率的错觉)。凡此也都是很高明的艺术表现手法。

"当时"六句,缀语之工巧固如上述,但还不可得鱼忘筌,忽过他在选材时所费的斟酌。闺房之私有甚于画眉者,倘穷妍毕态,曲曲传出,岂不堕入唐张鷟《游仙窟》的恶道?故词人有意略去枕帏之事,止叙文字之饮。千种风情,都付之于蜡花壶箭;一段缱绻,尽朦胧作匣剑帷灯。这样去写情爱,丽而有则,昵不近亵,确实恰到好处。

一夜过去,场面重新拉开,词笔又恢复为泛写春游。与篇首不同的是,这时的春天,这时的苏州,已属于两人所有:"共追游处,凌波翠陌,连棹横塘。""凌波",语出曹植《洛神赋》:"凌波微步,罗袜生尘。"原是写洛水女神蹑行涟漪之上的轻盈步态,后多用以形容美人款移莲足时的绰约风姿。"横塘",在苏州之南十余里,胥水由此入越来溪。范成大《横塘》一绝云:"南浦春来绿一川,石桥朱塔两依然。年年送客横塘路,细雨垂杨系画船。"其景色之秀丽,可见一斑。北宋贺铸寓居苏州时所作名篇《青玉案》,有"凌波不过横塘路,但目送、芳尘去"之句,为失恋之词;今梦窗乃能伴随自己的情侣"凌波"漫步于郊野翠陌之上,并舟荡漾于"横塘"碧水之中,其乐当何如耶? 就在欢快的气氛达到顶点时,记忆降下了它那紫红色的绒幕。

待到舞台上的灯光再度亮起,地虽未变,岁月却已跳过了不知多少个春秋。 趁着换场的机会,绿树、红烛、彩舟、丽人……一切美好的布景道具连同旦角都撤去了,只剩下孤零零的词人彷徨故地,舣棹呼酒,在追寻着如幻如电的昨梦前尘。 与上片实写尝见之景、实纪曾历之境、以事为经、以情为纬的做法正相反,下片着重于抒情,除却"唤酒银罂"一句是事是实(加"依前"二字,盖有意与上片"词韵窄,酒杯长"云云相比照。 前文金尊对饮,醇酎所以合欢;此处银罂独酌,醽醁所以浇愁),其他或为取喻,或为象征,或为悬想,大多游刃于虚,纯然是围绕"重来万感"之一"感"字在作文章。

换头句"十年一梦凄凉",是"万感"之总挈。 化用杜牧《遣怀》诗"十年一觉扬州梦,赢得青楼薄幸名"句意,一笔扫尽上片之热烈与温馨,何等干净利落! 苏轼《百步洪》诗所谓"骏马下注千丈坡"者,此句有焉。

"似西湖燕去,吴馆巢荒"二句是"万感"之所由生。 梦窗离开苏州以后,在杭州又有一段类似的恋爱事迹,经过始末,具载于他的名作《莺啼序》(残寒正欺病酒)。 作此词时,苏、杭二姬,均已夭亡,故连类而及,一线双绾。"燕去"、"巢荒",以鸟喻人,互文见义。 红颜薄命,香消玉殒,已令人欷歔出涕,难以为怀,奈何并其旧居亦芜秽阒寂乎？那"凄凉"的况味就更加不堪禁受了。楼空人去，明明是无可挽回的残酷事实，却偏出以疑似之辞，以"似（好像）"字而非"是"字领起，并不是理智上真个不信，实在是感情上不愿信，不肯信。试反复吟味"似""是"二字，音虽相近，终有情深情浅之分。"西湖"二句固然取譬精警，而"似"之一字又岂是率意轻下的呢？

"溪雨急，岸花狂。趁残鸦、飞过苍茫。"四句是"万感"之象征写照。或以为此是词人旅途中或泊舟后即目所见。果如其言，"溪"字便没有着落。"自鹤江入京"，例应取道松江、运河，何不言"江雨""河雨"而必言"溪雨"？其实，清人周济早就说过，词中有融情入景与融景入情两种不同的作风。融情入景者，即景抒情也，柳耆卿善为之。融景入情者，布景抒情也，贺方回善为之。梦窗词受贺方回影响较大，此处似以作虚拟之景看待为是。"溪"当指越来溪，为苏州西南郊之最负盛名的大溪，亦即昔年"连棹横塘"时所惯游之地。急雨拍击溪流，狂飙横扫堤岸，花瓣飘零，飞旋乱舞，追逐残鸦飞过苍茫的天空……这一幅愁惨凄黯的画图，定要说是现场目击，快镜摄取，那就必得有劳词人枉舟重过此溪，同时烦请天公特降一场大雨，不知需要多少周折、恰巧；如认作词人于葑门泊舟处遥望旧曾与伊人挐舟共游之越来溪，为充分表达自己悲苦悒郁的心境，调动生活积累所构造出的幻景，或许更通达，更接近词人的创作实际。然而无论作何解释，此段景语本身所具有的高度审美价值,是谁也不能否认的。或者竟可以说,它是全篇写得最有神韵的一段文字! 就近取譬,前述诸句之佳有如苏州园林之玲珑小巧,多转几个圈子,风景还不难尽见;唯此数句则颇似太湖之烟水浩渺,气象混沌,其中所有,不易测量。 具体而论,你不妨说雨急花狂象征着命运残酷无情地扯碎了词人的爱情故事,而舞花之趁残鸦飞过苍茫,则与杜牧《题安州浮云寺楼寄湖州张郎中》诗"事与孤鸿去"句同意,象征着破碎的爱情故事又已消逝在时间长河的另外一方;抽象而论,你不妨说整个意境象征着词人感旧怀人时之心绪的动荡不宁与茫然无据,象征着他强烈的忧患意识和沉重的失落感……总之,字字都在目前,又字字都在天边,端的是"天光云影,摇荡绿波,抚玩无斁,追寻已远"(清周济《介存斋论词杂著》评梦窗词语)!

结穴"故人楼上,凭谁指与,芳草斜阳"三句,则更是"万感"中之一节悬想了。"芳草斜阳",古诗词里每用以烘托行人羁旅之落寞情怀,唐李咸用《送曹税》诗:"芳草渔家路,残阳水寺钟。"吴融《途中》诗:"不劳芳草色,更惹夕阳愁。"五代张泌《河传》词:"去路迢迢,夕阳芳草。"宋范仲淹《苏幕遮》词:"芳草无情,更在斜阳外。"皆是其例。作为在长期与反复使用过程中积淀了某类特殊情感内容的一组意象,与其说它是词人眼中之景,毋宁说它是词人心中之境。 故"指与芳草斜阳"的真正含义,即为"诉与羁情愁绪"。 词人一生潦倒,以清客身份依傍贵人过活,此次入京,未必不是去寄人篱下,客途自难免兴生天涯沦落之感,须是有一知心的人儿,向她倾吐并从她那里得到慰藉方好。可是昔日心心相印的恋人早已"燕去"而"巢荒",即使重上其旧栖之翠楼,又待将"芳草斜阳"指给谁看,将羁情愁绪说给谁听呢? 以萍泊蓬飘的身世之感打并入悲红悼翠的儿女之情,不啻是往苦酒中兑黄连汁,随着所感伤之内容的扩大,其伤感之程度也成倍地强化了。 然而其好处尚不尽在此。 以十年之旧寓,姑苏城中,又岂无一二故交可与晤语? 以一郡之繁华,烟花巷里,又岂无三两新欢可与结识? 而词人乃念念不忘此亡姬,以为微斯人不足与指"芳草斜阳",可见二人旧日相契之深,是精神上的知己,他们之间的爱情,不会因生死穷达而遂移易的。 有此一结,则上片载酒追游的种种细节描写便不流于庸俗,全词的格调亦得到了提高。

梦窗中晚年写过一系列以怀旧悼亡为主题的爱情词,本篇回肠荡气,真挚动人,自是同类诸作中的上乘。 她前片追昔,后半抚今,腾天潜渊,哀乐相寻,反差极大,段落极分明,不像词人之多数代表作那样以时空错序杂糅、结构回环往复为能事;且色泽清朗,落其华而实之,亦迥异于他作之辞采秾艳、组绣排比。 这充分说明,任何一种文学艺术领域里的大家,虽自有其独特的主导风格,却并不肯圈守一隅,以此为止境的。 如果词人笔下略无异彩,亦犹山岳之无支脉,江河之无别派,又何可以称"大"哉!

[宋]陈人杰

陈人杰（1213？—1243？），又名经国，号龟峰，福州人。二十岁时，曾在建康参加过由江南东路转运司主持的漕试，后漫游两淮、荆、湘地区，到过黄州（今湖北黄冈一带）、岳州（今湖南岳阳一带），最终旅食临安。还到过湖州（今属浙江）、平江，但一生在临安时间较长。他素有远大的政治抱负，渴望能够在国难当头之际，为抗击蒙古军队的南侵贡献自己的才略，然而始终被摒弃在仕途之外，壮志难酬，于是只好用他那支劲健的词笔来高歌爱国抗战，抨击当朝统治集团的孱弱无能，兼以呼吐自己报国无门的一腔忠愤。其《龟峰词》虽然失之粗豪，但真力弥满，鼓荡风雷，读之令人拍案欲起。

沁园春·问杜鹃

为问杜鹃，抵死催归，汝胡不归？似辽东白鹤，尚寻华表；海中玄鸟，犹记乌衣。吴蜀非遥，羽毛自好，合趁东风飞向西。何为者，却身羁荒树，血洒芳枝？

兴亡常事休悲。算人世荣华都几时？看锦江好在，卧龙已矣；玉山无恙，跃马何之？不解自宽，徒然相劝，我辈行藏君岂知？闽山路，待封侯事了，归去非迟。

【注释】

抵死：急急、竭力、拼命。

胡：何，为何。

玄鸟：即燕。《礼记·月令》："仲春之月……玄鸟至。"

乌衣：乌衣巷，故址在今南京。东晋王、谢诸名族居此。北宋刘斧《青琐高议别集》卷四有《王榭（风涛飘入乌衣国）》一篇，盖传奇小说，谓唐金陵人王榭航海偶至乌衣国，国人皆燕子之化身。南宋吴曾《能改斋漫录》卷四记其为"刘斧《摭遗集》所载《乌衣传》"。按此故事系自刘禹锡《乌衣巷》诗生发而出。

合：应该。

何为者：为何。

芳枝：花枝。指杜鹃花，红色，若为杜鹃啼血所染然。

锦江：在今四川成都南。

卧龙已矣：谓诸葛亮已死。卧龙，《三国志》本传载徐庶向刘备推荐道："诸葛孔明，卧龙也。"

玉山：玉垒山，在今四川都江堰市西。

跃马何之：跃马，指公孙述。晋左思《蜀都赋》："公孙跃马而称帝。"唐杜甫《上白帝城》诗："公孙初恃险，跃马意何长。"按王莽篡汉时，公孙述为蜀郡太守，自恃地险，遂称帝。后被东汉军攻破，身死国亡。何之，到哪儿去了呢？以上从杜甫《阁夜》诗"卧龙跃马皆黄土"句化出。

不解自宽：不晓得自我宽慰。

行藏：《论语·述而》："用之则行，舍之则藏。"意谓如为统治者所用，即出仕；如为统治者所舍弃，即归隐。此犹言"出处"。

闽山：陈人杰为福建人，此代称其家乡。

封侯事了：泛指功成名就。

关于杜宇禅位之事，向有二说。一谓鳖灵治水有功，杜宇主动禅位给他，见旧题汉扬雄《蜀王本纪》。一谓系被迫禅让，出逃之后，欲复位而不得，见《说郛》（百二十卷本）辑宋乐史《太平寰宇记》。据本词文义，取后说。

杜鹃一名子规，亦名"催归"。在这鸟儿的身上，凝固着一段幽怨凄迷的神话传说。相传战国时，蜀王杜宇自号望帝，后被迫禅位给大臣鳖灵，退隐山中，欲复位不得，死后魂魄化为此鸟，每到暮春季节便悲鸣不已，声声如道"不如归去"，直啼至血出乃止。古代那些离乡背井、羁宦四方的文士，谙尽了官场失意的滋味，一旦听到杜鹃哀婉的呼唤，往往油然而生倦宦思归之感，发为诗词，遂有"身惭啼鸟不如归"（苏辙《次韵赵至节推首夏》诗）、"多谢子规啼劝我、不如归"（贺铸《摊破浣溪沙》词）、"杜鹃终劝不如归"（范成大《再用前韵》诗）之类的话头，可谓韵语中的老生常谈了。然而，陈人杰乃是一位涉世未深的青年士子，正在积极求仕，朝气勃勃，想干一番治国平天下的大事业，杜鹃鸟冲着他嚷嚷催归，岂非"蚊子叮泥菩萨——找错了对象"？说来也好笑，诗词中拟写鸟儿自讨没趣之例颇不一见。唐人金昌绪《春怨》诗云："打起黄莺儿，莫教枝上啼。啼时惊妾梦，不得到辽西。"敦煌曲子词《鹊踏枝》亦曰："叵耐灵鹊多谩语，送喜何曾有凭据？几度飞来活捉取，锁上金笼休共语。"并此篇鼎足而三。 比较起来，词人对杜鹃总算还客气，既未以长竿相扑，也不曾"非法拘禁"，仅仅严辞呵斥而已——"君子动口不动手"，秀才作风，到底文雅许多。

　　题曰"问杜鹃"，这"问"是"责问""质问"。 词以"当头炮"开局：杜鹃，你苦苦催促人归，自己为何不回四川？"以子之矛攻子之盾"，眼见得那鸟儿好似《水浒传》里的九纹龙史进，被八十万禁军教头王进一棍搠倒了也。 然而小说中的好汉可以认输，词里的杜鹃却未必服帖，盖人鸟本自有别，先生既不肯归，只当鄙鸟白说，奈何以"不归"罪我？ 我鸟类宁有"归"与"不归"之说耶？ 殊不知词人聪敏，早见及此，不待鸟儿强嘴，已自先发制人：像那去家千年的白鹤，尚且知道重返辽东寻访城门之华表；远徙万里的海燕，犹能记得金陵乌衣巷中的旧居——同属卵生羽化的禽鸟，鹤、燕不言"归"而归，你杜鹃言"归"而不归，羞也不羞？ 在旁观者看来，这一脚踏上去，杜鹃再也无法翻身了。但词人搏兔用全力，仍然穷追不舍：君之所以"不归"，宁为"路曼曼其修远"（屈原《离骚》）乎？ ——非也。 自江南至四川，路途并不算长。 那么，是否因为"身无彩凤双飞翼"（李商隐《无题》诗）呢？ ——不。 你的翅膀完好无缺。 也许，"八月秋高风怒号"（杜甫《茅屋为秋风所破歌》），阻遏了你的飞行？ ——否。 现在时值春暮，东风劲吹，正好顺势向西翱翔。 于是乎从主体行为能力和客观行动条件等不同角度一一审视并否决了鸟儿可以用来敷衍塞责的种种遁辞,这就逼出了对于杜鹃的又一次质问:"何为者,却身羁荒树,血洒芳枝?"乍看起来,它似乎是对篇首"汝胡不归"一问的同义反复,但细细寻味,便知不然。关键就在"血洒芳枝"四字。此从唐人李山甫《闻子规》诗"断肠思故国,啼血溅芳枝"云云化出,妙在只用下句,却逗引读者联想而及上句,从中得到暗示:原来杜鹃之"不归",既非心不愿归,亦非力不能归,实是情不忍归啊!王位已失,覆水难收,复国无望,归去何益?天涯思蜀,辄一断肠,故国重归,情何以堪?此即词家所谓"扫处即生"之法,上文揪住杜鹃言"归"不归,能"归"不归的言行矛盾,一路痛责下来,被斥者固已无处置喙,斥之者似亦吐尽詈辞,文章本有难乎为继之势;不料至歇拍处却于"杜鹃汝胡不归"的质问中隐隐牵入"杜鹃之'不归'盖伤心人别有怀抱"的新内容,居然又引出下片一大段训诫之辞:杜鹃,我告诉你,历史的兴亡是常有之事,用不着悲伤。盘算来,人世间的荣华富贵能够维持多久呢?就拿你的老家四川来说吧,锦江、玉垒山依然故我,可是一度称雄于此的风云人物如诸葛亮、公孙述之流如今安在哉?可笑尔杜鹃"不知虑此,而反教人为"(韩愈《进学解》)!我辈的出处大节,尔区区小鸟哪里会明白?行文至此,遂乘势就个人进退行藏这一严肃的政治问题,表面上向杜鹃而实际上向天下人剖明自己的心迹:不是我不肯归隐,只因现在还未到时候。等我建功立业之后再回福建老家,未为晚也!卒章显志,一篇命意之所在,于是昭然揭出。

这首词，构思奇特，颇类似于辛弃疾的《沁园春·将止酒戒酒杯使勿近》，很可能是受了辛词的启发。辛词于厉声呵斥酒杯之后，安排了"杯再拜，道'麾之即去，招亦须来'"这样一个戏剧性的情节，有科有白，极为传神；而本篇则是词人的"独角戏"，从头到尾皆为教训杜鹃之辞，完全剥夺了鸟儿的发言权，形式略嫌呆板，艺术造诣显然不及稼轩。但辛词系游戏之笔，陈人杰此篇却诙谐其表而严肃其里，反映了"国家兴亡，匹夫有责"的重大主题，表现出词人积极进取的精神，俨然有晋左思《咏史》八首其一所谓"铅刀贵一割，梦想骋良图。……功成不受爵，长揖归田庐"，唐李白《登金陵冶城西北谢安墩》诗所谓"功成拂衣去，归入武陵源"之类的政治抱负，自是南宋后期词坛上一篇格调较高的佳作。

在某些具体的艺术表现手法上，此词也不乏值得称道之处。例如用典，旧题晋陶潜《搜神后记》载汉代辽东丁令威入灵虚山学道，千年后化鹤归来，栖于城门华表柱，见城郭犹在而人民已非；唐刘禹锡《乌衣巷》诗所谓"旧时王谢堂前燕，飞入寻常百姓家"——这都是词中用得烂熟了的。但他人多取其慨叹人世沧桑的本义，词人却独采个中鹤、燕能归故里那一端，以与杜鹃之"不归"造成鲜明的对比，熟事生用，推陈出新，翻出了无穷的妙趣。又如对仗，宋沈义父《乐府指迷》曾批评周邦彦词"多要两人名对使，亦不可学他。如《宴清都》云'庾信愁多,江淹恨极',《西平乐》云'东陵晦迹,彭泽归来',《大酺》云'兰成憔悴,卫玠清羸',《过秦楼》云'才减江淹,情伤荀倩'之类是也"。似这般对法,如贴门神,味同嚼蜡,诚不足取。本篇不用"诸葛"、"公孙",而化用杜诗,以"卧龙"对"跃马",既工稳又精警生动,即达到了沈氏所谓"使人姓名须委曲得不用出最好"的极致。当然,从总体上来说陈人杰词的艺术成就尚去清真一尘,但若仅就这一点而言,应该承认他还是有比周邦彦高明之处的。

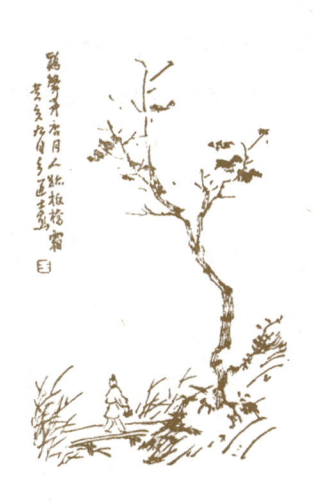

[宋]曹邍

曹邍,字择可,号松山。 南宋后期人。 为贾似道门客,曾多次在御前应制作词。 今存词六首,均见《阳春白雪》。 其中三首为应制咏花词。

玲珑四犯·被召赋荼蘼

一架幽芳,自过了梅花,独占清绝。 露叶檀心,香满万条晴雪。 肌素净洗铅华,似弄玉、乍离瑶阙。 看翠蛟白凤飞舞,不管暮烟啼鴂。

酒中风格天然别。 记唐宫、赐樽芳冽。 玉蕤唤得余春住,犹醉迷飞蝶。 天气乍雨乍晴,长是伴、牡丹时节。 夜散琼楼宴,金铺深掩,一庭香月。

【注释】

被召:受皇帝之召。荼藦:俗名"佛见笑",蔷薇科落叶灌木,春末夏初开花,花白色,重瓣,不结实。产于我国,属观赏类花木。

一架:荼藦枝条细长,故须搭架,供其蔓延牵攀。

古人有二十四番花信之说,盖从小寒至谷雨凡八节气一百二十日,每五日为一候,计二十四候,各应一种花信。梅花最早,楝花最迟,荼藦、牡丹分别排在倒数第二、第三。参见宋程大昌《演繁露·花信风》、王逵《蠡海集·气候》。

檀心:宋张邦基《墨庄漫录》:"酴醿花或作荼藦,一名木香,有二品。一种花大而棘(疑应作'疏'),长条而紫心者,为酴醿;一种花小而繁,小枝而檀心者,为木香。"

啼鴂:亦作"鶗鴂""鹈鴂"。按《离骚》:"恐鹈鴂之先鸣兮,使夫百草为之不芳。"唐释皎然《顾渚行寄裴方舟》诗:"鹈鴂鸣时芳草死。"本句言荼藦如翠蛟白凤飞舞,不管暮烟啼鴂,是强调她生命力之旺盛。

玉蕤:蕤,本谓花木披垂貌,此处只作"花"字用。本文引苏轼诗"芳蕤"云云,用法相同。

金铺:古代华丽建筑物门上用以容纳叩环的金属底座,因作为"门"的藻饰性代名词。

好一架幽洁芬芳的荼藦花啊,打从梅花开后,就数她最清雅脱俗了。 那缀满了白花的枝枝蔓蔓,看上去就像千万条冰雪,在艳阳下闪光;挂着露珠的叶片,檀红色的花蕊,散发出浓郁的馨香。 也许,她就是仙女弄玉的化身吧? 你看,她刚刚告别天宫的琼楼玉宇,来到了人间,她的肌肤是那样的白,不施脂粉,更显得丽质天成。 日之夕矣,暮色苍茫,鹧鸪在哀鸣,可是她却像没听见似的,素花绿叶依然在晚风中摇曳,宛如翠蛟白凤,翩翩飞舞……

荼蘼花固然是花中的珍品,就连和她同名的酴醾酒也是别具高格的佳酿。 它清凉、芳香,难怪唐代的帝王要用它来赏赐宰相大臣了。 酴醾酒可以醉人,荼蘼花又何尝不令人陶醉? 她勾引得蝴蝶儿如醉如痴,留住了最后的一片春光。 在谷雨时节晴雨不定的日子里,只有她成天陪伴着花魁牡丹,与之分享人们的爱怜。 夜深了,玉楼上的盛筵已尽欢而散,宫门紧闭,锁住了满庭月色,也锁住了满庭花香……

短短百许字的篇幅,词人却栩栩如生地向人们描绘了晨露朝晖中的荼蘼、晚风暮霭中的荼蘼、夜色月光中的荼蘼,脉络极为分明,笔墨极为周至,真不愧是一篇优美的《荼蘼赋》!

"烘托"和"比喻"两种艺术手法的密集使用,是这首词在写作上的一个显著特点。"一架"三句,以梅花为烘托也。"天气"二句,以牡丹为烘托也。 梅花傲雪凌霜,香飘天外,自是花中之高士;牡丹复瓣浓熏,艳绝人寰,俨然花中之王侯。 将荼蘼与她们相提并论,这就占足了身份,占尽了风光。"酒中"二句,以酴醾为烘托也。 苏东坡有诗咏荼蘼云:"分无素手簪罗髻,且折芳蕤浸玉醅。"黄山谷亦有诗咏荼蘼云:"名字因壶酒,风流付枕帏。"到底是此酒因加此花酿制而成,故得名酴醾呢,抑或是此花因色香酷似此酒,故得名荼䕷？ 这且留待考据家们去分辨，我们只看唐无名氏《辇下岁时记》中"赐宰臣以下酴醾酒"，《新唐书》中宪宗皇帝为嘉奖宰相李绛直言极谏而"遣使者赐酴醾酒"之类的记载，便知此酒的名贵。 用它来作陪衬，花的声价也不抬而自高。"夜散"三句，以明月为烘托也。 汗漫太虚，月华如水，天地间至清至澄之物，莫过于此了；而荼䕷之香乃能溶溶泄泄与月波共漾于一庭之中，则其花气之纯净，又何以复加焉？……如果说"烘托"成功地起到了侧面渲染的效用，那么正面刻画的任务却主要是由"比喻"来担当的。"香满"六字，以雪为喻也。 用雪比拟素花，本属习见，但冠一"晴"字，便觉花光耀眼，神采迥然不与俗同。"肌素"十三字，以美人为喻也。 这原也是熟套，且"弄玉"亦为经常出没于作家笔下的神话人物，唯用在这里却很别致：盖旧题汉刘向撰《列仙传》只说她是春秋时秦穆公的爱女，好吹箫，嫁善箫者萧史为妻，夫妇双双仙去而已，至于她是否有闭花羞月之貌、沉鱼落雁之容，初无一言道及，故咏花词中的旦角，一般轮不到她来扮演。 可是词人竟独具只眼，一瞥相中了她芳名里的那个"玉"字，由此生发出许多奇想，想象她必居住在"瑶阙"，必是肤如凝脂、铅华不御，于是乎凿空构造出一幕玉人降仙的场景来，将皎洁的荼䕷花写得活灵活现，可谓抽秘骋妍，不落言筌。"看翠蛟"七字，以龙凤为喻也。 孤立地看这一句，或不免嫌它思致平弱。 但辞曰飞蛟舞凤，笔势实亦如之。 远观"晴雪"，是以动掣静；近挽佳人,是以刚济柔;下映"啼鴂",是以乐祛悲:与前后文对勘,却也有种种的妙趣。 当然,词中运用入妙的艺术手法并不仅仅局限于上举两端,如下片"玉蕤唤得余春住"之为"拟人",就比直说荼蘼春末开花、花在春在云云来得有味。此等好处显而易见,就毋庸辞费了。

　　综上所述,此词之于咏花,真可以说达到了穷妍极态的艺术境地。 然而世间事物之得失长短往往亦如形动影随,她的致命伤恰恰也表现在这一点上。 她太粘着于物象了,正如专尚形似、法度的宋代院画,纵然工到极处,毕竟缺少寄托,缺少情感,因而也就缺少激动人心的力量。 据作者自序,这是一首专供帝王后妃们对酒赏花时付诸歌伶当筵演唱、聊佐清欢的应制之词,与宋院画同属为宫廷服务的贵族艺术,当然只能迎合封建统治者的形式主义的审美情趣,而不可能表达(至少是不可能充分表达)作者自己的喜怒哀乐了。 不过话又得说回来,即使是这样一类专为封建帝王而创作的文学艺术品,只要其中还蕴藏着某些客观的美的成分,就具有一定的观赏价值,仍可以提供给今天的人民大众来享受。 读这首咏花词,权当是在故宫博物院里欣赏一轴宋代院画派的工笔重彩花卉图吧。

[宋] 刘辰翁

刘辰翁（1232—1297），字会孟，号须溪，吉州庐陵（今江西吉安）人。年轻时为太学生。宋理宗景定三年（1262）进士。因殿试时论及朝政之失，直言不讳，触犯了权奸贾似道，遂被置于丙等。曾任濂溪书院山长。朝臣荐举他入朝做官，他都推辞不就。宋亡后，坚持民族气节，以遗民身份隐居终生。著有《须溪集》。又喜评选诗文，如杜甫、李贺、陆游等人的诗，都有他的评选本。论词推崇苏轼、辛弃疾，强调词的社会价值，反对以格律束缚性情。所作多真率，不假雕琢，风格遒上，颇能实践自己的词学观点。尤其是他那些感伤亡国的词作，沉痛悲苦，深切动人。但也时有粗糙的缺点。今存词三百五十余首，集名《须溪词》。

永遇乐

余自乙亥上元诵李易安《永遇乐》，为之涕下，今三年矣，每闻此词，辄不自堪。遂依其声，又托之易安自喻。虽辞情不及，而悲苦过之。

　　璧月初晴,黛云远澹,春事谁主?禁苑娇寒,湖堤倦暖,前度遽如许!香尘暗陌,华灯明昼,长是懒携手去。谁知道,断烟禁夜,满城似愁风雨。

　　宣和旧日,临安南渡,芳景犹自如故。缃帙流离,风鬟三五,能赋词最苦。江南无路,鄜州今夜,此苦又谁知否?空相对,残釭无寐,满村社鼓。

公元十二世纪的上半叶，歌舞升平、宴安鸩毒的北宋王朝在潮水般涌来的金人铁骑的冲击下，遭到了灭顶之灾，北中国沦陷了。 高宗与一班贵族、士大夫仓皇南渡，在偏处东南一隅的临安（今杭州）落下脚跟，靠着与金人签订的屈辱的和约，"直把杭州作汴州"（宋林升《题临安邸》诗），依旧过着灯红酒绿、纸醉金迷的腐化生活。 就在这种麻木不仁、醉生梦死的混浊氛围中，某个元宵节的狂欢之夜，杰出的爱国女词人李清照（号易安居士）谢绝了来召她一同出游的友好，悲凉地秉笔写下了这样一首传诵千古的《永遇乐》元宵词："落日熔金，暮云合璧，人在何处？ 染柳烟浓，吹梅笛怨，春意知几许！ 元宵佳节，融和天气，次第岂无风雨？ 来相召，香车宝马，谢他酒朋诗侣。 中州盛日，闺门多暇，记得偏重三五。 铺翠冠儿，捻金雪柳，簇带争济楚。 如今憔悴，风鬟雾鬓，怕见夜间出去。 不如向、帘儿底下，听人笑语。"

心有灵犀一点通，百余年后，南宋恭帝德祐元年乙亥（1275）的元宵节，正值剽悍的蒙古大军席卷江淮，临安小朝廷风雨飘摇之际，另一位杰出的爱国词人刘辰翁，因重温李清照词而心旌颤动，不胜欷歔。 从此以后，他每听此词，就悲愤难抑。 终于，在三年后亦即端宗景炎三年戊寅（1278）的又一个元宵节，他再也控制不住自己胸中的哀恸，任其如江河洪水破堤而出，化作了这首用李词之调、依李词之声而赋的和韵之词。 其时，临安陷落已两年，词人流离失所,正蛰居在临安附近的一处乡村。

小序交代,此词乃"托之易安自喻",也就是说,词人是把李清照作为自己的化身,拟用李清照的口吻来感事抒情的。词中,李清照的经历和词人自己的经历打并成了一片。所传达的情感当然都属于词人自己,但也未尝不可以说是李清照的情感在新的历史背景下的合乎逻辑的延伸和发展。这也是本篇创作构思上的新颖之处。如不了解它是词人与李清照的英魂同台表演的一出"双簧",文义便难以读通。

上片始终扣紧临安一地,以其今昔不同的春景春事特别是元宵况味穿插比照,引发感慨。

起处"璧月初晴,黛云远澹"二句,直截了当,即从目前的元宵夜色切入:天气刚刚放晴,一轮圆满、晶莹如玉璧的明月高挂在天空;一两抹青云仿佛是美人用螺黛画出的连娟长眉,淡微而邈远。如此良辰美景,若在承平时期,京城中定然是"凤箫声动,玉壶光转,一夜鱼龙舞"(辛弃疾《青玉案·元夕》词),不知有多少"月上柳梢头,人约黄昏后"(欧阳修《生查子》词)的风流;可是现在亡国了,太后、皇帝、三宫嫔妃均被掳北去,在元蒙占领军横行无忌的临安,还有什么赏心乐事可言? 故第三句一扫前两句的高华,怆然问天:"春事谁主?"以顿挫为沉郁,将全词的旋律基调定在了低音区。

"禁苑娇寒,湖堤倦暖,前度遽如许"三句,词笔折入对往昔春事的追忆。宋周密《武林旧事》卷三《西湖游幸》条记载道："西湖天下景，朝昏晴雨，四序总宜，杭人亦无时而不游，而春游特盛焉。"西湖畔辟有许多处皇家园林（即所谓"禁苑"），如聚景、真珠、南屏、集芳、延祥、玉壶等，春游季节，有些园林也对士庶开放。而西湖的堤岸则更是自由无碍的公共游乐场所。尤其是清明节前的寒食节，这里是观看龙舟竞渡的绝好所在，届时"都人士女，两堤骈集，几于无置足地"（出处同上）。"禁苑娇寒，湖堤倦暖"八字，就是对上述风情的高度艺术概括。"娇寒"写初春的微寒竟是娇滴滴的嫩，"倦暖"写暮春的融暖令人倦恹恹地懒，九十日西湖春光，四字涵括殆尽；而万千游人的情态，亦含蓄其中。可惜这些都一去不复返了。前番在临安领略到的太平光景，竟如此匆遽！转瞬之间天地翻覆，蓦然回首，真有恍如隔世之感。

第二韵的三句，思绪似奔马脱缰，稍稍偏离了元夕感怀的题旨，以下至上片歇拍凡二韵六句，乃将词笔拖回，仍就元宵之事展开今昔对比：往年的元宵节，车水马龙，人山人海，蹴踏而起的尘土，混合着花香、衣香、脂粉香，遮蔽了京城的道路；火树银花，张灯结彩，璀璨的光辉与明月交映，将夜空照耀得如同白昼一般。这样的热闹，这样的繁华，而我却总没有兴致与伴侣们携手同去游嬉。谁又能够料到，今年的元宵，蒙古占领军严厉地实行宵禁，管制烛火，城中一片黑暗、死寂，人们好像都在忧愁着风雨的降临。此时此境，就是有心思游赏，也无处可去、无灯可观、无人可伴啊！

整个上片,仅"香尘暗陌,华灯明昼,长是懒携手去"一例由李清照词生发而出,事属易安,其他实皆为词人所见,所忆,所感。写作手法上的显著特点是骈、散相间,三组刻意求工的四言对仗句均写乐景,而其间所杂的散句却无一不抒哀情,如此抗而复坠,至再至三,便有翻倍跌宕、回旋唱叹的艺术效果。几经曲折腾挪,歇拍方掷出"断烟禁夜,满城似愁风雨"的凄凉景象,感慨的语气也就显得格外的沉痛。

换头以后的二韵六句,无垂不缩,笔锋又逆溯南渡之初,再次关合李清照的身世。"宣和旧日",谓徽宗宣和年间(1119—1125),那正是北宋王朝虚假而病态之"繁华"的巅峰期,亦即李清照词中所谓"闺门多暇,记得偏重三五(妇女们空闲无事,特别看重正月十五元宵节)"的"中州盛日"。高宗南渡,定都临安后,统治阶级的骄奢淫逸较之宣和时期并没有多少改变,无非是花花世界自东京(今河南开封)向千里之外的钱塘江畔搬了个家而已,因此说"芳景犹自如故"。然而,忍痛抛弃了多年来节衣缩食、精心收藏的大批珍贵书籍,逃难到南方来的女词人,却永难忘怀国破家亡的深哀巨痛,元宵之夜,她再也无心梳妆打扮,一任鬌鬟散乱,首如飞蓬,所赋之词,充满了凄苦。不过,那时南宋小朝廷毕竟还据有半壁河山,女词人毕竟还是汉族政权的子民啊!而现在呢,连南中国的残山剩水也几乎全部落入元人之手,南方的汉人已沦为亡国奴隶,世间还有比这更令人痛苦的吗？ 下面的二韵六句，就进而尽情地倾诉自己这种无可排遣的极度之苦。 词人的故乡庐陵（今江西吉安）属江南西路，此时已为元军所占，有家难回，故曰"江南无路"。 唐代安史之乱时，诗人杜甫困居在被叛军占领了的长安城中，因怀念分隔在鄜州（今陕西富县一带）的妻子儿女而作《月夜》诗，有"今夜鄜州月，闺中只独看"之句。 本篇"鄜州今夜"云云，即用此典。 词以李清照自喻，故作女性口吻，从负面化用杜诗歇后，不啻是说今夜璧月，我只独看！ 用前人诗意而半吐半吞，又角度变幻，乃显得蕴藉隽永，灵动鲜活，这是一层好处；元宵之夜，本宜观月，故用老杜《月夜》诗十分贴切，这又是一层好处；元宵夜月，自是圆月，从而反跌出词人的有家不得团圆，遂使全词愈添一重悲剧气氛，这又是一层好处。 至此，抒情主体的家国倾覆之苦、家乡隔绝之苦、家庭离散之苦，统统汇合在一起了。 这许多苦已不堪禁受，而更苦的却是"此苦又谁知否"，即无人知之！于是，词人唯有空对着无焰的残灯，辗转反侧，在乡村中祭祀土地神的聒耳箫鼓声里，挨过那不尽的长夜。

综观整个下片，四韵十二句就这样均匀地平分为前后两大层次，前半言李清照"能赋词最苦"，后半言自己"悲苦过之"，词情是在以李清照为铺垫、与李清照作对比中展开和深化的。 其章法虽较上片为简单，炼字虽不如上片之精妙，然"拙"中有"重"与"大"在。 放笔直陈胸臆，下语如铁镇纸，此谓之"重"；只道个人之戚，却负荷了一个时代、一个民族的悲恸,此谓之"大"。全词震撼人心的力量,也正在这里。

清代著名词论家况夔笙很推崇刘辰翁词中的"骨干气息"。他说:"须溪词,风格遒上似稼轩,情辞跌宕似遗山。"他摘举了刘词中的许多警句,包括本篇之"香尘暗陌,华灯明昼"在内,但紧接着就声明道:"若斯之类,是其次矣。如衡量全体大段,以骨干气息为主,则必举全首而言,其中即无如右等句可也。由是推之全卷……而其骨干气息具在,此须溪之所以不可及乎?"(《蕙风词话》卷二)这些议论,可谓独具慧眼。读刘词,确实当从大处着眼,攫取其爱国遗民词人的忠诚劲直之骨与悲凉慷慨之气,而不必斤斤以字句求。唯在刘词"似稼轩""似遗山"的问题上,笔者想对况氏之说略作一点补充:刘辰翁与刘过、刘克庄并称"三刘",是以辛弃疾为领袖的南宋爱国词派的后劲,其词当然有"风格遒上似稼轩"的一面;但二人所处的时代仍有相对盛衰之别,二人的身份亦有将帅与书生的差异,反映到词的创作中,自不能无所区分:比之于书,辛词每大笔挥洒,刘词则多以中锋达意;比之于乐,辛词每大声鞺鞳,刘词则多以中音赴节——气度大小是不尽相同的。而由于刘辰翁生逢宋元易代之际,身世与由金入元的元好问相若,故《须溪词》之激楚苍凉,似与《遗山乐府》更为接近一些。本篇就是一个绝好的例证,如杂入遗山集中,谁说它不能乱楮叶呢?

[宋]王清惠

王清惠,"惠"一作"蕙",小名秋儿。宋理宗侄赵禥妾,封会宁郡夫人。鹤骨臞貌,善书法,能文学,尤得赵禥亲爱。理宗无子,以禥为皇子。理宗死,禥即位,是为度宗,以清惠为昭仪。宋亡于元,清惠随度宗子帝㬎及宋室其他后妃被掳往元大都(今北京),以庶母身份教授帝㬎以诗书。后又随帝㬎被遣往元上都(故址在今内蒙古正蓝旗东闪电河北岸),不久仍返大都。为女道士,号冲华。卒于大都。今存词一首,见宋周密《浩然斋雅谈》卷下。

满江红

太液芙蓉,浑不似、旧时颜色。曾记得、春风雨露,玉楼金阙。名播兰馨妃后里,晕潮莲脸君王侧。忽一声、鼙鼓揭天来,繁华歇。

龙虎散,风云灭。千古恨,凭谁说!对山河百二,泪盈襟血。客馆夜惊尘土梦,宫车晓碾关山月。问姮娥、于我肯从容,同圆缺?

【注释】

名播兰馨：别本作"名播兰簪"，文义亦通，盖自谓以书法闻名于后宫。

公元1234年，蒙古与南宋联合灭金后，蒙军即虎视眈眈地把南宋当作了下一个并吞的目标。经过四十多年的军事较量，腐败而孱弱的南宋小朝廷终于招架不住蒙古骑兵金戈铁马的冲击，丧失了南中国的半壁河山。1276年，元军大举开进南宋的都城临安（今杭州），全太后、恭帝㬎及三宫后妃等均以亡国贱虏的屈辱身份被掳往北方。途经汴京（原为北宋都城东京，今河南开封）时，度宗的昭仪（宫中较高级的女官，妃嫔之属）王清惠在夷山驿馆的墙壁上题写了这首抒发亡国之痛的《满江红》。全词血泪和流，哀感顽艳，读之如聆三峡啼猿、三更啼鹃，令人酸心堕睫，难以为怀。

"太液芙蓉，浑不似、旧时颜色。"起笔便是一派凄凉。唐白居易《长恨歌》中写唐明皇于安史之乱后由西蜀返回长安故宫，伤悼已在马嵬因禁军哗变而被处死的杨贵妃，有句云："归来池苑皆依旧，太液芙蓉未央柳。芙蓉如面柳如眉，对此如何不泪垂！"按汉、唐长安宫禁中有太液池，故白诗以"太液芙蓉"比拟杨贵妃的美丽容颜。王清惠此词则用来自喻。言"浑不似、旧时颜色"，即委婉地道出了自己已因痛伤亡国而憔悴不堪。

以下二韵，由"旧时颜色"四字，自然而然地回笔逆挽，插入对于昔日承平时期自己在宫廷中最为荣耀的一段生活经历的追忆:"曾记得、春风雨露,玉楼金阙。名播兰馨妃后里,晕潮莲脸君王侧。"那时节,居住在金碧辉煌的宫殿里,深受到君王的宠爱,如沐春风,如沾雨露;在众多的嫔嫱之中,自己的芳名最为昭著;经常陪侍在君王身边,莲花般娇艳的面颊,每因羞怯和兴奋而潮涌起阵阵红晕……

就在读者的思绪正随着作者的词笔徜徉于上面这一幕幕欢快场景之际,冷不防她突然当头棒喝,一笔叫醒:"忽一声、鼙鼓揭天来,繁华歇。"《长恨歌》中述及安史叛军的进攻打断了唐天宝年间的歌舞升平,有"渔阳鼙鼓动地来,惊破霓裳羽衣曲"之句。本篇即化用其意,谓元军大举进犯,临安陷落,南宋积聚近一百五十年之久的"繁华",就此完结。由于上文敷陈旧时的欢乐,词情已臻于高潮,蓄势既足,故歇拍这两句的骤跌,便有"失势一落千丈强"(唐韩愈《听颖师弹琴》诗)的艺术效果,真能动人心魄。

词中以哀乐相形、作今昔对比的写法,一般多借助词谱自然分段的特点,将"今"与"昔"、"哀"与"乐"匀称地分置于上下两片之中;本篇却大反常规,半幅之内,就由"今"之"哀"逗引出"昔"之"乐",旋即又一扫而空,笔势尤为夭矫。而追溯"昔"之"乐"又仅用两韵四句二十五字,稍纵即收,这就从章法上很成功地体现了作者想要表达的某种感情节奏——昔日的欢乐,犹同春梦一般,匆遽、短促!

诚然,词人无法超越自己的阶级局限性,她是怀着无比痛惜的心情去重温她在失去了的天堂里的桃色旧梦的,但她既客观地写出了南宋统治者沉湎酒色的事实,接着又对元蒙大军的突如其来表示震惊,就不啻是无意识地交代了这样一种因果关系:正由于南宋小朝廷宴安鸩毒,不虞外患,才会在强敌兵临城下时猝不及防,顷刻陷入灭顶之灾。这对于帮助我们理解南宋覆亡的悲剧,自不失其一定的认识价值。

"龙虎散,风云灭。千古恨,凭谁说!对山河百二,泪盈襟血。"换头后紧承上结文义,进一步申说自己莫可诉告的亡国悲恨。《易·乾文言》曰:"云从龙,风从虎。"本谓同声相应,同气相求;后人多用以比喻圣主与贤臣之相遇合。此言"龙虎散"而"风云灭",自有慨叹时无圣主贤臣、政局不可收拾的深意。"山河百二",语出《史记·高祖本纪》载田肯说汉高祖刘邦曰:"秦,形胜之国,带河山之险,县隔千里,持戟百万,秦得百二焉。"南朝宋裴骃《集解》引三国魏苏林曰:"得百中之二焉。秦地险固,二万人足当诸侯百万人也。"唐司马贞《索隐》引晋虞喜曰:"百二者,得百之二。言诸侯持戟百万,秦地险固,一倍于天下,故云得百二焉,言倍之也,盖言秦兵当二百万也。"二说不同,其言秦地山河之险则一。本篇用来借指南宋有着优越的军事地理条件。山川非不险固,却不能凭借以有效地抗击元军,盖天时不如地利,地利不如人和,主不圣而臣非贤,纵有"山河百二",亦何足恃?念及于此,词人只觉亡国遗恨,千古难消,无人可向之诉说,忧愤填膺,不禁潸然泪下,沾满衣襟,斑斑皆血。写到这里,词意已由戚戚于个人身世浮沉之悲升华到反省国家兴亡之因、历史功罪之责的批判现实主义的思想高度，升华到了负荷本时代、本民族之悲剧性深哀巨痛的爱国主义的精神境界，辐射出了耀眼的光辉。

以下一联依谱而作的精彩对仗，收拢笔墨，由抒愤回到纪实，拍转自己暨南宋皇家一群高级囚徒的万里北征："客馆夜惊尘土梦，宫车晓碾关山月。"两句一"夜"一"昼"，一"止"一"行"，只十四字便形象而凝练地高度概括了仆仆风尘、惶惶惊恐、披星戴月、跋山涉水的苦难历程。下句写拂晓登路，宫车鸦轧，碾破了洒满关山的月华，以动掣静，绘景历历在目，固妙；上句写侵夜休止，客馆冷落，噩梦惊心，恍然犹在灰土飞扬的道路上奔波，以虚驭实，炼意熠熠而新，尤佳！至于执行押解任务的蒙古军吏如何凶神恶煞，急如星火地苛督趱行，虽不着一字，却尽在言外了。

结处更由上句末三字"关山月"之"月"生发出奇异之想："问姮娥、于我肯从容，同圆缺？"姮娥，本作"恒娥"，神话传说中窃食西王母不死之药而奔月寡居独处的女神。自汉人避汉文帝刘恒之讳，改"恒娥"为"常娥"，后人多书作"嫦娥"，以致其初始之名反鲜为人知了。作者身为宋室嫔妃，被掳赴北，吉凶未卜，随时面临着遭受蒙古酋长玷辱的悲惨命运。在这里，她虚拟出向嫦娥仙子探询的口吻，含蓄地表白了自己的政治态度：但愿保全女性的同时又是民族的节操，自甘寡独之寂寞，而决不愿奴颜婢膝，以色相媚事仇敌，苟且享取荣华富贵！爱国的女词人最后向我们展示的，就是这样一个冰清玉洁的民族自尊的美丽形象。

由于诗词语言的模糊性,与王清惠同时代的著名民族英雄文天祥,曾对此词的末句产生过误解,以为从容圆缺云云有随遇取容、无意守节的含义,遂至长叹道:"惜哉,夫人于此少商量(欠考虑)矣!"并慨然拟其口吻,重新代作二首。其一末数句曰:"回首昭阳离落日,伤心铜雀迎新月。算妾身、不愿似天家,金瓯缺!"其二末数句曰:"世态便如翻覆雨,妾身元是分明月。笑乐昌、一段好风流,菱花缺。"两词斩钉截铁,掷地有声,宁作玉碎,不为瓦全的民族正气,恰是文天祥的夫子自道。但我们尽可以赞赏他的刚毅果决,却不敢苟同他对女词人的误会。据有关史料记载,王昭仪入元后,自请出家做了女道士,全节而终,其事实正是对本篇末句的最权威、最有说服力的诠释。

明人陈霆在其《渚山堂词话》中也对本篇末句持有与文天祥相同的看法。不过,他又据元人戚辅之《佩楚轩客谈》所载此词为张琼瑛之作的异闻,替王清惠开解道:"琼瑛,本昭仪位下也。若然,则后世可以移责矣。"意思是说,张氏为王昭仪属下的宫女,地位卑微,写出从容圆缺之类的苟且词句来,是无关宏旨的。其实,《佩楚轩客谈》的记载决不可信,试问,一个普通的宫女,能够"名播兰馨妃后里,晕潮莲脸君王侧"吗?陈霆据戚辅之说,为王昭仪讳而移责于张琼瑛,尤堪一哂。明明是一位爱国而有才华的女词人所赋的一首好词,为什么要误解它,从而又张冠李戴呢?

元、明、清词系从唐、五代、两宋词的母体中脱胎而出，一颦一笑，有迹可寻，对读互勘，或使我们产生"似曾相识燕归来"的感觉；但是，随着近八百年间政治风云的翻覆、经济土壤的化合、思想火焰的飘摆、文艺潮流的洄溯，四朝词也不断地在"因宜适变""袭故而弥新"，决非古人之衣冠优孟。

叁

Chapter 3

金元明清词

金元明清词总论

"叠嶂西驰,万马回旋,众山欲东。"(宋辛弃疾《沁园春·灵山齐庵赋》)

当我们乘风鼓翼,翱翔于蓝天白云之间,鸟瞰中国古典文学那一大块神奇的土地,眼底展现着的,便是这样一幅各类文学体裁、各种艺术派别群峰竞秀、众壑争流的雄伟景观。

在那此起彼伏、蜿蜒如带、时而相绞结、时而相游离的若干条大山脉中,词之一系,十分引人注目。她腾踔于诗文、辞赋业已虎掷狮拿之后,飞骞于小说、戏曲尚在龙潜蟒蛰之先。自她诞生以来的千百年间,作家代兴,俊彦踵武,固有如横峦侧岭,变态靡常;而佳篇迭出,精彩纷呈,亦复似春兰秋菊,繁香不断。一方面,她以反映中华民族之社会生活与人情物态而从精神内容上沟通于其他文学样式,虽殊途而俱归;另一方面,她又以独特的面貌、体段、气格和风标,从艺术表现上区别于其他文学样式,实同质而异构。她的美的生命力并不因岁月的流逝而或减,正相反,譬之煮秋作酒,历时愈永,其味弥醇。且不说她至今仍为广大读者所喜闻乐见,随着物质生活的日渐富足和文化素养的日趋提高,我们相信,还将会有越来越多的人,在工作和学习之余,怀着浓厚的兴趣,渴望深入她那郁郁葱葱的大林莽,去作一番审美的远足旅行。

然而，这一片丰饶的文学美的资源，目前还只开发了一半。具体地说，她的前半段——唐、五代、两宋词，经过许多古典文学普及工作者的辛勤拓理，道路既经凿通，阶石亦已铺就；而她的后半段——金、元、明、清词（其中金词与南宋词时代部分重合，表现为地域上的南北之分），由于有关研究和介绍工作尚未充分展开，则芟除草莱、剪伐榛楛的劳作仍然是当务之急。职此之故，笔者勉为其难，愿以探索者的身份，谈一谈自己粗读金、元、明、清四朝词后的主观印象。

（一）

论金之历史，自应追溯到公元 1115 年金太祖完颜阿骨打在东北地区立国、称帝、定都（会宁，今黑龙江阿城南）、建元（收国元年）之日；但金之有词，却是 1127 年（金太宗天会五年）攻灭北宋以后的事。自此下迄 1911 年（清宣统三年）辛亥革命，中国历史上最后一个封建帝国——清王朝寿终正寝，四朝词总共走过了近八百年的漫长里程。

"闲云潭影日悠悠，物换星移几度秋。"（唐王勃《滕王阁》诗）这后来近八百年的金、元、明、清词，同前此七百年间的唐、五代、两宋词相比照，都有哪些继承和发展、因袭与演化呢？

自其不变者而观之，我们必须承认：作为用汉语言文字进行创作、以抒情为主的一种特殊的韵文样式,金、元、明、清词与唐、五代、两宋词并无二致;就体制、格律、句型、语汇等外部形态来考察,也很难说两者之间有什么截然的区别;而由于词至两宋,已臻大成,各种题材、内容、风调、技法,几乎皆可示人以典范,后学心摹手追,搦管之际,每每有唐、五代、两宋诸大家、名家的影子横亘于胸,形诸墨楮,遂不免各见其所薰沐,因此从总体上来衡量,四朝词中前代遗传成分所占比重之大,亦毋庸讳言。

但是,世界上的一切事物,"同"只是相对的,"异"才是绝对的。自其变者而观之,我们又不能不注意到金、元、明、清词之有别于唐、五代、两宋词的这样一些特点。

其一,在金、元、明、清四朝中,有三个政权是少数民族建立并占据统治地位的,那就是女真族的金、蒙古族的元和满族(源于女真族,1635年皇太极改称满洲)的清。尽管这三个兄弟民族后来都不同程度地接受了汉民族较为发达的封建文明(其中女真人和满人汉化的程度较高,蒙古人汉化的程度要低一些),且此三朝文学创作的基干力量仍为汉人,故金、元、清文化就其实质来说依然是汉文化的延续,但多民族国家的进一步形成毕竟使得作家队伍的民族结构产生了一定的变化。于是乎,金代出现了女真族的完颜璹、完颜璟、完颜从郁、仆散汝弼,契丹族的耶律履,元代出现了蒙古族的萨都剌,回鹘族的薛昂夫,契丹族的耶律楚材、耶律铸,清代出现了满族的纳兰性德、顾春、盛昱、志锐等一批少数民族词人,其中最优秀的代表如萨都剌、纳兰性德,就是跻身于唐、宋诸名家之列也毫无愧色。他们以斐然可观的创作实绩改变了唐、五代、两宋以来词坛基本为汉族作家之一统天下的局面,再一次雄辩地证明了祖国历史文化那美轮美奂的大厦乃是汉族和各兄弟民族的共同杰作。

其二,词之初起,本与勃兴于隋代的燕乐相掖俱行,有曲有辞,声情并茂,恰如车两轮而走陆,舟双桨以济川。一调之悦耳,不知吸引几多青衫诗客挥彩毫竞洒琼瑰,有井水处皆可歌;一篇之惬心,又不知牵惹几多红袖佳人按檀板争吐珠玑,有警策者尽可传。这种风尚,不独唐、五代与北宋前期为然,即便在不乏文章豪放之士大胆突破音乐框架、将词作为一种仅供吟诵的新体诗来写的北宋中后期和南宋,也仍然是词坛的传统。然而,"自金、元入主中国,所用胡乐,嘈杂凄紧,缓急之间,词不能按,乃更为新声以媚之"(明王世贞《曲藻序》)。这所谓新声便是北曲。如果说在金代,北曲与燕乐尚处于激烈碰撞的阶段,那么到了元代,北曲终于兼并燕乐,占鹊巢而鸠居了。词乐既已失坠,辞即不复可歌,于是而逮明、清,词遂成为纯粹的书面文学,性质与五七言格律诗无异——不过句读参差多变、体式也较为繁复罢了。今天的读者尽可以为词之音谱的不传而感到遗憾,然燕乐亡而词独崔嵬屹立于天地间,则其文学骨骼之发育成熟、艺术灵魂之凝聚持恒,实经严酷无情的考验乃得以昭现,这未始不值得我们为之庆幸呢。

其三，固然金、元、明、清词系从唐、五代、两宋词的母体中脱胎而出，一颦一笑，有迹可寻，对读互勘，或使我们产生"似曾相识燕归来"（宋晏殊《浣溪沙》词）的感觉；但是，随着近八百年间政治风云的翻覆、经济土壤的化合、思想火焰的飘摆、文艺潮流的洄溯，四朝词也不断地在"因宜适变""袭故而弥新"（晋陆机《文赋》），决非古人之衣冠优孟。更何况，词由唐、五代发展到两宋，虽曰诸题多该、众体大备，却终究未能、事实上也不可能穷尽一切素材和花色，故而四朝词中自出机杼、别开生面的作品亦往往有之。这些，远不是三言两语就能交待清楚的，还是让我们一边探讨词在金、元、明、清各个时期的具体嬗变轨迹，一边加以述说吧。

（二）

清人夏宝晋曾如此追溯金代学术文化的历史渊源："说到中原人物，自南邦交聘，才染风流。"（《八声甘州·野史亭》）按照他的逻辑去演绎，必然得出金文学是在南宋文学的影响下发展起来的、金词为南宋词之别派与附庸的结论。这恐怕不符合事实。金人沾染汉文化之"风流"的契机，并不在于后来与南宋的"交聘"，而在于此前与北宋的"交战"。他们用武力征服了北中国的汉人，同时也被北宋的汉文化所征服。因此，金文学和南宋文学都是北宋文学的嫡嗣，他们之间的关系是弟之于兄，而非子之于父；具体到词，则金词与南宋词亦同出于北宋词，可谓"一山门作两山门，两寺原从一寺分"（唐白居易《寄韬光禅师》诗）。

当然，由于金和南宋划疆而治，是历史上的第二个南北朝，其国运不同，地域不同，民风不同，在这样两个相对封闭而温床各别的暖室里，任是同一母本上结成的种子，也会开出异色的花朵来。是以金词与南宋词虽皆胚胎于北宋，但破稃之后，却日见歧变，长成为各具丰姿的植株。清况周颐《蕙风词话》卷三曰："南宋佳词能浑至，金源佳词近刚方。宋词深致能入骨，如清真（周邦彦）、梦窗（吴文英）是。金词清劲能树骨，如萧闲（蔡松年）、遯庵（段克已）是。南人得江山之秀，北人以冰霜为清。南或失之绮靡，近于雕文刻镂之技；北或失之荒率，无解深袭大马之讥。……宋、金之词之不同，固显而易见者也。"撇开其中的某些片面性（他主要是将金词与南宋格律派词作对比，却忽略了南宋以辛弃疾为代表的豪放派爱国词，而金国那些反映抵御西夏、征伐南宋、抗击蒙古等民族战争现实的词作，风格正与南宋辛派相近）和表述逻辑混乱（如将北宋周邦彦同南宋吴文英对举而泛称"宋词"，即与论南、北方词风之别的主题不合），应当说，况氏这段辨金词与南宋词之得失异同的话，还是有一定参考价值的。要之，北国气候干烈祁寒，北地山川浑莽恢阔，北方风俗质直开朗，北疆声乐劲激粗犷，植根于斯，故金词之于北宋，就较少受到柳永、秦观、周邦彦等婉约派、格律派词人的影响，而更多地继承了苏轼词的清雄伉爽。金人即便赋儿女情、记艳游事,亦往往能寓刚健于婀娜,譬如燕赵佳人,风韵固与吴姬有别;则其酒酣耳热、击壶悲歌之际的激昂慷慨,不问可知。他们学苏,纵然未能达到东坡词中浩瀚流转的境地,却也写出了一批骨重神寒如苍岩桂树的作品。若从金词中摘一二语以道其品,"胭脂雪瘦薰沉水,翡翠盘高走夜光"(蔡松年《鹧鸪天·赏荷》)云云,庶几乎仿佛。

以上盖就金词之总体艺术审美祈向笼统而论,倘细辨其发展线索,约略可分四期述之。

女真族崛起于白山黑水之间,本以渔猎为生,经济、文化都比较落后,因此并吞中原之初,不但袭用了汉语言文字,甚且"借才异代"(清庄仲方《金文雅序》),扣留宋使以掌文翰。金太宗、熙宗两朝的词坛盟主宇文虚中、吴激皆属此类。其生平遭际既略同于由南梁入西魏、北周的庾信,所创作遂亦充斥着《哀江南赋》式的苦悲,或系心于故国莺花,或断魂于旧家梁燕,低回顾影,凄怆欲绝,诚所谓亡国之音哀以思。

洎海陵王迁都燕京(今北京),金已走上全面汉化的道路,女真人以词传者,即始于完颜亮。而当时的泰斗,则是官至右丞相的蔡松年。蔡氏虽也曾仕于北宋,但官品较低,且年仅二十岁便随父降金,事金多年,位至显贵,他对于故国与新朝的政治感情,自与吴激辈相左。他的词已基本上割断了和北宋王朝千丝万缕的政治联系,而主要是抒写作为金国臣僚的生活情趣。所以尽管蔡松年与吴激词名后先相埒，时有"吴蔡体"（《金史·文艺传上》）之目，但真正开有金百年词运的，实唯蔡氏一人而已。其《明秀集》追步眉山，雄爽高健，为后人提供了学苏的第一个蓝本。

世宗、章宗时期，承平日久，汉化浸深，宇内小康，文教大成，海陵王时已崭露头角的耶律履、蔡珪、王寂、刘仲尹诸人含英咀华于前，党怀英、景覃、王庭筠、刘迎、赵秉文、王特起、完颜铸、折元礼、高宪等一批批新秀相继脱颖而出于后，近六十年间群星璀璨，烁烁交辉。而位居九五之尊的完颜雍、完颜璟祖孙二人本身即能倚声，尤为此期词坛之鼎盛气象的一个特殊表征。这些词人，都是吮吸着金文化的乳汁成长起来的，迥异于前期宇文、吴、蔡等人之以楚材而为晋用；又其虽多师心东坡而每能各具面目，如党怀英之松秀高寒、王庭筠之幽峭绵邈、赵秉文之英朗超旷、折元礼之遒劲沉雄、高宪之欹崎排奡，金词至此，确乎体段完足，能自树立了。

卫绍王以降，政荒于内，兵败于外，国势急遽衰落。蒙古人的铁骑挟裹着雪山朔气、大漠风沙长驱直入，岁星才二周天，金便在蒙古与南宋的夹击下彻底覆亡。时局屡变，词亦随之，此期作手，就不是苏轼一人的家法所能牢笼的了。于是贞祐南迁之初出现了王渥《水龙吟·从商帅国器猎》那样高亢激越的爱国战歌，风格近似南宋辛稼轩；天兴移祚之后，更有段克己、段成己昆仲或发黍离之悲、或明首阳之志一类的遗民咏叹,神情在晋陶渊明、唐杜甫之间。而并蓄兼收、奄有其胜者,断推代表金词最高成就的中州巨擘元好问。他学富五车,才高八斗,不幸于"丝竹中年,遭遇国变","卒以抗节不仕,憔悴南冠二十余稔。神州陆沉之痛,铜驼荆棘之伤,往往寄托于词"(《蕙风词话》卷三),故所作沉郁顿挫、博大精深。除了"焦土已经三月火,残花犹发万年枝"(《浣溪沙》)之类血泪和流的国难实录,《遗山乐府》中那些摹写北国壮丽河山、歌颂人间真挚爱情的词篇也很值得重视。如《水调歌头·赋三门津》以广角镜摄取中华民族之摇篮——黄河的雄姿壮采,《摸鱼儿》(问莲根有丝多少)用五色笔赞美普通民家儿女不惜以生命捍卫婚姻自由的反封建精神,这些题材在词史上都具有开拓意义。尤堪称道者,遗山词不仅内容丰富,风格亦复多彩,她以苏、辛之恢宏疏快、迈往不羁为主干,间亦"有风流蕴藉处,不减周、秦"(宋张炎《词源》卷上)。或谓其"体制最备"(元徐世隆《遗山先生文集序》)、"集两宋之大成"(清刘熙载《艺概·词曲概》),虽嫌过誉,但有金一代,能够出入于两宋诸大家之间的词人,舍元氏而莫属,则是可以定论的。得一遗山作为辉煌的结束,金亡而金词为不亡矣!

(三)

公元1206年,分散于蒙古草原上的各游牧部族在铁木真(成吉思汗)的领导下握成了一只强有力的拳头,三年后,便开始了大规模的军事扩张。积三代人共七十余年的浴血苦战,他们先后并西域,平西夏,灭女真,定南诏,下江南,终于建立了一个"北逾阴山,西极流沙,东尽辽左,南越海表"(《元史·地理志一》),疆域空前辽阔的大元帝国。由于这个大帝国的主宰是属于少数民族的蒙古人,而在统治过中国全部或局部较大范围的诸少数民族里,蒙古人的民族意识最为强烈,对于学习汉族先进文化的态度比较消极,又由于元蒙上层贵族集团长期在政治上实行民族压迫,在经济上实行民族掠夺,故而其赫赫武功虽远迈乎汉唐,而彬彬文治却大逊于两宋。尽管如此,他们治下的子民毕竟是占全国户口绝大多数的汉人,他们无法凭借权力强行腰斩拥有数千年悠久历史的汉文化传统,因而,汉文学的创作在元代仍然继续着,发展着,并取得了一定的成就,词也不例外。

读元词,首先引起我们注意的是她在题材和内容的取向上有着十分明显的时代特征。盛行于唐、五代、北宋的那些男欢女爱、相思离别的热门主题,多为适合歌妓的莺吭燕舌而创作,随着词乐的消亡而被釜底抽薪,冷落了下来;唱彻了南宋和金末词坛的那些横戈跃马、请缨报国的高亢曲调,本是民族战争之刀光剑影的产物,随着海内的混一,也如红炉沃雪,匿去了踪迹。与元代特殊的政治、社会环境相对应,元人笔下的好词,大都集中在隐逸、山水、怀古这三大部类。元代的著名词家,鲜有不同时或分别在这三大部类中搴旗拔垒、登坛拜将的。

隐逸之词，历代多有，但只是到了元代，才成为词坛的主要创作倾向。个中原委，一言难尽。大抵当时民族歧视严重，竟作蒙古、色目（西域及欧洲藩属各族）、汉人（北方汉族及契丹、女真）、南人（南方汉族）四等之分；文士贬值尤甚，至有"七匠、八娼、九儒、十丐"（谢枋得《送方伯载归三山序》）一笑之谑。是以汉族知识分子之于元蒙统治集团，或因感情隔阂而不愿合作，或因仕进无门而不得合作，或因备受倾轧而不肯合作到底，一时间避世高蹈、屏迹幽居之风蔚然以成。明乎此，则我们对元词中充溢着的田园情调、山林气息便不难理解了。

元代的隐逸词，按写法来区分，大致可划为两类。"几时收拾田园了，儿女团圞夜煮茶"（魏初《鹧鸪天·室人降日以此奉寄》），"为报先生归也，杏花春雨江南"（虞集《风入松·寄柯敬仲》），此未隐之先、思兮慕兮之辞。"兴来便作寻花去，醉时不记插花归"（刘敏中《最高楼》），"种株梅，移个竹，凿些池。添他无限风月，尽可著吾诗"（周权《水调歌头》），此既隐之后、优哉游哉之辞。两类之中，自以后者数量为多，质量也较高。她们袒露了一种绝去机心、归真返璞、与大自然相契合的纯净的人性，并呈现出寓骚雅于冲夷、足秾郁于平淡的艺术特质。其间刘敏中、刘因、许有壬诸人所作，明洁醇厚，最为杰出。而许衡《沁园春·垦田东城》一首，写归隐后躬耕勤苦之状历历如绘，尤可弥补历来隐逸词中缺乏此项内容的遗憾。

诚然，此类作品难免也有因逃避现实而遭人非议的一面；但如果我们换一个角度来探讨，亦不妨另作斟酌。"天下有道则见，无道则隐。"（《论语·泰伯》）元人之隐逸，从本质上来说何尝不是对当时黑暗政治的一种消极反抗？虽然"消极"，却毕竟是"反抗"，其隐逸词看似平和、超旷，骨子里正不知有多少牢骚、愤激，恰似彩照的底片，上面全是"负像"和"反色"，必待翻印成正片然后可观——读不出她们的背面文章来，那真是买椟还珠了！

山水词和怀古词，其来亦久，也非元人的专利。不过这两类词在元代确实获得了大面积丰收，自足令人刮目相看。究其所以，仍有说焉：朝廷久辍科举，优学未必能仕，故士子游食四方，干谒者甚众；宦海本多沉浮，京衔岂易遽得？故官吏驱走南北，羁旅者尤夥。加以前代遗民，或漂流以泛不系之舟；外国使臣，或周览以纵不羁之马。而地广万里，江山处处可供诗材；世经千劫，古迹时时堪动吟兴。种种主客观因素集合在一起，遂使元代的山水词、怀古词层见迭出，汇为洋洋大观。

元人笔下的山水，大都气势磅礴、力度劲坚。写北地黄河，但见"浊波浩浩""经天亘地""奔腾触裂，轰雷沃日"（许有壬《水龙吟·过黄河》）；写南闽林麓，但见"长溪漱玉""群峰泼黛""石磴盘空，天梯架壑"（张埜《沁园春·泉南作》）；写西蜀关隘，但见"一线中开""高擎仙界""云嘘岩腹，鼓舞风雷"（周权《沁园春·再次韵》）；写东浙海潮，但见"鳌翻山动,鹏抟风积","银汉迢遥","秋光浩荡"(张翥《满江红·次韵耶律舜中樟亭观潮》)。尤为难得的是,她们往往能在突出客体之壮美的同时,凸现审美主体卓尔不群的精神风貌。如前引周权词曰:"便万里孤骞,超人间世,一枝高折,作月中梯。笔蘸天河,手扪象纬,笑傲风云入壮题。"又如前引张埜词曰:"尽卷南溟,不供杯杓,得遂斯游岂偶然?天公意,要淋漓醉墨,海外流传!"布衣穷儒,风尘小吏,逆境之中,傲岸若此,在汉族知识分子的尊严横遭践踏的元代,他们只能借助文学创作来确证自己的人格力量。要问元人山水词在前人的基础上有何新变,这也许是应该作为首选的回答。

元代以写怀古词而擅名的作家,前数白朴,后推萨都剌。他们选取的素材、表现的主题虽大体不出宋人同类词作的范围,但白朴由金入元,幼年亲罹了叶下枯枝的惨痛,萨都剌由元入明,壮年饱谙了燕巢危幕的悲哀,因此他们对历史兴亡的感慨,自较前人为深切。萨都剌《满江红·金陵怀古》《念奴娇·登石头城》二阕,最是元人怀古词中的翘楚。同题之咏,北宋王安石的《桂枝香》、贺铸的《台城游》、周邦彦的《西河》固已捷足先登,然所谓荒烟衰草、樯影寒沙、斜阳燕子,尚属居安思危,伤不至恸;而天锡词之"落日无人松径冷,鬼火高低明灭",一派阴森凄寂,打着大元帝国王气消沉之末世的印记,有她独到的审美价值和认识价值,这就不是宋词所能涵盖和替代的了。

作为特例,我们还不应忽略元代那些开拓前人词中鲜有之境的优秀作品。如白朴的《朝中措》(田家秋熟办千仓),因蝗灾大作而为天下忧;刘因的《清平乐·贺雨》,因旱情化解而为天下乐:悲喜不同,其关心民瘼的精神则如合符契。再如宋褧的《菩萨蛮》(两歧流水清如酒),抒豺狼当道、安问狐狸之愤懑;李孝光的《满江红》(烟雨孤帆),发苏息苍生、解民倒悬之恻隐:旨趣各别,却都表现出知识分子对于国家和人民的责任感。他如卢挚的《六州歌头·题万里江山图》,尺幅秋澜,是词人向祖国山川历史文化的礼赞;陈孚的《太常引·端阳日当母诞不得归》二首,寸草春晖,是赤子向母亲奉献的爱的乐章;王恽的《鹧鸪引·赠驭说高秀英》、胡祗遹的《木兰花慢·赠歌妓》,绘声绘色,传形传神,是当时民间艺人精彩表演的现场记录,为元代讲唱艺术之盛行留下了形象的实证资料。凡斯种种,在词中多属初创,读来确有令人耳目一新的感觉。

由于元代结束了宋金对峙的分裂局面,南北词坛,延平剑合,故元人可以博采众长,于是元词的艺术风格也就较为多样化。然而,在肯定这一点的同时,我们又必须看到,元灭金四十余年后方才吞并南宋,且定都于北,以金故地为腹心,而元词作者中,北方人数量明显多于南方人,因此,元词审美的主导倾向,仍为金词所偏重的阳刚一路。金末元好问自序《遗山乐府》曰:"乐府以来,东坡为第一,以后便到辛稼轩。"而元人刘敏中为张养浩《江湖长短句》作序,亦重申云：词"逮宋而大盛，其最擅名者，东坡苏氏，辛稼轩次之"。可以说，这是元代词人的普遍看法。南方张翥，本是南宋格律词派的再传弟子，而虽"导源白石（姜夔）"，仍不免"时或以稼轩济之"（《艺概·词曲概》）；女词人张玉娘，多赋相思之似水柔情，而婉约之中，仍挟带东坡清越之气——苏、辛词风在元代的影响之大，即此可觇。

元以曲胜，而元曲的一个重要特点便是冷中藏谑。词曲并行，相互渗透，元词中遂亦染上了几分元曲的冷面滑稽。这在刘敏中、刘因、许有壬词里已见端倪，在谢应芳《龟巢集》里即更加突出。囿于篇幅，点到为止，就不展开讨论了。

（四）

元代末年，政治腐败，天灾人祸，交加迭起。至1351年，长期潜伏运行着的地火终于喷薄而出，爆发为农民战争性质的红巾军大起义。这场斗争虽以失败告终，但它持续十三年，大小数百战，给元蒙贵族集团以致命的打击，使得趁乱而起的朱元璋军能够在扫平南方割据群雄后，轻而易举地北伐中原，将元蒙残余势力逐出大都（今北京），驱往沙漠，代之以一个汉族地主阶级重新执政的封建王朝——明。

南朝齐刘勰在评论汉末建安时期的文学创作时说："观其时文，雅好慷慨，良由世积乱离，风衰俗怨，并志深而笔长，故梗概而多气也。"（《文心雕龙·时序》）元、明易代之际的词，亦有同样的特点。如果说高启《沁园春·寄内兄周思谊》之所谓"摩挲旧剑生苔，叹同掩衡门尽草莱"云云还只是神肖的话，那么刘基《水龙吟》中"鸡鸣风雨潇潇，侧身天地无刘表"，"问登楼王粲，镜中白发，今宵又添多少"等语，则干脆就以建安才士自命了。而陶安的《水调歌头·偶述》及同调《秋兴》二首，一面展示元末战乱给人民带来的深创巨痛（"血溅中原戎马，烟起长江樯橹"，"苔锁河边白骨，月照闺中嫠妇，赤子困沉疴"），一面抒发自己辅佐朱元璋完成统一大业的豪气雄心（"写兵机，修马政，咏铙歌。西风莫添华发，壮志未消磨"，"天意必有在，早听《大风歌》"），最能反映这一乱而后治之时代的特征。此类作品，风骨遒上，是明词的良好开端。

然而，自开国以后直至熹宗天启末的二百六十年间，明词却由序幕的哀管亢角转入了低轸轻弦。剑光牛斗，壮气蒿莱，南宋、金、元豪放派之清刚，一时收敛；艳歌桃李，芳心兰蕙，唐、五代、北宋婉约派之温柔，再度风发。"文变染乎世情，兴废系乎时序"（《文心雕龙·时序》），上述嬗替的奥秘，自然还得向当时的政治、社会环境中去搜求。夫前期二祖，雄才大略，治国治军，咸有建树，然专制独裁，忮忍剿刻，屡兴大狱，滥杀无辜；后起列宗，率多凡庸，唯知逸乐，不足守成，而辅臣争权，宦官擅政，厂卫跋扈，特务横行。是以文人学士，屡受摧残。如高启以作文连坐，竟至腰斩；刘基以刚直见猜，乃罹鸩毒；杨基以被谗夺职，夭折役所；凌云翰以贡举乏人，贬死蛮荒；瞿祐以诗祸下狱，谪戍保安；解缙以藩王构陷，身亡囹圄；夏言以阉魁诬诋，论斩西市；杨慎以议礼获谴，长流南滇；至若边贡以素著才名，屠隆以放浪诗酒，并遭弹劾罢官，犹其小焉者耳。这一桩桩惨痛事实所造成的后果，不仅仅是从肉体上消灭了一批词人的才华，给明词带来了有形的损失，更严重的是在精神上磨去了一代词人的棱角，使明词受到了无形的戕害。俊才雅多风流倜傥，时世且令钳口噤声，而欲其不以醇酒妇人为麻醉，又乌可得？明王世贞《艺苑卮言》卷六载杨慎放废之后，益纵任不羁，"尝醉，胡粉傅面，作双丫髻插花，门生舁之，诸妓捧觞，游行城市，了不为怍"，且按曰："特是壮心不堪牢落，故耗磨之耳！"类似情形曷胜枚举，这不过是典型的一例罢了。加之明代都市经济的发展有过于唐、宋，勾栏酒肆，鳞次栉比，词即不复作金尊檀板歌舞之资，亦足为花前月下遣兴之咏；南曲诸腔的盛行迥异于金、元，曼声软语，玉联珠贯，词虽未必尽效其音容节拍，仍不免略受其浸淫渐染，更何况词本起于市井嘌唱，向有言情旖旎的传统呢？如此，则本期明词之"竞尚侧艳"，"惟长绮语"，"才士模情，辄寄言于闺闼；艺苑定论，亦揭橥于《香奁》"（近代吴梅《词学通论》第九章《概论四》第一节《明人词略》），就不须多怪了。而专以应歌侑酒、主于批风抹月的《花间集》（后蜀赵崇祚编）、《草堂诗余》（南宋书商纂辑）为何能在当时屡刻而畅销，也有了合理的解释——特定社会风气下的特殊需要么！反过来说，二书的风行，亦未始不是推波助澜、使此种社会风气愈煽愈烈的一个重要因素。但看明人竟有将此两编全数拟和一遍者（陈铎《草堂余意》、张㦳《和花间集》），便可知她们对明词的牢笼之力了。

上引吴梅云云既提及晚唐韩偓的《香奁集》，这不由得使我们想起其序中夫子自道的两句俪文："咀五色之灵芝，香生九窍；咽三危之瑞露，美动七情。"据说宋代高秀实听人诵此，一叠连声道："动不得也！动不得也！"（宋许觊《彦周诗话》）道学家之酸腐，一至于此，大堪捧腹解颐。其实，人非草木，孰能无情？七情六欲，怎地便"动不得"？要当明邪正之辨耳。动而不失其正，斯则为善。剔除此期明词中若干流入亵狎的篇什，那些纯洁、真挚的爱情歌咏，自是人类精神美的财富，应予充分肯定。至于政治失意者"仗酒祓清愁，花销英气"（宋姜夔《翠楼吟》）性质的苦闷之词，盖有托而逃，既非纵欲，又非纯情，理当别论的。

我们反对不作具体分析地一概抹杀此期明词，但并不等于说我们对她严重脱离社会现实的倾向持赞赏态度。无论出于何种原因，这一倾向都是令人遗憾的。在这个意义上说，明词确乎经历了一段较长的中衰。

崇祯暨南明时期，政局板荡，戎马倥偬。清代八旗的剽师悍旅先是频年入侵；继而在李自成农民起义军亡明后，大举开进山海关，吞噬了北中国；旋即又跨过长江天堑，横扫南方。鹊噪而起的福王、鲁王、唐王、桂王等南明政权，抵挡不住清人的强弓劲矢，一一鸿逝于历史的缥缈远空。面对着这样一个山崩地裂、海水群飞的时代，明词在谢幕之前以急筑悲筇、紧锣密鼓重新回升到了她的高音区。如孙承宗之《水龙吟》（平章三十年来）、卢象升之《渔家傲》（搔首摩天问巨阙）、吴易之《念奴娇·渡江雪霁》、张煌言之《满江红》（萧瑟风云），以赋体直抒慷慨报国之志，作穿云裂石之声；如陈子龙之《点绛唇·春日风雨有感》、《江城子·病起春尽》、夏完淳之《一剪梅·咏柳》、《烛影摇红》（辜负天工），借比兴曲达伤悼亡国之情，出惊神泣鬼之语：表现手法容或不同，艺术旨趣庶几有别，其人之为殉国的烈士，其词之为爱国的佳篇，则后先一揆。她们是泪涛和血瀑的变奏曲，她们是炮管和弓弦的交响乐，她们是明词的丰碑、明词的骄傲！

明亡以后，还有一大批遗民词人，窜伏草野，抱贞守节，不向新朝臣服。论时代他们已入初清，而论创作犹是明词之袅袅余音。其最负盛名者有二"山"——王船山（夫之）和屈翁山（大均）。二人俱曾投身于南明的抗清斗争，暨斗争失败，又都以长歌当哭，借词笔寄托孤臣孽子的哀思，倾泻侠客义士的忠愤。所作皆姿态横生，未拘一格。然翁山尝北走雁塞，词或挟幽并风沙肃杀之气；船山长南匿衡阳，词或染潇湘烟雨凄怨之情——面目亦不尽相同。他们的创作生涯在南明灰飞烬灭后还持续了三十多年，明词那沉甸甸的句号，不啻是以他们为代表的遗民词人在弥留之际圆睁着的含恨的眼睛。

（五）

如果我们将唐词比作镶着露珠的晨曦，将宋词比作披着云锦的丽日，那么，清词就是流金溢彩、光怪陆离的晚霞了。金、元、明三朝词虽然各有千秋，但就总体水平而言，实未足与两宋比肩方驾；唯有清词以其庞大的创作队伍、众多的创作群体、辈出的创作天才、广阔的创作视野、繁复的创作内容、变幻的创作色彩，龙行虎步，雄视豪攘，不让宋人专美于前。

满族政权的奠基者努尔哈赤自小就养于明代守辽名将李成梁帐下，通晓汉文，为"只识弯弓射大雕"（毛泽东《沁园春·雪》）的女真、蒙古开国君主们所无法比拟。在他的影响下，清朝贵族集团底定东北之初即已略被汉风。入关后，顺治、康熙二帝一面武装镇压人民的反抗，一面又大行儒家政教，以认同与弘扬汉文化的积极姿态来谋求汉族地主阶级的合作与支持。这种明智的做法既有效地巩固了新王朝的统治，使战乱后的经济得以在和平条件下迅速复苏、高涨，也促进了满族自身的汉化，保证了汉文明的正常发展。作为一个少数民族所建立的封建王朝，清代的政治寿命之所以能两三倍于金、元而与唐、宋、明大体持平，清代的学术文化包括词的创作之所以能突过金、元、明而比隆于唐、宋，这不能不说是一个重要的关键。

除了时代政治人文的大气候，文学样式本身的内部发展规律也为清词提供了振兴的契机。大凡一种文体，盛极而衰，剥久必复，此乃自然之理。词至两宋，已达巅峰，后人染指，难乎为继，故金、元、明词弗免坡减而退；退至于明，既沉谷底，已往不谏，来者可追，故清词易得梯级以升。试观清人词学论著数量之夥、质量之高，便知他们殚精竭虑，在总结前人创作实践的得失成败方面很下过一番功夫。基础于此，取法乎上，清词的突飞猛进，就不是偶然的了。

有清二百六十七年中，词坛风发飙举，流变綦繁，云蒸霞蔚，作手实众，一时也缕述不尽，只好择其要者，概略言之。

前期顺治、康熙、雍正诸朝，康熙年间为一大高峰。此时阳羡、浙西二派犄角对接，陈维崧、朱彝尊、纳兰性德鼎足三分，清词中兴，大势既成。

所谓阳羡词派，乃是顺、康之际由江南宜兴、荆溪（两县后合并，约相当于今江苏宜兴）籍词人组成的一个创作群体，因该地区古称阳羡而得名。这批词人反清的民族意识较强烈，遭遇颇多坎坷，所作大抵取法南宋辛弃疾及宋末阳羡名家蒋捷，悲壮淋漓，权奇恢诡，且具有关心民生疾苦、抨击苛政弊端的现实主义倾向。其领袖人物暨典范作家为陈维崧。他少值"家门鼎盛"，"不无声华裙屐之好，故其词多作旖旎语"；入清后流离颠沛，"饥驱四方，或驴背清霜，孤篷夜雨；或河梁送别，千里怀人；或酒旗歌板，须髯奋张；或月榭风廊，肝肠掩抑；一切诙谐狂啸、细泣幽吟，无不寓之于词"（清陈维岳《湖海楼词序》）。正是这样的生活经历，使得他能够正视人民的苦难，从而写出词中的《石壕吏》——《贺新郎·纤夫词》等不朽的作品。他一生作词四百余调、千六百首有奇，《陈迦陵集》五十四卷，词居其三十，如是之富，实属空前。其词如黄河咆哮，东注沧溟，泥沙俱下，在所难免；而飞扬跋扈，摧枯拉朽，魄力之大，一时无匹。或谓"不及稼轩之浑厚沉郁"（清陈廷焯《白雨斋词话》卷三），固然，却不尽然。若与稼轩波澜莫二，天生稼轩足矣，何必更有迦陵？迦陵词之不可废也，岂不正在能变稼轩之雅健雄深为剽姚悍霸乎？布阵图而战旷野，稼轩慢词之森严，其年不能遽敌；然持短兵而斗狭巷，以纵横捭阖之辞游刃有余于小令，则是他的长技。如《点绛唇·夜宿临洺驿》："赵魏燕韩，历历堪回首。悲风吼，临洺驿口，黄叶中原走。"《好事近·夏日史蘧庵先生招饮》："别来世事一番新，只吾徒犹昨。话到英雄失路，忽凉风索索。"此等境界，稼轩仓卒间怕也未易轻造的。

浙西词派的兴起稍晚于阳羡词派，但持续的时间较长，直到嘉庆、道光间常州词派腾骞之后方逐渐式微。其初期代表多系康熙朝的浙西籍词人，后来流风广被，作家就不尽为浙产了。他们标榜醇雅，宗法南宋格律派，所追蹑者，尤在姜夔、张炎之清空。其于明词偎红倚翠、靡曼啴缓的风习，有廓清湔涤之功,但所作多咏物酬赠、流连光景,反映的社会生活面偏窄,内容之贫乏与明词等,亦可谓治标而不治本了。 不过,此派的开山祖师朱彝尊青壮年时曾落拓江湖,又与妻妹有过一段被封建礼教扼杀了的恋情,故集中还不乏雄浑苍莽的吊古之作、哀感顽艳的怀人之什,英雄气、儿女情兼而有之。 元遗山有绝句评宋江西诗派云:"论诗宁下涪翁(黄庭坚)拜,未作江西社里人。"(《论诗三十首》其二十八)套用其句格,我们也不妨说:"论词宁下垞翁拜,未作浙西派里人。"

康熙十八年(1679)博学鸿词之举、二十年(1681)"三藩"叛乱之平,标志着清政权的基础已彻底稳固。 大多数汉族知识分子承认和接受了这个现实,反清的民族意识渐趋淡化。 阳羡词派的消亡和浙西词派的勃兴正是这种政治形势在文学创作中的一个具体反映。

此期词坛还涌现了一批专学唐、五代、北宋言情小令的作家,出类拔萃者为优秀的满族词人纳兰性德。 其悼亡诸词纯任性灵,纯用白描,有声彻天,有泪彻泉,是古代爱情诗歌园苑里一树圣洁的琼花。 自南唐李煜去后,似这般满心而发、肆口而成的天籁,几成人间绝响,不意今乃于《饮水集》中见之! 不幸的是他只活了三十岁,来也匆匆,去也匆匆,宛如划破夜空而倏然消逝在银河中的一颗流星。

纳兰性德虽不曾开创什么宗派,但他以满族贵公子的身份团结了相当数量的汉族文士。 其中最著名的当数无锡词人顾贞观。所作《金缕曲·寄吴汉槎宁古塔》二首，以书信体入词，是一大新创。全词慰勉无辜而被远流关外的挚友吴兆骞，句句家常，字字肺腑，竟感动得性德泣下数行，慨然出力营救，致使兆骞生还，这在词史上留下了一段友谊的佳话。

中叶乾隆、嘉庆、道光诸朝，嘉、道之际是清词转捩的又一个枢纽。康熙以还，力不如陈维崧之大而学辛、蒋者，或流于荒率鲁莽、虚浮嚣张，为词则鄙；思不如朱彝尊之深而效姜、张者，或流于枯寂寒乞、琐屑饾饤，为词则游；情不如纳兰性德之专而规仿唐、五代者，或流于轻佻放荡、纤艳猥亵，为词则淫。于是乎有常州词派拍案而起，力图矫此三弊。

常州派发轫于嘉庆年间张惠言兄弟之《词选》，张扬于道光年间周济之《宋四家词选》，得晚清谭献、陈廷焯等人大力鼓煽，其焰益炽。其实，后三者皆非常州人，词派不过是以开创者的籍贯来定名的。此派论词，倡言寄托，强调意内言外之旨、风骚比兴之义，悬出晚唐温庭筠、北宋周邦彦为准绳，示人以鹄的。他们发意甚高，命笔亦严，确能以虎狼药医鄙、游、淫词膏肓之疾；然道德观不外乎封建士大夫之忠爱缠绵，文艺观不外乎儒家诗教之温柔敦厚，说词则多穿凿附会，好向古人那里去猜谜，作词则多扑朔迷离，喜欢制了谜让后人来猜，这就未见其可了。

1840年（道光二十年）的鸦片战争，拉开了中国近代史的沉重帷幕。帝国主义者用兵舰撞破了中华民族禁闭达千百年之久的海关大门,从此,中国沦为半封建半殖民地社会。"今日者,孤枕闻鸡,遥空唳鹤,兵气涨乎云霄,刀瘢留于草木。不得已而为词,其殆宜导扬盛烈,续《铙歌》鼓吹之音;抑将慨叹时艰,本《小雅》怨悱之义。人既有心,词乃不朽。"(清谢章铤《赌棋山庄词话续编》卷五)风雨如磐的时代呼唤着敢于拈大题目、出大意义的词人,晚清词坛没有让她失望。鸦片战争时期,林则徐、邓廷桢等禁烟派大臣率先以浏亮的曲调讴歌虎门销烟的壮举,抒发誓与英国侵略者战斗到底的豪情,其词如击石空山,声振林木。中法战争时期,张景祁目击因廷臣妥协、边帅畏葸而酿成马江之役惨遭失败、福建水师全军覆没的沉痛现实,愤而展纸,秉笔直书,其词如箛吹鲲洋,悲荡云水。甲午战争时期,文廷式等主战派人士有慨于后党专政、丧师辱国,乃至填词讽喻慈禧让权,由光绪帝主持朝纲,抗击日寇,其势如干将出匣,寒光射眼。八国联军入侵时期,王鹏运、朱孝臧等京华词客困居无憀,篝灯唱和,或悲国难之劫火烛天,或伤流民之哀鸿遍野,其声如峡猿啼树,凄清断肠。……举凡辛亥革命前七十年间一切重大历史事件的投影,几乎都可以在晚清词人的集子里发现,谓之"词史",谁曰不然?向来的爱国词,如果站在历史宏观的高度去看,都不过是中华民族大家庭内部兄弟阋墙之争(尽管在欺侮者和被欺侮者之间仍有是非可言)的反映,而晚清的爱国词,则是整个中华民族与外来帝国主义侵略势力殊死搏斗中产生的艺术结晶,因此,她是属于全民族的宝贵的精神财富，在词的发展史上有着特殊的社会进步意义。论晚清词，首先必须对此加以体认。夕阳在山，暮色苍茫，铅灰中那一抹血红的悲壮，便是清词给我们留下的最后的记忆。

晚清时期成就较高的词家，还有咸（丰）同（治）之际的蒋春霖，光（绪）宣（统）之际的况周颐、郑文焯、王国维等。况周颐、郑文焯与文廷式、王鹏运、朱孝臧一时齐名，五家中，文词气盛言宜，王词笔重思深，况词韵长味厚，郑词格高意远，朱词力大体浑，皆卓然能自树立。王国维标举"境界"，专工小令，自然之中，颇含哲理，戛戛独造，亦有可称。蒋春霖《水云》一编，于干戈俶扰之际，寓伤时悯乱之慨，沉郁悲凉，雄浑精警，清气流走，摇曳顿挫，或揭响入云，或咽不成声，或如满天风雨飘然而至，或如一院游丝荡漾碧空，性灵而外，不知其他，非特摒去浙、常，甚且目无唐、宋。可惜他最好的作品中多杂有敌视太平天国农民起义的消极成分，是属阶级和历史的局限，虽不必苛责，但白璧有瑕，其值自减，却也无法为之遮掩。对于况、郑、朱诸人以遗老身份为亡清哭榇招魂的词什，亦当作如是观。

特别值得大书一笔的是，清末词坛还向我们贡献了一位压倒须眉的巾帼英雄——鉴湖女侠秋瑾。其人不必以词传，其词不必以名著，但她将资产阶级革命派的政治抱负和思想情操度入音律，遂使词这株千年老树抽出了一权新枝，兆示着词的新的春天。

[元] 刘秉忠

刘秉忠（1216—1274），初名侃，后改名子聪，拜官后改今名。字仲晦，号藏春散人。邢州（今河北邢台一带）人。年十七，为邢台节度使府令史，郁郁不乐，一日投笔弃去。后为僧，随海云禅师入见忽必烈，应对称旨，遂被留在忽必烈身边。从忽必烈征大理，伐宋，每以不妄杀戮为言。忽必烈即位，拜光禄大夫，位太保，参领中书省事，监筑上都（今内蒙古多伦北之石别苏木）、中都（今北京）两城，奏建国号曰大元，定朝仪官制，为一代成宪。卒赠太傅，封赵国公，谥"文贞"。秉忠精于天文、地理、律历。好吟咏，诗词多萧疏平易，类其为人。有《藏春集》。存词八十一首，词集名《藏春乐府》。

洞仙歌

仓陈五斗，价重珠千斛。陶令家贫苦无畜。倦折腰闾里，弃印归来，门外柳、春至无言自绿。

山明水秀，清胜宜茅屋。二顷田园一生足。乐琴书雅意，无个事，卧看北窗松竹。忽清风、吹梦破鸿荒，爱满院秋香，数丛黄菊。

【注释】

五斗:有学者考证,陶渊明所谓"五斗米"当指"五斗米道"(道教宗派中创立最早的一派,始于东汉,因入道者须出五斗米,故名),而非指官俸。但历代文学作品用陶渊明事,多以"五斗米"为官俸,刘秉忠此词亦然,故本文仍从旧说。

闾里:乡里。

弃印:弃官。印,官府的印章。

清胜宜茅屋:风景清幽美丽,适合造茅草屋以隐居。

无个事:无事。

鸿荒:同"洪荒",混沌、蒙昧。这里形容梦境广大而模糊。

在封建时代,做官的滋味也不大好受——为了那份俸禄,要干许多不愿干而又不得不干的事,要见许多不想见而又不可不见的人。更头疼的是,要讨皇帝老儿的欢喜,要拍上司大人的马屁……总之,要拿人格和灵魂的扭曲作代价。当然,有人已修炼到了利欲熏心、厚颜无耻的境界,在官场上如鱼得水,左右逢源,此辈自是流连忘返,大有"此间乐,不思蜀"之慨;但对那些为人正直,处世率真,不愿同醉同浊,宁可独醒独清的士大夫来说,摆在他们面前的路只有两条:要么违心而痛苦地"仕"下去,要么像陶渊明那样毅然决然地"归去来"。如果由于种种原因,一时还"归"不得,那么至少在理想上,在感情上,在意向上,他们必须就此二者作出明确的抉择。

这首词,就是作者尚友古人陶渊明,追求精神家园的一篇"归去来兮辞"和"归田园居"诗。从字面上看,她是咏陶;而究其实质,却是自明心迹。

词中所用的语典和事典,大都出自陶传或陶集,因而在赏析此词之前,有必要一一予以交代。《宋书·隐逸传》载:"陶潜字渊明。……为彭泽令。……郡遣督邮至,县吏白:应束带见之。潜叹曰:'我不能为五斗米折腰向乡里小儿!'即日解印绶去职。赋《归去来》。"是刘词"五斗""陶令""倦折腰闾里,弃印归来"云云之所本。"家贫苦无畜"则出陶氏《归去来兮辞》自序:"余家贫……瓶无储粟。""畜"同"蓄",即"储"也。又陶氏尝撰《五柳先生传》以自喻,曰:"先生……宅边有五柳树,因以为号焉。"刘词"门外柳"云云用此。又陶氏《与子俨等疏》自称"少好琴书",且云:"五六月中,北窗下卧,遇凉风暂至,自谓是羲皇上人。"刘词"乐琴书""卧看北窗松竹""清风吹梦"云云用此。又陶氏爱菊,屡见其诗,如《饮酒》二十首其五云:"采菊东篱下,悠然见南山。"其七云:"秋菊有佳色,裛露掇其英。"《和郭主簿》二首其二云:"芳菊开林耀。"刘词末二句,殆由此生发。弄清楚了这些语码,词意也就不难索解了。

"仓陈五斗,价重珠千斛。"一起便奇,便怪。"奇"在何处?"怪"在何处?"奇"就"奇"在"五斗"之前加了"仓陈"二字。"仓陈"也者,即《史记·平准书》之所谓"太仓之粟,陈陈相因"。陶渊明虽不把那份皇粮放在眼里,也只蔑称为"五斗米"而已;词人却变本加厉地说,这"五斗米"还不是新鲜米,它不知在皇仓里积压了多少年! 你道"奇"也不"奇"? 至于说到"怪","怪"就"怪"在这"仓陈五斗"竟然"价重珠千斛"! 古制,一斛为十斗,宋末改为五斗。那么,"千斛"便是五千斗了——仅就数量而论,已是"五斗"的一千倍;何况珍"珠"与"陈"米,价值本来就天差地别。说这五斗陈米的价格竟比千斛珍珠还高,岂非悖论? 你道"怪"也不"怪"? 然而它委实"奇"得好"怪"得好。不"奇"不"怪",则"语不惊人";"语不惊人",则读者淡淡读过,作者的话也就白说了。惟其"奇",惟其"怪",方能耸人听闻,发人深省。深省至再,我们方才明白词人的意思:那五斗陈米是要用"折腰向乡里小儿"的行为去换取的,也就是说,要牺牲人格,"摧眉折腰事权贵"(李白《梦游天姥吟留别》诗)。"人格"之价值,岂不高于"珠千斛"乎? 经过这一番复杂的"汇率"兑算,结论终于出来了:皇粮虽"陈",也不好白吃。

皇粮既不好白吃,那么不吃也罢。然而不成,"陶令家贫苦无畜",贫士苦于家无储备,有时还非吃皇粮不可。这真是莫大的悲哀! 谛审前三句的思维逻辑,细按陶渊明的生平事迹,本当这样写才对:"陶令家贫苦无畜。仓陈五斗,价重珠千斛。"其所以倒作"仓陈五斗,价重珠千斛。陶令家贫苦无畜"者,原是为了迁就此词调的句度配位。但从章法上来衡量，如以"陶令"句开篇，不免疲软平弱；今将"仓陈"二句提前，文气便显得突兀奇峭：可见写作亦如用兵，兵还是那几队兵——步兵、骑兵、炮兵，但如何布阵，孰后孰先，其间却大有讲究。调度得当与否，胜负之势判然。高明的作家正像高明的统帅，他总能把自己的部众配置在最适当的方位！

以下依次写陶渊明弃官、归隐、闲居之赏心乐事。从风调上说，有林泉之高致，无轩冕之俗思，神闲气静，潇洒可人；从文品上说，语言浅近而清新，笔墨流利而停匀，按辔徐行，优游不迫——好处也都是很明显的。或有人问：起三句倒戟而入，突如其来；波折跳跃，匪夷所思，一何排奡而劲激！后来顺水推舟，信流而下，篙横橹歇，波澜不惊，一何松懈而平缓！是不是有点虎头蛇尾？笔者的看法是，"文武之道，一张一弛"，正因为起三句排奡而劲激，所以下文不妨松，不妨平，恰好互相调剂。有三峡之湍急而无出峡后之平缓，也就不成其为长江了。况且，这后面的一大段文字其实是"松"而不"懈"的，平直之中，仍有"词眼"可圈可点。比如上片末的"柳"，下片中的"松竹"，下片末的"菊"，分鼎三足，相映成趣。又如上结"门外柳、春至无言自绿"，明点出一"春"字，下结"爱满院秋香，数丛黄菊"，明点出一"秋"字；而居中的"卧看北窗松竹"则暗寓着一"夏"字。（陶《疏》原文作"五六月中，北窗下卧"，农历之"五六月"，不正是夏季吗？）亦前后照应，一以贯之。所特别值得注意者,"卧看北窗松竹"句后紧接着就是"忽清风、吹梦破鸿荒,爱满院秋香,数丛黄菊",先生这一觉睡得何其长也——方卧之时,尚是夏日;一梦醒来,竟已成秋! 这不由得使我们联想到朱熹的《偶成》诗:"少年易老学难成,一寸光阴不可轻。未觉池塘春草梦,阶前梧叶已秋声。"刘词的艺术构思与之相似。但朱诗之"未觉池塘春草梦,阶前梧叶已秋声",是象征、比喻之辞,旨在说明"少年易老",学业"难成","光阴"飞逝,时间可惜的道理,用意非常显豁;而刘词则是叙述、描写之辞,旨在表现隐居生活的闲适自在,却未明说,只将不同季节的两组生活场景剪辑成一个连续的过程,意在象外,让读者自己去体味,手法更像电影里的"蒙太奇"。

[元]魏初

魏初(1232—1292),字太初,号青崖。弘州顺圣(今河北阳原)人,年甫二十,即有声于时。忽必烈中统元年(1260),始立中书省,辟为掾史,兼掌书记。未几,以祖母老辞归,隐居教授。后以荐授国史院编修官,累迁至江南诸道行御史台中丞,卒。初在谏职,遇事敢言,于开国规模多所裨益。好读书,尤长于《春秋》。有《青崖集》。词在集中,率皆酬赠之作,然笔致超迈雅整,尚不流于庸俗。

鹧鸪天·室人降日以此奉寄

去岁今辰却到家,今年相望又天涯。一春心事闲无处,两鬓秋霜细有华。

山接水,水明霞。满林残照见归鸦。几时收拾田园了,儿女团圞夜煮茶?

作此词时，魏青崖先生正在宦游的路上。

有道是"吃皇粮，走四方"，既给皇帝老儿当差，讲不得离乡背井，抛家别眷，"悲欢聚散一杯酒，南北东西万里程"（元王实甫《西厢记》第四本第三折）。

然而，人心都是肉长的，常年在外，哪有不想家，不想妻子儿女的呢？尤其是在某些特定的日子，比如说——

太太的生日！

而这一天正是魏太太的生日！

这可是个比春节，比元宵，比端午，比中秋，比重阳，比除夕，比一切顶顶重要的节日还要重要的日子！做先生的一定得有所表示，拿出实际行动来证明自己深深地爱着她，正在苦苦地念着她。

如果是在电信和社会服务业高度发达的今天就好了。魏先生满可以用5G手机跟太太视频，并让专靠丘比特发财的公司派人送上一束鲜花外加一盒五彩缤纷且镶有"生日快乐"四个奶油大字的蛋糕（奉送生日蜡烛若干支，生意经如此，不消另费口舌）——哇，好温馨，好浪漫，好有情调吧！

可惜那是公元十三世纪，还不时兴这一套洋风俗；再说，连史蒂夫·乔布斯（苹果iPhone手机创始人）的高曾祖父母也不知在哪儿呢。没别的招儿，魏先生只好写信了。虽然荒郊野外一时半会儿未必找得着捎信的人，但不妨先写了备着，前头总有驿站、驿使，运气好的话没准儿能碰着刚巧要回家的老乡。慢是慢了一点，可那时的太太们都理解，她们有耐心等。

不,在这样一个特殊的日子,写信未免太平淡了! 魏先生是词人,而且是位感情深挚、细腻的词人,"天生我材必有用",此时不"用",更待何时? 于是我们的文学史上便有了这一首情真意切、明白而家常的小词。

"去岁今辰却到家,今年相望又天涯。"未说"今年",先忆"去岁",这是因为去年的今天很快乐,也很难得——词人恰好赶在太太过生日的时候回到了家。

何以知道它难得? 因为此前若干年里的今天,词人都不在家。

何以知道此前若干年里的今天,词人都不在家? 因为他明明白白地告诉我们,今年相望"又"天涯。

这个"又"字是要重读的,别看它只是个极普通的虚字,却已把"去岁"之前若干年里"今辰"的"天涯""相望"都隐涵在内了。 这叫做加倍法。 本来,"去岁今辰到家"与"今年相望天涯"对举,哀乐参半,不过是一对一打平;但次句加了这个"又"字,就变成了"去岁今辰到家"和"历年相望天涯"的比较,会少离多,寡不敌众,词的基调由此一锤定音,愁苦而低沉了。

极吃重的地方极不吃力地用了一个极寻常的字,可谓举重若轻!

"一春心事闲无处,两鬓秋霜细有华。"《鹧鸪天》调的格律和仄起而首句入韵的七言律诗很相近,因而填此调的词人往往把三、四两句写成对仗,本篇也是这样作的。

这一联对仗,平易而洗练,流利而浑成,很见功力。

以上句第二字"春"对下句第三字"秋",是错位对;但错得好,给人以错落有致的感觉。

"事"与"霜","处"与"华"对得不工;但不工得好,太工反而显得雕凿伤气。如果我们把这两句改为"一身春雨轻无色,两鬓秋霜细有华",工倒是工极了,却总嫌技巧窒息了性情,怎比得上原作的淳朴自然、落落大方?

又,这两句看似平列,其实却是因果关系:由于"一春"都在想"心事",没有一刻空闲,所以"两鬓"已有些花白,像是点点"秋霜"。

"心事"指什么?联系上下文来看,当是想家,想归隐田园,想安享家庭生活的天伦之乐。念兹在兹的亲情日日萦绕在心头,挥之不去,催人易老,鬓发哪能不斑白呢?

当然,这毕竟不是深哀巨痛,还用不着"白发三千丈,缘愁似个长"般的夸张,因此他只老老实实地说"两鬓秋霜细有华"。但语气虽然平淡,却很耐读,好像低度的醇酒,入口并不浓烈,然而细斟缓酌,饮之既久,也一样醉人。

"山接水,水明霞。满林残照见归鸦。"上片四句全是叙事,过片趁着换头的机会,捎带着换了一副笔墨,就旅途景物略事点染,于是便有峰回路转之妙。

山水相缪,余霞成绮,落日把树林烧得通红……这迷人的景色值得为唐人李商隐诗下一转语——虽是近黄昏,夕阳无限好!

然而大杀风景的是残照的逆光中竟映现出了点点"归鸦"! 可见再迷人的景色在游子眼里也会成为思家情结的膨化剂。

鸦而曰"归",一"归"字大可玩味。"鸦"能"归",人反而不能"归",竟是人不如鸦了,岂不可怜可悯可哀可叹?

需要说明的是,这种物与人之间的"反衬法",在古诗词中早就层出不穷了。仅与本篇用意相似的例证,便可以随手举出许多。例如——

《诗·王风·君子于役》:"日之夕矣,羊牛下来。"

李白《菩萨蛮》词:"玉阶空伫立,宿鸟归飞急。"

宋人贺铸《夜捣衣》词:"马上少年今健否? 过瓜时见雁南归。"

所谓"羊牛下来""宿鸟归飞""雁南归"云云,言外之意都是说"人未归来"。不过这些作品都属于"代言体",是从思妇——也就是太太们的角度去说的,至于像本篇那样以游子的身份,用第一人称口吻直接抒发思归心绪的,则先前也有宋人蒋捷的《贺新郎·兵后寓吴》词:"望断乡关知何处? 羡寒鸦、到着黄昏后,一点点、归杨柳。"

因此,这里的"满林残照见归鸦"还算不得新发明。但它是在摹写旅途风光之际很自然地带出来的,不像前举各例之刻意;又与上文"山接水,水明霞"的恬适相反相成,共同营造了一段聊骋望以消忧,反触目而更愁的沉郁顿挫——

仍有它独特的审美情趣。

"何时收拾田园了,儿女团圞夜煮茶?"上文已用鸦之"归"暗点了人之不得"归",然而人虽一时不得"归",心却在向往着那一天,于是便顺理成章地逗出了最后的这两句——也是全词最精彩、最高潮的两句。虽然"何时"能"归"还不确定,但只要有了这份心,"归"期也就不远了。

魏先生是做官的人,官人自有官人的"归"法——多半应是封妻荫子,"衣锦荣归";拿刮来的地皮大起宅院,广置田产;挟"浩荡"之"皇恩"吆五喝六,横行乡里。难得他魏先生是个好官、清官,志趣竟与别个官人迥然不同——他盼望的是过普通百姓的生活:白天亲自拾掇田园,晚上阖家围炉欢聚,自食其力,共乐天伦,仅此而已!

平民意识,常人姿态,所以亲切动人,这是第一大好处。

小令篇幅有限,不可能事无巨细,一一铺陈。高明的作者往往用最简洁的笔触去勾勒最典型的场景、最重要的情节、最关键的人物,并留下一些空白,让读者凭借自己的生活积累来补充。

"儿女团圞夜煮茶"七字,正是这一创作法则的绝佳体现!

只写"儿女团圞",而为人父者、为人母者连同他们为人父母的乐趣,虽不言却已尽言了。

读到此句,我们仿佛看见:当缀着星光的夜幔笼罩住四野的时辰,在魏先生的寒舍里,孩子们团团围在他身边,闹着嚷着要他讲故事;而魏太太则笑吟吟地陪坐在一旁做针线活儿;灶膛中燃烧着的松枝不时发出噼啪的响声,火舌舔着陶壶,壶嘴里喷出一缕缕茶香……

不,壶嘴里喷出的不止是茶香,更有家的温暖与馨逸!(如果你是安贫乐道的贤者,还可看到壶嘴里喷出了以清苦为甘甜的君子之尚。)

东方的中国人说:"金窝银窝,不如自己家的草窝。"

西方的英国人说:"East and west, home is the best!"(东也好,西也好,还是家里最最好。)

民族不同,语言不同,文化背景也不同;但人同此心,心同此理,此心此理可是不分国籍,世界"大同"的。

一语传神,而能使人人心旌摇曳,这又是一大好处。

写到这里,〇〇后的女生们要噘嘴了:"这可是写给太太过生日的词啊,怎么写到末了也没有一句亲热的话呢? 真没劲儿!"也说的是。 不过,表达爱意的方法很多,因时而异,因人而异,没有什么一成不变的模式。 比较起来,中国古代的文化人似乎更喜欢含蓄。 尽管闺房之私有甚于画眉者,但他们通常只悄悄说,不大肯形诸文字。 于是,凡编入文集,向世人公开的"两地书",每每不即不离地在题外盘旋。

对此,太太们都习惯了。 她们信奉"平平淡淡才是真"的爱情教义。 她们有足够的敏感从温婉中捕捉到火辣。

故而笔者敢于断言：魏太太收到这首小词一定十分欣慰。要知道，她家魏先生的心思不在"何时开得公司了，靓女团圞夜桑拿"，而在"何时收拾田园了，儿女团圞夜煮茶"啊！他记着她的生日呢！念着她和孩子们呢！盼着早日回家团圆，永远不再和她分离了呢！——还有什么生日礼物能比这更让她开心呢？

[元] 宋褧

宋褧（1292—1344），字显夫，宛平（今已并入北京）人。元泰定帝元年（1324）进士，授校书郎。累官监察御史，于朝廷政事多所建树。迁国子司业。进翰林直学士，兼经筵讲官。卒赠范阳郡侯，谥"文清"。他博览群籍，与兄宋本先后入馆阁，以文学齐名，人称"二宋"。有《燕石集》。今存词四十首，清新飘逸。

菩萨蛮·丹阳道中

西风落日丹阳道，竹岗松阪相环抱。何处最多情？练湖秋水明。

驿城那惮远？佳句初开卷。寒雁任相呼，羁愁一点无。

这是一首写羁旅行役的词。"丹阳"在今江苏,而作者宋显夫的家乡却在燕山脚下,他为何千里迢迢地到江南来? 据其身世推测,似乎最合理的答案是——宦游。

中世纪的交通可真够落后的。 陆路上走的多是疲马蹇驴,水道中漂的多是衲帆陋舫。 一般情况下,日行百十里就算是快的了,诸如"朝发轫于苍梧兮,夕吾至乎县圃"(屈原《离骚》)之类的神话,只存在于诗人的幻想中,现实生活里是绝没有的。 平头百姓和小吏下僚们且无论矣,即便是一定级别的地方大员,"省长"也罢,"市长"也罢,远道赴任或管内巡察,也都只好一里路一里路地像蜗牛那样缓缓蠕动,怎比得今人或登"波音"飞机穿云破雾,或驱"奔驰"轿车掣电骋风,如此地便捷痛快? 注意到这样一个简单而明白的事实,我们就不必惊诧为什么古代诗词中的羁旅行役之作,大多情调低沉而愁苦,充满着对于"行路难"的慨叹。

然而宋显夫的这首羁旅行役词却写得十分别致。 别致在哪里? 我们且一句句仔细读来。

"西风落日丹阳道",起笔挑明季节、时辰和地点,而一"道"字可见抒情主人公正趱行于旅途之上,隐然连人和事也一并交代了。 读此一句,我们很容易联想到前人马致远笔下那"古道西风瘦马,夕阳西下"的凄凉况味,又很容易以为作者也将在下文发出"断肠人在天涯"(以上并见马氏《天净沙·秋思》曲)的苍楚感喟。 殊不料他第二句却运以迈往之笔,拓出清幽之境,怡然写道:"竹岗松阪相环抱。"那丹阳道上既时有竹岗、松阪钩连绞结，则道上之人亦即作者自也长在苍松翠竹的拥护之中。松有高士之风，竹有君子之节，这两个意象在我国古诗歌中往往是人格化了的，不仅仅为自然物而已。词人一路所逢迎之林木，想来何止百种，独举此松竹二类以概其余者，当然是郑重的选择。而看来却不甚经意，只于写景之际随手牵出，全无用力的痕迹，具见笔致之冲和、安逸。

此句写山，下二句转而写水："何处最多情？练湖秋水明。"练湖，亦名练塘，即古曲阿后湖，在今江苏丹阳西北，地势较高，纳镇江长山诸水注于运河。是时"序属三秋"，"潦水尽而寒潭清"（王勃《滕王阁序》），故"秋水明"云云，于节令风物为写实。然而此二句之好处尚不在于写实，她更是一个佳妙的比喻。古代文学作品中形容美人之目光顾盼，每以水波拟之。《文选》楚宋玉《神女赋》曰："望余帷而延视兮，若流波之将澜。"唐李善注曰："流波，目视貌。言举目延视，精若水波将成澜也。"又汉傅毅《舞赋》曰："眉连娟以增绕兮，目流睇而横波。"李善注曰："横波，言目邪视如水之横流也。"而唐韦庄《秦妇吟》诗曰："西邻有女真仙子，一寸横波剪秋水。"已经以"秋水"为美人之眼波了。沿袭至今，乃有"望穿秋水""暗送秋波"之类的成语。此喻施之既熟，后亦有逆用之者，翻以美人之目光形容绿水之清澈，如宋王观《卜算子·送鲍浩然之浙东》词曰："水是眼波横，山是眉峰聚。欲问行人去那边？眉眼盈盈处。"显夫此词,"秋水"与前"多情"二字搭配,用法正与王观词同,俨然是将练湖之明波认作丽人之"美目盼兮"(《诗·卫风·硕人》),似于我情有独钟了。如此措辞,不唯写活了山水,更写活了自己对于山水的爱赏,构思是颇为巧妙的。

既然一路好山好水看之不足,那么,任它前面的道里如何迢递,也不觉其遥远了。于是乃有下文:"驿城那惮远?佳句初开卷。"佳句者,好诗也。这里将初程所见到的清山秀水,比作刚刚开始展读的一卷好诗,下语着实新妙。夫丹青而模山范水者,谓之"山水画";吟咏而品山题水者,谓之"山水诗"。山水既可以入画入诗,则其本身必蕴有诗情画意,故喻之如诗如画,甚或径赞其是诗是画,都无不可,都是富有文学意味的比况之辞。唯以画比拟山水乃老生常谈,以诗比拟山水则较为罕见,常谈斯滥,罕见则警,避熟用生,所以为新。又山水具备直观之形象性,画图亦具备直观之形象性,故以画比拟山水,可谓"形似";而诗歌虽是形象思维的产物,其文字符号却无形象可观,故以诗比拟山水,盖有取于二者所共有之韵致,重在"神似"。超乎象外,得其环中,遗貌取神,所以为妙。新而且妙若此,我们正不妨说:"佳句"一句,真佳句也!

既然一路山水如诗读之不尽,那么,任他空中的征鸿如何哀号,也引不起"我"的共鸣。于是乃又有下文:"寒雁任相呼,羁愁一点无。""雁"亦是古诗词中的常见意象,究其功用,大要有三:或作报秋之信号,或作传书之使者,或作旅愁之触媒。显夫此词,系从这最后一种功用构想出来,却反其意而用之。悉心体味,词人此言并不见得完全"由衷",盖真正无愁的人,决不会想到要郑重其事地来声明自己"无愁"。但看他咬钉嚼铁地说道"羁愁一点无",便可知他此时还是有"一点""羁愁"耿耿于怀的。不过他能够有意识地凭借自己对于自然山水之美的爱赏,去摒除常人所未能或免的羁旅之愁,毕竟展示了他那豪宕、豁达、开朗的性格特点。

要之,这首词好就好在她一扫前人同题材作品的垂头丧气,而代之以矫首高歌。读后使人仿佛于"无边落木萧萧下"(杜甫《登高》诗)之际,突然看到了一树霜红欲火的枫叶。这便是她特别的审美价值和美学意义了。

[元]谢应芳

谢应芳(1296—1392),字子兰,号龟巢老人。常州武进(今江苏常州市武进区)人。笃志好学,潜心程朱理学,为人耿介,以道义名节自励。元顺帝至正中,隐白鹤溪(在武进西南)。教乡校,先质后文,指授有法。元末天下兵起,避乱徙居苏州,教授之余,以诗酒自娱。明太祖洪武中归里。年益高,学行益劭,德望重于东南。达官缙绅过郡,必访其庐。应芳布衣与之抗礼,议论每关世教,切民隐。有《龟巢集》。词集名《龟巢词》。其词清旷诙谐,俚者近于散曲。

南楼令

老友刘景仪去秋以星术之书推测年命,谓今春当即世,乃预集葬具,且自为埋铭及赋诗自挽。既而失去行囊之资用,郁郁然康强无恙。余故作此曲,戏而付之。

生死隔年期,刘伶老似痴。动教人、负锸相随。惊得青蚨飞去了,无酒饮,却攒眉。
春暖典春衣,还堪醉似泥。趁清明、雨后游嬉。杨柳池塘桃杏坞,春水漫,夕阳迟。

谁读了这首词的小序都会捧腹大笑。

词人这位"老而不死"的老朋友啊,可真是个大活宝!"无师自不通"地读了两本算命的书,竟自个儿给自个儿算起命来。您想想,算命要真那么简单,人人可以"自学成才",严君平、袁天罡们还有饭吃吗?再说了,闲着没事儿,算就算吧,算期权暴涨,股票飙升,掘地刨出黄金,走路拾得大钞……算哪样不好,偏要算定自个儿的老命该绝在来年的春天?——您说他是不是活得不耐烦了?这倒好,棺材也买了,坟山也修了,墓碑也立了,甚而至于连埋在地底下的墓志铭、挂在灵堂里的吊挽诗也一股脑儿自家包圆儿了,(以小人之心度君子之腹,莫不是他老人家怕犬子不孝,舍不得花重金请韩昌黎那个级别的大师来"谀墓",以至于恭维话说不到位吧?)好不容易从秋天、冬天一直忙活到该他"寿终正寝"的那个春天,往少里说也折腾了五六个月,却活得好好儿的,能说能笑,活蹦乱跳,吃得三餐,睡得两觉,只是——喝不得老酒了。别误会,老先生的肝并没有硬化,说他"喝不得老酒",是因为他给自个儿操办"后事"忒舍得花钱,弄得这会儿囊中羞涩,付不出酒账来。文化人都要个面子,没有孔方兄陪着,您说他哪儿好意思去见酒馆里"当垆"(现而今改叫做"站吧台"了)的老板娘?

大千世界,真正是无奇不有!

这件本来就可入《笑府》《笑林广记》的笑料,偏让生性滑稽的谢龟巢老先生给逮着了。这位老伯没事还偷着乐,自个儿开自个儿玩笑呢,难得撞上这么个和老朋友逗乐子的好机会,哪能让他给跑了? 非"幽"他一"默"不可!

到底是文化人,逗乐子也是"雅谑",透着一股子书卷气。

"生死隔年期,刘伶老似痴。"因为朋友姓刘,又馋几盅酒,于是便拿他的十八代老祖宗,中国文化史上"大师级"的酒人,魏晋时期"竹林七贤"之一的刘伶来称呼他。 这两句是说:提前一年和死神预约,老刘头哇老刘头,您真是越老越糊涂!

这还不好笑。 甭急,且往下看——

"动教人、负锸相随。"老刘伶一辈子干过几桩让当时人目瞪口呆而让后世人大赞"酷呆了"的潇洒事,其中一桩便是他出门时总不忘带着一壶"二锅头",还让跟班的扛把大锹,吩咐说:"要是大爷我死了,就地刨个坑儿埋了吧。"(事见《世说新语·文学》南朝梁刘孝标《注》引晋袁宏《名士传》。)词人的朋友可没他祖宗那么潇洒,他是要睡棺材住坟山的。 但至少有一点相同——他们都"想死"(不是不想活,是"想到了死")。 这就有了可比性。 当然,他谢老伯此时此地用这个典故,决非恭维,实是调侃。

这也还不好笑。 甭急,再往下看——

"惊得青蚨飞去了,无酒饮,却攒眉。"这下子好笑了:花光了钱,喝不起酒,酒虫儿直在喉咙口兜圈子挠痒痒,看你怎一个"馋"字了得!"青蚨"本是传说中南方的一种小虫。人要是捉走了虫宝宝，甭管藏哪儿，也甭管路多远，虫妈妈都能飞来找到它。如果用它娘俩的血涂在铜钱上，那买东西便宜可占大了——钱还会自个儿飞回来（说见晋干宝《搜神记》卷一三）。因此，在古代文学作品里它就成了铜子儿的代名词。做人做事要老实，作诗作词有时却"老实"不得。例如谢老伯这首词，照直说由于"预集葬具"而"失去行囊之资用"，就没有味道；变个法儿说"惊得青蚨飞去了"，却让人忍俊不禁——您想，后面跟着个膀粗腰圆的大汉，又扛着把从理论上来说可以充当凶器的大锹，那还不把小"青蚨"们都吓飞了哇！

"春暖典春衣，还堪醉似泥。"这下子更可笑了。想不到他谢老伯给朋友出了这么个馊主意：没酒喝，皱眉头管用吗？您看人家杜少陵杜甫多豁达——"朝回日日典春衣，每日江头尽醉归。"（《曲江》诗二首其二）可别光学老杜头作诗，也学学他做人哪！横竖天气暖和了，用不着几件衣衫，何不把暂时不穿的西装革履长袍马褂当了？KTV包不起，一壶老白干儿、两碟茴香豆儿总还消费得起吧？尽够您"醉成泥一摊"的了。这当然是玩笑话，他谢老伯还真能看着老朋友脱裤子进当铺吗？老刘头的酒账，不用说都得归他"买单"。

"趁清明、雨后游嬉。杨柳池塘桃杏坞，春水漫，夕阳迟。"这最后的几句是补足语。本来，下片的正常语序应该是："杨柳池塘春水漫，桃杏坞夕阳迟。趁清明雨后游嬉。

春暖典春衣,还堪醉似泥。"因为按照生活的逻辑,春暖花开,雨过天晴,词人才劝朋友出门游嬉、喝酒。如果事先就喝得烂醉如泥,那还游什么游?任是柳塘桃坞水漫日迟,风景多么美好,也欣赏不到了。其所以要把"典春衣""醉似泥"二句挪到前面来,一是为了与上片的末尾"无酒饮却攒眉"紧相衔接;二来呢,用"典春衣""醉似泥"作为全篇的结束,也幽默有余而韵味不足。现在这个收煞"杨柳池塘桃杏坞,春水漫,夕阳迟",化用了唐人严维《酬刘员外见寄》诗的名句"柳塘春水漫,花坞夕阳迟",就显得非常渊雅,非常有风致。更重要的是,它那生机勃勃的气象中还蕴含着一种积极的生命意识:朋友,生命就是美!生活就是美!乐观一些,充分地享受生命,享受生活吧!可别净想到死啊!

于是,这词就升华出了一个严肃的主题,不流于浅薄的插科打诨了。

谢龟巢老先生只是常州这个中等城市的一位教书匠,有不小的学问和不大的名气,却没有或大或小的官职与权势,又生活在元、明之际那大动乱的时代——活下来就很不容易,别提活得滋润了。可是他老人家竟活了九十七岁!奥秘在哪里?

奥秘就在——笑着生活!

[明]林鸿

林鸿，字子羽，福清（今属福建）人。少年时任侠不羁，读书能强记。明太祖洪武初，以人才荐，授将乐县（今属福建）儒学训导。居七年，拜礼部精膳司员外郎。太祖临轩，试《龙池春晓》《孤雁》二诗称旨，一日名动京师，是时年未四十。性脱落，不善仕，遂自免归。与高棅、王偁等并称"闽中十才子"，鸿为之冠。论诗主唐音。有《鸣盛集》。词在集中，雅整疏俊。

念奴娇

钟情太甚，任笑吾、到老也无休歇。月露烟云都是恨，况与玉人离别？软语叮咛，柔情婉转，熔尽肝肠铁。歧亭把酒，水流花谢时节。

应念翠袖笼香，玉壶温酒，夜夜银屏月。蓄喜含嗔多少态，海岳誓盟都设。此去何之？碧云春树，晚翠千千叠。图作羁思，归来细与伊说。

【注释】

清钱谦益《列朝诗集小传·闰集》载:张红桥为闽县良家女,居红桥之西,因以自号。聪明善属文。豪右争欲聘之,红桥皆不可,语父母曰欲得才如李白者事之。于是文士咸以诗自媒。林鸿道过其居,留宿东邻,投诗称其意,遂嫁鸿为外室。唱随推敲,情好日笃。

同上书载,林鸿赴京之明年,有诗词五首寄红桥。红桥自鸿去后,独坐小楼,顾影欲绝,及见鸿诗词,感念成疾,不数月而卒。鸿归闻讯,失声痛哭。此后每过红桥,辄悒怏累日。

明初闽中才子林鸿以诗为媒,赢得了闽县(今已并入福建闽侯)才女张红桥的爱情,二人喜结良缘。婚后,张敞画眉,孟光举案,两情绸缪,如胶似漆。越一年,林鸿宦游京师。恩爱夫妻,新婚乍别,分袂之际,自不免回肠百结。这首词,便是林鸿挥泪为墨,写赠红桥的留别之作。

"钟情太甚,任笑吾、到老也无休歇。"词人落笔即高揭出一"情"字,大有"情之所钟,正在我辈"(《世说新语·伤逝》载晋人王戎语)的意思。不仅"钟情",而且"甚",而且"太甚","儿女情多"似乎生来就是"风云气少"(见南朝梁钟嵘《诗品》卷中"晋司空张华"条)的副特征,宜为他人所嗤笑。然而,笑嗤由汝,"钟情"我自为之,不恤,不悔,老当益"钟",死而后已!只十三字,一个风流情种便站在了读者的面前。"月露烟云都是恨,况与玉人离别?"钟情之人,每见不干人事的"月露烟云"尚且牵愁惹恨,如今是与所心爱的"玉人"离别,岂有不蹙眉啮齿者乎?"软语叮咛,柔情婉转,熔尽肝肠铁。"消魂当此际,听伊人绵绵情话,望彼美盈盈泪眼,便是铁石心肠,怕也似红炉沃雪,顷刻即化了。 前二韵自我方一路写来,至此韵上两句折入对面,卜一句拍转自身。 笔势小有蜿蜒,文情略见环曲。"歧亭把酒,水流花谢时节。"歇拍补出上文"软语"云云,乃歧路长亭饯席间事,复点明时当飞红逝水之暮春,自是加倍濡染之笔。 春归堪悲,一层;人别堪恨,二层;人别又当春归,悲上堆恨,恨上叠悲——其悲、其恨当如何耶!

上片均就眼前之离别泼墨傅彩,换头峰回路转,拐进储藏着新婚燕尔、蜜月生活小影的记忆宝库:"翠袖笼香,玉壶温酒,夜夜银屏月。 蓄喜含嗔多少态,海岳誓盟都设。"闺房之私,温柔狎昵,描摹殆尽,却不近亵,极善把握,极有分寸。"蓄喜含嗔"四字,尤为传神。"海岳誓盟",使人联想而及唐人蒋防传奇《霍小玉传》中有关小玉与李益洞房花烛的一段文字:"中宵之夜,玉忽流涕观生曰:'妾本倡家,自知非匹。 今以色爱,托期仁贤。 但虑一旦色衰,恩移情替,使女萝无托,秋扇见捐。 极欢之际,不觉悲至。'生闻之不胜感叹,乃引臂替枕,徐谓玉曰:'平生志愿,今日获从。 粉身碎骨,誓不相舍。 夫人何发此言? 请以素缣,著之盟约。'……生素多才思,援笔成章,引谕山河,指诚日月,句句恳切,闻之动人。"小说体制本长,例得无微不至;倚声篇幅自短,何妨削叶存枝? 此写作格局受制于文学样式之通则，故在蒋《传》之一大段绘声绘影、活灵活现的细节描写，在林词只以高度浓缩凝练的"海岳"一句当之。诸君读此一句，屈蒋《传》为林词之笺注可耳。虽然，李生薄幸，始欢终弃，致小玉饮恨消殒，山河日月，竟成诳语；而林生忠厚，生怜死恸，俾红桥含笑九泉，海岳盟誓，信非虚设：二者固不可相提并论。以上五句，溯源探本，追叙前此伉俪间鱼水之欢，与眼下劳燕分飞之苦，共同构成一立体画面，遂使所抒离愁别恨更趋丰满，其在全词中之地位至为吃重，不可不察。"此去何之？碧云春树，晚翠千千叠。"三句笔锋，自平日跳过目前，直指别后，最是天矫飞舞。"碧云春树"，化用杜甫《春日忆李白》"渭北春天树，江东日暮云"诗意，明示后日两地相望。"图作羁思，归来细与伊说。"结穴二句，笔意更折到归日重逢。"图"，犹"画"。宋柳永《望海潮》（东南形胜）曰："异日图将好景，归去凤池夸。""图"字用法正同，可以互参。两句谓欲将自己登眺怀人时望中所见之"碧云春树，晚翠千千叠"的景观，画作一轴《羁思图》，异日归来，细细向伊人诉说。"羁思"，本是一种看不见、摸不着的情绪，一旦借"平林漠漠烟如织，寒山一带伤心碧"（旧题李白《菩萨蛮》词）的画面来加以表现，它便显出了形影，盈手可掬，触目皆是了。细味之。这"图作"云云，深得以实写虚之妙。此盖就字句构思之佳处而言者，若论情思，则人尚未去，已盘算归来，对红桥之无限眷恋，岂不尽见？这又呼应了开头之"钟情太甚……到老也无休歇",章法完密地结束了全篇。

这首词,时空框架十分别致。上片较为平正,纯属今日、此地。下片却愈出愈奇:始则昨日、此地,地不变而时变;继而明日、彼地,时、地两变;终于后日、此地,地虽变回,时却益远。当然,万变不离其宗,所有这一切直线、曲线、弧形、圆圈,都是抒情主体一己的意识流程。归根结底,艺术形式服务于情感内容,因此,本篇最最值得称道的,还是跳荡于文学躯壳内的那颗永不停搏的纯真的爱的心灵,那股不可遏止的强烈的爱的激情。这,远非种种为情造文之作所能望其项背。

红桥读此词后,即用原调奉和一首,辞曰:"凤凰山下,恨声声玉漏,今宵易歇。三叠《阳关》歌未竟,城上栖乌催别。一缕情丝,两行清泪,渍透千重铁。重来休问,尊前已是愁绝。　还忆浴罢描眉,梦回携手,踏碎花间月。漫道胸前怀豆蔻,今日总成虚设。桃叶津头,莫愁湖畔,远树云烟叠。剪灯帘幕,相思谁与同说?"亦情深意切,哀感顽艳。二词一就人未去而打算归来,一就将离别而商量去后,珠联璧合,相映生辉。从此,词史上又增添了一段爱情的佳话。

[明]郑满

郑满(1465—?),字守谦,号勉斋,慈溪(今属浙江)人。明孝宗弘治五年(1492)举人,与王守仁、孙燧、胡世宁为同年友,时人有"浙河四杰"之目。历官临清州(今山东临清一带)学正,道州(今湖南道县一带)、濮州(今河南范县一带)知州,所到之处,颇有德政。同年有居显位者,当路不乏汲引之士,但他却漠然置之,不事攀援。后因佞臣江彬、钱宁用事,遂请致仕。著有《勉斋遗稿》。

满江红·送友致仕

归去来兮,有几个、生年满百?好寻取、陶家荒径,贺家故宅。一抹斜阳铺水靓,千重晚岫排云碧。料乡园、翠竹与黄花,还如昔。

心早叹,为形役。更暮景,休虚掷。看候门稚子,欢歌笑拍。荣辱只今都不管,烟波且作逍遥客。更到时、戏彩旧庭前,娱朝夕。

一位朋友辞去官职,告老还乡,作者写了这首词赠给他。通篇借用友人的口吻,是所谓代言体。

"归去来兮,有几个、生年满百?"落笔便是一声长长的叹息:回家去吧!人生在世,有几个活到了一百岁的?话中的潜台词,可以借用前选北宋范仲淹《剔银灯·与欧阳公席上分题》词中的几句来说明:"人世都无百岁。少痴騃、老成尫悴。只有中间,些子少年,忍把浮名牵系?"人的生命是短促的。惟其短,才格外值得珍惜。白白把它消耗在名利场上,岂不可悲?这两句,揭示了友人之所以辞官归田的思想动机。首句是套用晋陶渊明《归去来兮辞》的开头:"归去来兮,田园将芜胡不归?"次句则由《古诗十九首》其十五"生年不满百,常怀千岁忧"化出。

"好寻取、陶家荒径,贺家故宅。"这两句是承上"归去来兮"四字。陶《辞》有"三径就荒,松菊犹存"之句,"陶家荒径"本此。"贺家故宅"则用唐贺知章事。据两《唐书》贺氏本传载,知章于玄宗时官至秘书监,天宝三载(744)辞官归越州(州治即今浙江绍兴),为道士,以宅为道观。李白《对酒忆贺监》诗二首其二:"人亡余故宅,空有荷花生。"陶、贺二人都是历史上著名的大隐士,一个不肯为五斗米折腰,一个"狂客思归便归去"(宋苏轼《书王晋卿画四明狂客》诗,"四明狂客",知章自号),穷达(陶渊明只做到县令,贺知章则官品较高)虽不同,而性格之耿介、人品之高洁却并无二致。拈出二公点明友人所效法的对象,便见得此君不俗,想来他读到这里会掀髯一笑:"知我者,郑子也。"

以下直到上片结束,作者张开想象的翅膀,代友人悬揣其家乡的山水田园美好无恙。 一"料"字拦腰嵌入,束上带下,既管前两句一联,又领后十字二句。"一抹斜阳铺水靓,千重晚岫排云碧",对仗精彩工致:一片落日的余晖平铺在水面,就像美人脸上的胭脂那样红艳("靓",女子面部丽妆);重重叠叠的远山排立在暮霭之中,苍翠葱茏。 两句一山一水,构图一横一竖,设色一红一绿,煞是恬静、旷远、绚丽。 非丹青妙笔,孰能至此? 上文是友人故乡的大画面,下文则为友人故园的小特写:"料乡园、翠竹与黄花,还如昔。"揣其笔意,本亦有取于陶《辞》所谓"松菊犹存",但陶《辞》未尝傅彩,较为古朴,本篇则"竹"上晕"翠"、"花(菊)"上染"黄",稍形于清丽,风格又不雷同。 至于"松""竹""菊"皆为高尚士的象喻,皆为园主人之写照,则二篇毕竟还是一脉相传。 言翠竹黄花料还如昔,自然隐有赞美友人孤标卓荦、素质不改的意思。

过片换头,掉转词笔,遥应篇首,再作跌宕:"心早叹,为形役。 更暮景,休虚掷。"此四句仍化用陶《辞》,亦即所谓"既自以心为形役,奚惆怅而独悲? 悟已往之不谏,知来者之可追"。"心为形役",实即"身不由己"的逆表达形式。 作者代友人慨叹:趋走仕途,受人驱使,灵魂扭曲,精神久已痛苦不堪,如今只剩下不多一点桑榆晚景,再也不能浪抛，是必快快返回故园，自由自在地做个山间林下人了！

下文剑及履及，再度游刃于"虚"，预为展示友人还家后的种种赏心乐事。这种种乐事，又分三层：其一，到家之日，"看候门稚子，欢歌笑拍"。陶《辞》叙自己解组归来，有"僮仆欢迎，稚子候门"之句。词人略去"僮仆"，只提"稚子"，无形之中，卸下了老爷架子，强化了平民气息，可谓善于剪裁；又益以"欢歌笑拍"四字，则"稚子"迎候门边，因慈父归来而欢呼雀跃的动人场景，岂不栩栩如见？天真，无邪，活泼，可爱，较陶《辞》更为灵动、传神了。其二，到家之后，"荣辱只今都不管，烟波且作逍遥客"。扁舟一叶，啸傲江湖，穷通不复系于心，名利尽置身之外，闲云出岫，鸥鹭忘机，何等悠然，何等自得？视向昔一官见縻、百牍堆案时之矻矻焉、碌碌焉真不可同日而语了。其三，"更到时、戏彩旧庭前，娱朝夕"。相传春秋末年楚国隐士老莱子孝养父母，行年七十尚作幼童装扮，着五色彩衣。尝捧浆水上堂，不慎跌仆，索性卧地为小儿啼，以娱双亲。事见汉刘向《列女传》。词人借用此典，无非言友人归隐后得以尽人子之孝道，侍奉二老，安度晚年。这三韵，自到之日而到之后，自子女而当事人而其令尊令堂，层层解箨，一笔不懈，写尽了友人自身将领略到的隐逸之趣及其一家老少三代将享受到的天伦之乐，充满着生活气息。就在读者为之陶醉的当儿，不知不觉他已结束了全篇。

这首词，上下两片章法略同，都是先代友人直吐胸臆，明挑倦宦言归之志；而后虚意实作，凿空铺陈他既归之所见、所感、所事。如此结构，便有回环唱叹之妙。而前后两大段悬想之辞，一则幻现友人家乡山水园林之景，一则编排友人归后生活家庭之事，所传之情（归隐之乐）归于一揆，笔致却不重复。白居易《寄韬光禅师》诗曰："一山门作两山门，两寺原从一寺分。东涧水流西涧水，南山云起北山云。前台花发后台见，上界钟声下界闻。"此等境界，郑词有焉。至于其中蕴含着浓厚的人情味与纯真的人性美，令人含咀不尽；造境下语，清丽新隽，读之只觉爽风习习，扑面而来……种种显而易见的好处，又不待笔者辞费了。

中国古代的士人，有道则仕，无道则隐；少壮乐仕，垂老思隐；春风得意时乐仕，宦途淹蹇时思隐：其出、处之态度，大抵如此，词人与他的朋友也不当例外。所以，本篇若作一般应酬文字读，便浅；须从代人立言的语气中读出此时作者自身的憧憬和个人价值观念取向，须从纯写归隐之愉悦的正面文字中读出他对于官场污浊空气之厌恶的背面义蕴来。你看，他最终不也因佞臣当道，国事不可为而自请致仕了吗？这篇"送友致仕"，不妨看作词人预先为自己写下的一首"致仕有感"。

[明] 边贡

边贡（1476—1532），字廷实，号华泉，历城（今济南市的一部分）人，明弘治九年（1496）进士。授太常博士，擢兵科给事中，峻直敢言。出知卫辉府（今河南汲县一带），改知荆州（今湖北江陵一带），治行称最。升山西、河南提学副使。嘉靖初，召拜南京太常少卿，累迁至南京户部尚书。贡早负才名，美风姿，谙吏事，好交结天下豪俊。久官留都，悠闲无事，游览江山，挥毫剧饮，夜以继日。都御史劾以纵酒废职，乃罢归。平生癖于聚书，一夕毁于火，仰天大哭，病卒。贡以诗驰名于弘治、正德间，与李梦阳等并称"前七子"。有《华泉集》。词六首在集中，有逸趣，工描写而不见斧斤之迹。

蝶恋花·留别吴白楼

亭外潮生人欲去。为怕秋声，不近芭蕉树。芳草碧云凝望处，何时重话巴山雨？

三板轻船频唤渡。秋水疏杨，欲折丝千缕。白雁横天江馆暮，醉中愁见吴山路。

此词是与友人吴一鹏分别时的留赠之作。一鹏字南夫,号白楼,长洲(今已并入江苏吴县)人。明孝宗弘治六年(1493)进士。世宗嘉靖时,官至南京吏部尚书。卒谥文端。有《吴文端集》。《明史》卷一百九十一有传。词人比吴白楼年长十六岁,两人可谓忘年交。

起句点明与友人分别的具体地点。古代设长、短亭于水陆道边,亲友解袂分襟,常于亭中饯饮话别。"亭外潮生",谓航道中水已涨满,行人正好发棹。"人欲去","人"是作者自己。开门见山,领起全篇。下文紧接着就写"欲去"时的心态:"为怕秋声",所以"不近芭蕉树"。古诗词中多借"芭蕉"言愁。唐人李商隐《代赠》诗曰:"芭蕉不展丁香结,同向春风各自愁。"春日芭蕉叶心卷蹙,固然是离人愁绪的形象化比拟;而秋日芭蕉叶扇虽展,却渐次黄枯薄脆,风吹雨打,飒飒作声,又何尝不搅人心境,令人顿生萧瑟之感?词人于深秋离别之际,生怕触景伤怀,故作是语。二句用笔和婉,言浅而情长。然而芭蕉之树尽可以远离,凄凉秋声尽可以不听,怎奈离人触目皆愁,那铺天盖地牵惹别情的物象又如何躲避得了?自从《楚辞·招隐士》之有"王孙游兮不归,春草生兮萋萋"的隽语以后,"芳草"便成了恨离的典型意象;自从梁代江淹《拟休上人怨别》诗之有"日暮碧云合,佳人殊未来"的名句以后,"碧云"一辞也就积淀了伤别的文化内容。于是宋人贺铸《减字浣溪沙》(浮动花钗影鬓烟)词乃有合二而一以道离情别思的用法:"碧云芳草恨年年。"如今词人"凝望"之处,唯见此"芳草碧云",则不言离愁而离愁自现。 这又是一种含蓄委婉的表达。 接以"何时重话巴山雨",用唐诗语典以道不知几时方能再与友人聚首叙旧的怅惘之情。 李商隐诗曰:"君问归期未有期,巴山夜雨涨秋池。 何当共剪西窗烛,却话巴山夜雨时?"此诗之题,或作《夜雨寄内》,或作《夜雨寄北》。 若作前者,自是伉俪之思;若作后者,则亦可理解为友朋之思。 边词显然是按这后一种理解来化用义山诗的。 过片词笔兜转,由想落天外的离人心绪折回到迫在眉睫的离别事态。"三板"即舢板,小木船也。"三板轻船频唤渡"云云,意同宋人柳永《雨霖铃》词之所谓"兰舟催发"。 一"频"字见出舟子等候已久,颇不耐烦。 亦是反衬友朋依依惜别之情的侧笔。 舟子再三"唤渡",任是千不忍离万不忍离,也不得不揖手相辞,互道一声"珍重"了。 古人送别,有折柳赠行的风俗(当有取于"柳""留"谐音),故下文曰"秋水疏杨,欲折丝千缕"。 妙在以柳丝之"丝"双关心思之"思",一句可作两句读:既可以说友人欲尽折柳丝千缕,恨不能将我留住;也可以说友人方欲折柳赠别,而其思情已纷然千缕了。 下片首句写舟人,二三句写友人,最后两句仍拍回自身:"白雁横天江馆暮,醉中愁见吴山路。""白雁",似雁而小,色白。 南征的秋雁成群结队地横贯长天,而自己却形单影只将踏上旅程,对比之下,平添出一重落寞惆怅。 偏此时"江馆"(亦即上文之"亭")又已笼罩在苍茫暮色之中,加倍渲染,更增添多少荒冷悲凉！ 秋深日夕，而征途漫漫，"吴山"（泛指江南群山）之"路"，"见"即生"愁"，遑论踏上并一步步地去走完它？ 又，既言"醉中"，则离筵上曾借酒浇愁，居然可知。 而人已沉醉，"愁"犹未解，则其"愁"之深，岂不具见？ 至此，词人与友人揖别的难达难状之情态，淋漓而尽致了。

词中写离别的篇章，多叙情侣临歧之缠绵悱恻。 边贡此词抒发友朋间的惜别之意，笔致清遒，又是一种面目。 情深谊长，自能回肠荡气，其动人处，亦何减于儿女之沾巾！

[明]韩洽

韩洽,明崇祯年间在世,字君望,长洲(今已并入江苏吴县)人。诸生,隐居阳山(在今吴县西北)。善诗词,有《蟾香堂集》。

潇湘逢故人慢·拟王和甫

园亭晴敞,正梁飞旧燕,林唱新蝉。望清景无边。有青峰回合,碧渚相连。葛衣纱帻,对南薰、一曲虞弦。起无限、乡心别恨,潇湘夜雨朝烟。

曲终也,余韵在,见游鱼浴鹭,出没波间。爱褥草芊绵。更秾柳垂池,翠柏参天。日长人倦,向北窗、欹枕高眠。愁魂绕、沧浪云梦,片时行尽三千。

《潇湘逢故人慢》一调,始自北宋王安礼。安礼(1034—1095)字和甫,抚州临川(今属江西)人。哲宗绍圣年间,官至资政殿学士、知太原府(今山西太原一带)。其词今仅存三首,以南宋曾慥《乐府雅词拾遗》卷上所载《潇湘逢故人慢》一篇最为著名,全词曰:"薰风微动,方樱桃弄色,萱草成窠。翠帏敞轻罗。试冰簟初展,几尺湘波。疏帘广厦,寄潇洒、一枕南柯。引多少、梦中归绪,洞庭雨棹烟蓑。惊回处,闲昼永,但时时、燕雏莺友相过。正绿影婆娑。况庭有幽花,池有新荷。青梅煮酒,幸随分、赢得高歌。功名事、到头终在,岁华忍负清和?"盖初夏时节倦宦思隐之辞。韩洽此词,即拟王氏,也写孟夏清和之景;但细味文意,主题似为羁旅湘中、思乡怀人,与王作稍有不同。当然,二篇都于清幽明丽中见悠悠惆怅,格调大体上还是相近的。

"园亭晴敞,正梁飞旧燕,林唱新蝉。"一起三句平出,点地点时。那晴光中的园圃、亮敞的亭台,是词人徙倚流连之处。梁上穿飞的燕子,仲春时节来自海上,现在已是老相识了;而林间刚刚开始引吭高歌的知了,却是陌生的朋友。一鸟一虫,"新""旧"对举,由春入夏的季节转换,不经意地由写景文字中顺手带出。燕飞,是"动";蝉唱,是"喧":其对面都是一个"静"字。然而,如若细细含咀,便觉梁燕双飞,"动"而不"乱";鸣蝉一阵,"喧"而不

"攘"：恰恰渲染出了夏初园林中的那一份幽静。艺术之辩证法，其妙有如此者！

"望清景无边。有青峰回合，碧渚相连。"接下来两韵，一点二染，拓开境界，引出遥山远水。就三句本身言，虽乏善可陈，但与上文合勘，出遐观于近览之后，敛细微入阔大之间，相得益彰，犹不失作家规矩。

"葛衣纱帻，对南薰、一曲虞弦。"以上三韵，皆作者耳目所接，虽有人在，却隐于摄像机后。至此，他大步走出，站到了广角镜前。伪《孔子家语·辩乐》载，上古贤君虞舜尝弹五弦之琴，造《南风》之诗："南风之薰兮，可以解吾民之愠兮。"字面义是说夏日南风驱暑送凉。韩词云云本此。你看他身穿夏服，髻裹纱巾，向着和煦的南风，拨动了瑶琴的弦索，多么潇洒！多么怡悦！然而，谁想到下面会是这样两句：

"起无限、乡心别恨，潇湘夜雨朝烟。"琴弦之动，心弦也跟着颤抖起来。"虽信美而非吾土兮，曾何足以少留？"（汉王粲《登楼赋》）是啊，此地风光再好，终究不是自己的故乡。一片阴郁的客愁，霈然而起，笼罩了词人的心境。上文愈是爽朗、超旷，片尾跌出的这两句分量就愈是沉重。"潇湘夜雨朝烟"，已非当前实景，而是作者迷惘心绪的外化；同时它又形象地告诉读者：词人羁居之地为湘中（潇、湘二水在今湖南零陵合流，北注洞庭湖），其客愁亦不自今日始，潇湘江上的凄迷景色，朝朝暮暮都在牵惹着游子的乡情。相传虞舜南巡，死在苍梧（山名，在今湖南宁远境内），二妃娥皇、女英从征，溺于湘水，遂为潇湘女神，每出必有风雨随之（参见北魏郦道元《水经注·湘水》）。由虞弦南风逗出潇湘烟雨，不仅切时切地，且借和当地有密切关系的远古人物及其神话传说，丰富了词的含蕴。就事而言是词人援琴自鼓、客心自警，就词而言又使人萌生舜鼓琴而二妃愁的幻觉，迷离惝恍，真有"天光云影，摇荡绿波，抚玩无斁，追寻已远"（清周济《介存斋论词杂著》）的妙诣。

"曲终也，余韵在，见游鱼浴鹭，出没波间。"过片换头，词意振起。此数句承上"一曲虞弦"而来，言抚琴既止，而尾音袅袅，犹在水上荡漾，逗引得潜鳞沉羽，也自浪花中探头仰喙，仿佛要追啄那一串串稍纵即逝的音符。何等空灵？何等飘逸？鱼乐鹭欢的景象似乎稍许熨平了词人心中的波动，于是乃有下文：

"爱褥草芊绵。更秾柳垂池，翠柏参天。"芳草萋萋如茵，池柳垂垂如帘，古柏森森如盖，夏日的这一派浓渌啊，像一坛酽酽的竹叶青酒，令人沉醉，还有什么忧愁是它所溶解不了的呢？

"日长人倦，向北窗、欹枕高眠。"夏日昼永，与睡相宜。词人在园林中徜徉得久了，不免困乏，乃回屋，上榻，侧枕一寻南柯。晋陶渊明《与子俨等书》曰："五六月中，北窗下卧,遇凉风暂至,自谓是羲皇上人。"作者不会不知靖节先生这一段为历代士子所津津乐道的名言,他既将此意境檃栝进自己的词作,我们也只道他果真心如古井,沉静无澜了。殊不料煞拍二句又一次"长洪斗落生跳波"(宋苏轼《百步洪》诗):

"愁魂绕、沧浪云梦,片时行尽三千。"原来,下片前四韵云云,不过是暂时的释然,在他的潜意识中,乡思客愁未尝有一丝一毫的消减!"沧浪",水青之状。"云梦",古大泽名,后大半干涸,只剩一小部分,即洞庭湖。这两句巧妙地化用了唐人岑参《春梦》诗意:"洞房昨夜春风起,遥忆美人湘江水。枕上片时春梦中,行尽江南数千里。"言自己北窗一梦之顷,思乡的愁魂已然绕过沧波浩渺的洞庭湖,直奔亲人那里去了。作者家在苏州,自湘还吴,例当循潇湘之水放棹北行,过洞庭湖,转入长江,顺流东下。梦里还家,本极浪漫;魂绕洞庭,又忒现实(直飞苏州,岂不省力?)——这"梦"显然是经过一番艺术加工的,它以虚幻的形式写出了作者盘算如何取道东归的真实内容。"乡思"与"相思"不但音谐,在意义上也往往是统一的(如果所思就是自己的闺中人且即在故乡的话),上结已明言"乡心别恨",此处又借唐诗暗点相思怀人,笔法错综,亦颇值得称道。

这首词,如上所述,上下片各可分作两层,都是前四韵写景纪事,末一韵抒情;前四韵闲适,末一韵幽忧。按文句计算，景语多而情语寡，怡悦语繁而惆怅语约；但究其要旨，却是情为主而景为宾，悦为表层而忧为深层。 全篇二度起落，两番弛张，文情有跌宕之波峭，笔势见纵控之推挽，章法迥不犹人，甚是耐读。

[明] 彭孙贻

彭孙贻（1615—1673），字仲谋，一字羿仁，号茗斋，又号管葛山人。海盐（今属浙江）人。明末贡生。其父为明太仆寺卿，清军南下时殉国难于赣州（今属江西）。孙贻冒白刃以求父遗骨，负骸送归，奉母杜门隐居，不事新朝。性耿介，以孝行闻于时，及其卒，乡人私谥曰孝介先生。潜心著述，尤留心于明史，撰有《明史纪事本末补编》《甲申后亡臣表》《山中闻见录》《客舍偶闻》等。工画山水墨兰。善诗文词，有《茗斋集》。其《茗斋诗余》，能以俊爽药庸下，并饶宗社倾圮之悲。

满江红

次文山和王昭仪韵。昭仪"嫦娥相顾肯从容，随圆缺"句，须于"相顾"处略读断，原是决绝语，不是商量语。文山惜之，似误。然文山所和，二结句又高出昭仪上。读之悲感，敬步二阕。

曾侍昭阳，回眸处、六宫无色。惊鼙鼓，渔阳尘起，琼花离阙。行在猿啼铃断续，深宫燕去风翻侧。只钱唐、早晚两潮来，无休歇。

天子气，宫云灭。天宝事，宫娥说。恨当时不饮、月氏王血。宁坠绿珠楼下井，休看青冢原头月。愿思归、望帝早南还，刀环缺。

南宋恭帝德祐二年（1276），剽悍的元蒙大军开进南宋都城临安，全太后、帝㬎及三宫后妃等被掳往北方。途次汴京，昭仪王清惠在夷山驿馆的墙壁上题《满江红》一首以道亡国之痛。其辞血泪和流，哀感顽艳，不胫而走，流播一时。然而据传正在坚持抗元斗争的民族英雄文天祥读此词后，却认为结二句"愿嫦娥、相顾肯从容，随圆缺"云云，有苟且取容的意思（或释王词为：但愿元宫中的后妃们能够相容），叹曰："惜哉，夫人于此少商量（欠考虑）矣！"乃摹拟昭仪口吻，用其原调原韵，代作二首。其一末云："算妾身、不愿似天家，金瓯缺！"其二末云："（世态便如翻覆雨，妾身元是分明月。）笑乐昌、一段好风流，菱花缺。"两结句都表示，一定要坚持节操，决不失身于元蒙豪酋。（"乐昌"谓南朝陈乐昌公主，据唐孟棨《本事诗》载，隋灭陈后，她一度沦为隋大臣杨素的姬妾。）实际上，这也是文天祥的夫子自道，言己矢志忠于大宋，生死不渝。三百数十年后，南宋覆亡的悲剧在江南大地上重演，南明弘光元年（1645），清朝的铁骑跨过长江天堑，福王小朝廷于昙花一现后顷刻败灭。其后十数年间，鲁王、唐王、桂王政权鹊噪而起，但都经不住清人的强弓劲矢，最终又鸿逝于历史的杳杳长空。在这样一个山崩地裂、海水群飞的大动荡时代，身丁亡国浩劫而又心怀耿耿孤忠的爱国词人彭孙贻，重读王昭仪、文天祥词，不能不怆然涕下。于是，他展纸濡笔，写下了两首气酣墨饱的踵武之作。这里所选，是其中之一。

词人在小序中为王昭仪作了一番辩护。他认为王词末尾应读作:"嫦娥相顾,肯从容,同圆缺?"是用反诘语气声明自己决不肯随意圆缺,文天祥因误解而批评错了。但同时他又承认,文词二结句立意之高,确乎在王词之上。再从其自题"次文山(文天祥的号)和王昭仪韵"而不径曰"次王昭仪韵"(次文山韵实际上就是次昭仪韵)的做法来看,这首词的命意显然是一以文词为法的。可以说,此词是借王清惠的躯体,还文信国之魂魄,而真正的意蕴,则是写自己忠于亡明故国的一片赤诚。

"曾侍昭阳,回眸处、六宫无色。"起拍代王昭仪追忆自己昔日的嫔妃生活。"昭阳",汉宫名,汉成帝的宠妃昭仪赵氏所居(见《汉书·外戚传》)。"曾侍昭阳"以赵昭仪比王昭仪,极为贴切。"回眸处、六宫无色"用白居易《长恨歌》写杨贵妃句:"回眸一笑百媚生,六宫粉黛无颜色。"按王词自谓:"曾记得、春风雨露,玉楼金阙。名播兰馨妃后里,晕潮莲脸君王侧。"即为本篇构思所本。二句盖言其姿色之美、御宠之深。"惊鼙鼓,渔阳尘起,琼花离阙。"字面承上,仍用《长恨歌》,仍用唐明皇时事,仍暗中关合王昭仪词。《歌》曰:"渔阳鼙鼓动地来,惊破霓裳羽衣曲。"言胡人安禄山、史思明叛军犯阙,打断了开元、天宝时期的歌舞升平。王词亦用此典:"忽一声、鼙鼓揭天来,繁华歇。"盖借喻蒙古军铁蹄南下,临安朝廷百多年的兴盛豪奢,一旦扫地以尽。"琼花离阙"则喻昭仪自己暨南宋后妃被挟持辞宫北行，构思有取于文山词"最苦是、姚黄一朵，移根仙阙"。
"行在猿啼铃断续，深宫燕去风翻侧。"一联对仗，属辞工稳。 上句仍沿前文脉络，借安史乱中，唐明皇携杨贵妃仓皇奔蜀，次马嵬驿，六军哗变，明皇忍痛赐贵妃死，后入斜谷，于栈道雨中闻铃声，因悼贵妃，采其声为《雨霖铃》曲以寄恨焉一段故事，加倍渲染国难家难的悲剧气氛。 亦暗中关合文山词："听行宫、半夜雨淋铃，声声歇。"添一"猿啼"细节，是为了与下文"燕去"属对；然哀猿吟夜，愈增凄凉，自有其用；且蜀地本即多猿，用之亦不牵强。 下句紧贴上文"琼花离阙"。 言"深宫燕去"，意象虽别，所指实同，于义固无辞叠床架屋之讥，于文则有反复唱叹之妙。"风翻侧"三字，状出紫燕在狂飙中颠之倒之，不胜其苦的情态，更见昭仪等在政治风暴中身不由己的悲哀。 较"琼花离阙"之单纯喻事，又深一层。 因此，本句之回环并非原地转圈，而是螺旋形前进。"只钱唐、早晚两潮来，无休歇。"歇拍二句，借钱塘江早潮晚汐之亘古无变，反跌出历史上封建王朝之兴替匆匆。 面对大自然之永恒，喟叹人事之不居，沉郁而悲凉地收束了上片。 钱塘江，于杭州湾入海，为临安之风水地脉。 饰南宋人，演南宋事，即援南宋故都之山川作布景，法度矜严，不失规矩。

"天子气，宫云灭。 天宝事，宫娥说。"换头继续借唐说宋。 唐室衰微，宫殿上空被称作"天子气"的五色祥云已不复可睹；玄宗开元、天宝年间的遗事，只为幸存的宫女提供了磕牙缝的谈资。 后二句化用唐人元稹《行宫》诗："白头宫女在，闲坐说玄宗。"字句由长改短，韵声翻平作入，遂使原诗之淡淡怅惘，一变而为本篇之深深悲戚，切合昭仪心境，故妙。 盛唐之没落如此，南宋之败亡亦然，抚今追昔，昭仪该是如何地咬牙切齿啊！ 于是乃有下文："恨当时不饮、月氏王血。""月氏"，古西域部族名。 东汉明帝永平二年（59），其副王谢曾率兵七万攻汉将班超，事见《后汉书·班超传》。 这里即以"月氏王"借指发动侵宋战争的元蒙君长。 行文至此，又将岳飞词意牵入："壮志饥餐胡虏肉，笑谈渴饮匈奴血。"岳飞亦南宋人，词句所倚之调亦《满江红》，连类而及，不假他求。 其中所包孕之强烈的民族复仇的原始心理，在特定历史时代的特定社会环境中，有它的特殊性，可以理解，毋庸苛责。"宁坠绿珠楼下井，休看青冢原头月。"又是依谱而作的一联精彩对仗。"绿珠"，西晋石崇之爱姬。 赵王司马伦专权，其党羽孙秀指名索要绿珠，崇不许。 秀怒，乃劝赵王伦诛崇。 甲士到门，崇谓绿珠曰："我今为尔得罪。"绿珠泣曰："当效死于官前。"遂跳楼自尽（见《晋书·石崇传》）。"青冢"，王昭君墓，在今内蒙古境内，因墓上草常青，故称。 二句系代昭仪立言：宁肯在绿珠楼下跳井而死，也不学请嫁匈奴单于的昭君，去受元蒙酋长的蹂躏。 绿珠为一悦己者死，烈虽可嘉，意义毕竟不大，而一经词人借用来表现民族气节，顿时光华四射，赤焰灼人，动脉中血为之沸腾。 昭君于和平时期远嫁匈奴，是体现汉民族与兄弟民族友好、和睦的佳话，值得歌颂。词人这里并非执意厚诬古人，不过是借题发挥，表述在是非分明的民族斗争中，受欺侮、损害的一方决不可向敌人臣服的道理罢了。两处典故，都属活用。二句意旨与文山词两结略同，但文词只说"不愿"，本篇又加一"宁死"，语气更为斩绝。"绿珠""青冢"，一人一地，本不宜对，然有取于"青""绿"二字而强对之，便觉灵动，不工犹工。"愿思归、望帝早南还，刀环缺。"上二句已启卒章显志之端，至此结穴，其志益显了，却出之以"晦"，不可不详加诠释。"望帝"，相传本战国时蜀王杜宇，不幸失国，魂魄化为悲鸟，其啼必至出血乃止，人名之曰"杜鹃"，亦称"杜宇""望帝"。"刀环"，用《汉书·李陵传》。西汉武帝时名将李陵兵败降匈奴，昭帝立，大将军霍光等遣陵故人任立政出使匈奴，欲说陵反正。单于置酒开宴，席间不便私语，立政乃目视陵而以手自摩刀环，借"环""还"谐音，暗示李陵，劝其还汉。本篇言"刀环缺"，是不得还的意思。这末二句倒装，系化用文天祥《金陵驿》诗："从今别却江南日，化作啼鹃带血归。"千呼万唤始出来，文山之魂，终于在压轴戏的大幕垂落之前登场亮相了！然而就字面言，仍出以昭仪口吻：此身北去，义不辱宋，生还无望，但求速死，好让我的魂魄早早化为杜鹃，啼血回归南方！读到这泣尽以血的尾声，便是铜人，也要铅水清泪簌簌而下了。

这首词，处处贴紧王昭仪，但一如文山二首，拟古人而不止于其人,虽穿着所扮角色的衣装,面目、声音、情感、精神却完全是演员亦即作者自己的。 词中昭仪的家国沧桑之悲,谁说不是词人自己对于宗社倾圮的深哀巨痛?"恨当日不饮、月氏王血",孰言而非词人自己对于清朝贵族集团必欲食肉寝皮而后快之仇恨心理? 而代昭仪述志之辞,实为词人誓死不事新朝之心迹的自我表白,尤昭昭不待言。 要之,全词将古、今、人、我打成一片,化合无垠,浑然莫镌。 写南宋事而借用唐史,是幻中有幻;写南宋事而暗喻亡明,是幻中见真。 而贯穿这真、这幻、这幻中幻之一串念珠的红线,是词人自己忠于故国、忠于民族的那一瓣心香。 三复其辞,我们仿佛看见一个瘦骨铮铮、目光有棱的爱国遗民词人的高大形象特然独立于三丈外,毛发俱动,裾袖飘飘。

[明]陆宏定

陆宏定(1629—?),字紫度,号纶山,又号蓬叟,海宁(今属浙江)人。九岁能诗文,与其兄嘉淑(字冰修)齐名,有"冰纶二陆"之称,而宏定才名尤著。好交游,与一时文士往来酬唱无虚日。平生抱明遗民之节,止子侄辈应清代科举。有《一草堂集》《爱始楼集》《宁远堂集》及《凭西阁长短句》。诗多高尚语,词格颇清劲。

望湘人

记归程过半,家住天南,吴烟越岫飘渺。转眼秋冬,几回新月,偏向离人燎皎。急管宵残,疏钟梦断,客衣寒悄。忆临歧、泪染湘罗,怕助风霜易老。

是尔翠黛慵描,正恹恹憔悴,向予低道:念此去谁怜,冷暖关山路杳?才携手教、款语丁宁,眼底征云缭绕。悔不剪、春雨蘼芜,牵惹愁怀多少!

客中思家，早自《诗·魏风·陟岵》始，千百年来，一直就是诗歌中的传统题材。此类作品大都写于游子离家途中或在他乡住定之后，也就是说，写在游子与家人之间的空间距离正在不断拉长或已拉长到了一定限度的时候。而本篇的作者却别出心裁，他选择了归程业已过半、与家人之间的空间距离正在不断缩短中、羁旅生活行将告一段落这样一个时间点，来抒发自己的思家怀人之情。这种构思十分高明，其一，它不落前人窠臼，以生化熟，推陈出新，容易攫住读者；其二，当此渐行渐近之际，离愁别恨尚且浓重如许，那他更行更远、所行既远之前日、昨日的客中相思之苦极、痛极，岂不都在言外了吗？

"记归程过半"，起句便掐指计算回家的路走了多少，还剩多少，与南朝民间小乐府《懊侬歌》"江陵去扬州，三千三百里。已行一千三，所有（还有）二千在"同一机杼，归心似箭，不言而喻。"家住天南，吴烟越岫飘渺。"交待自己是从北方回南方。吴、越，指江、浙，春秋时大致分属吴、越两国，故称。作者为浙江海宁人，家正在越地。归期过半，一喜；但举目遥望南天，吴山越水，云遮雾障，若有若无，虚幻缥缈，又意识到"路曼曼其修远"（屈原《离骚》），不禁转喜为忧。一波一折，笔有顿挫。"转眼秋冬，几回新月，偏向离人燎皎。"点出此番离家，不足一年（与篇末"春雨"字对勘，可知他出门之时为春天。去来节令，分置两端，有常山之蛇救首救尾的妙处），又告诉读者，这时正是冬天某个月的月初。一眨眼工夫便过了两个季节，当喜；但去家时间虽不甚长,却也备尝了离思的苦涩,于是心又一酸。三句仍为一起一伏,跌宕有致。"新月"是缺月,游子客中见此一钩缺月,自然会返观到人间的不团圆;何况这缺月光源还很充足,清晖洒满大地,叫人没法躲开;何况不只今夕此时是这样,且昨日、前夜、上个月、上上个月……已不知多少次"照得离人愁绝"(南唐冯延巳《三台令》)了。两句中层次甚厚,颇耐咀嚼。然而还不可忽过那个"偏"字。不直说自己见月生愁,却赋"新月"以主观意志,怪它存心刺激人,岂非"无理取闹"?实则文学艺术家只讲"情"不讲"理",执着于"理"往往乏"趣"乏"味",无"理"而有"情",方绝、方妙!苏轼《水调歌头·丙辰中秋》:"不应有恨,何事长向别时圆?"是罪满月;本篇云云,是罪缺月。那月儿也忒难做,盈不是,亏不是,动辄得咎,两头落埋怨。幸而嫦娥娘娘肚量宽宏,换了在下,怕不待早就要向玉皇大帝递交辞呈?一笑。以上三句,一笔绾住今昔,泛说较长一个时间段内的离愁,下文则留墨特写当下客馆中的孤苦况味:"急管宵残,疏钟梦断,客衣寒悄。"夜深了,附近不知何人歌筵上的急管繁弦已经消散,报时的钟声虽然稀疏,但在静夜中却显得特别警动,以至惊醒了词人的梦魂。当此万籁俱寂之际,他格外地感到了寒冷和孤独。于是,词人想念起他深深爱着,也深深爱着他的妻子来:"忆临歧、泪染湘罗,怕助风霜易老。"他所最最不能忘怀的一幕,是当日分襟("临歧",到了岔路口。诗词中往往只作临别义用,不必呆看)的那一刻,簌簌珠泪,沾湿了她的罗衣。此情此景,一想一断肠啊。 旅途风霜,本就使人憔悴,再加上相思之痛的折磨,恐怕人更老得快了。"助"字下得妙,读者试闭目冥搜,看能找出第二个字替去它否?"风霜"侵蚀人的肉体,"相思"啮咬人的精神,一自外攻,一从内"助",不"老"何待! 此一韵,上七字宕一笔忆"人",下六字拖转来叙"我",一推一挽,又是一度宛转。 至此,上片四韵已有三番一韵之中前后排突了,文情云谲波诡,不受控捉。

尽管相思无益,只"助风霜"催人"易老",可是,"怕相思,已相思,轮到相思没处辞"(明俞彦《长相思》),奈何? 回避不得,索性放笔直书。 于是,一换头便粘紧上结"忆临歧"云云,饱蘸浓墨,信手挥洒,将昔日的长亭弹泪之别写全写尽。"是尔翠黛慵描,正怃怃憔悴,向予低道。"上结已点出伊人"泪染湘罗",此处更作一番渲染,使她别情依依的愁苦形象愈发明晰、丰满。 所谓"翠黛慵描"(翠眉懒画)者,即元人王实甫笔下之"见安排着车儿马儿不由人熬熬煎煎的气,有甚么心情花儿靥儿打扮得娇娇滴滴的媚"是也。 所谓"怃怃憔悴"者,亦即前人笔下之"听得道一声去也,松了金钏;遥望见十里长亭,减了玉肌"(两外引文均见《西厢记》第四本第三折)是也。 以上盖借容颜、情态传神,下文改从言语生色:"向予低道:念此去谁怜,冷暖关山路杳?"你这一去,山高水远,没有奴在身边,谁来疼你,对你嘘寒问暖呢?(自己要多保重啊。)常语。 常情。 质朴无华。 惟其为常语、常情,是天下千千万万个妻子在送别夫婿时都流露过的感情,是天下万万千千个妻子在送别夫婿时都说出过的言语,才有着摇动人类心旌、勾摄人类魂魄的艺术魅力! 才是天地间的至情、至语!"向予(我)"二字,已顺便带出了自己,故下文水到渠成,转述"我"当时的情态:"才携手教、款语丁宁,眼底征云缭绕。"刚刚拉住伊人的手,让她亲切地叮咛嘱咐,眼前便见那象征着"游子意"的飘飘浮云塞满了去路——尚未踏上征途,客愁已然不堪禁受了。 于是,最后一韵便失声喊出既是当时又是现在,既是自己又是伊人心中的一团愤懑:"悔不剪、春雨蘼芜,牵惹愁怀多少!""蘼芜",一种香草,别名江蓠(见汉许慎《说文解字·艸部》),"江蓠"谐音"将离"。 二句不过是说:我(我们)恨透了离别,它给我们带来了多少的愁苦啊! 妙在并不直来直去,却采用了一种很别致的修辞手段来表达,你看他写得有多么精彩! 果真只要剪尽斩绝那不幸别名唤作"江蓠"的草本植物,便能根除普天下大大小小各色各样的离别,谅必七大洲五大洋人人挥锄、个个执剪,就连"绿色和平组织"也不至于投反对票。 可惜,只要人类还存在,"离别"这种社会生活现象就不可避免,"离愁别恨"这一人类感情也就不会泯灭(当然,时代不同,社会不同,对象不同,离别和离情的性质还有区别),词人们免不了仍要歌咏它,此类作品也将继续拥有广泛的读者。 我们相信,这首感情真挚的小词,一定会打动您的。 朋友,对吗?